LA LUZ MÁS CRUEL

FERNANDO GARCÍA BALLESTEROS

LA LUZ MÁS CRUEL

Editado por HarperCollins Ibérica, S. A.
Avenida de Burgos, 8B - Planta 18
28036 Madrid

La luz más cruel
© Fernando García Ballesteros, 2024
Esta edición se ha publicado gracias al acuerdo con Hanska Literary&Film Agency, Barcelona, España.
© 2024, para esta edición HarperCollins Ibérica, S. A.

Diseño de cubierta: LookAtCia

ISBN: 978-84-19883-33-9
Depósito legal: M-3720-2024
Impreso en España por: BLACK PRINT

1

El cuerpo ha aparecido en la playa de la Barceloneta, frente a los baños conocidos como La Deliciosa. Todavía no ha amanecido y el sol es tan solo una promesa al otro lado del mar. Manuel Martín Prieto fuma de forma distraída. Es el comisario del distrito V, distrito que incluye el puerto, los teatros del Paralelo y las Ramblas, el distrito considerado como el más peligroso de la ciudad. Un par de policías uniformados iluminan la escena con faroles de gas que arrojan duras sombras entre las barcas de pesca amarradas en la arena y las casetas de baño pintadas de colores y que parecen carromatos circenses.

El comisario está de guardia esa noche. Podría haber mandado a alguno de sus subalternos a inspeccionar la escena. Hay una remesa nueva de policías que está deseando medrar en el cuerpo. Pero el *chivato*, es así como llaman al viejo telégrafo que informa de las muertes en la ciudad, había arrojado cierta descripción del cadáver que había llamado su atención: no era un ahogado y tenía heridas de bala en el pecho.

El cuerpo es el de un hombre joven. Lleva una camisola blanca, abierta, que deja ver un gran tatuaje en el pecho, una rosa de un intenso color rojo que se abre en el lugar del corazón. Y justo en medio de la rosa tatuada hay una herida de bala. Más tatuajes adornan sus brazos que no llaman tanto la atención. Lleva puestos también unos pantalones de sarga de cierta calidad. Está descalzo. Martín Prieto confirma que no ha sido arrojado por el mar. No tiene un aspecto azulado ni hinchado. Ni siquiera tiene las ropas mojadas.

El cielo se despereza y una luz anaranjada de largas sombras ilumina las barquichuelas en la playa, la respetable y ostentosa fachada de los Baños de San Sebastián, las casitas de pescadores y los espesos muros del baluarte que defiende la ciudad de una improbable invasión por mar.

Martín Prieto ve acercarse a Elías Sunyer. Es el forense más joven de la ciudad y uno de los que atiende el distrito. Lleva el sombrero en una mano como si temiera que se lo llevara un inexistente viento. En la otra, un bonito maletín de cuero se balancea contra su pierna. Tiene el cabello despeinado como un niño que acabara de salir de la cama. Martín Prieto está seguro de que ha sido enviado por el juez De la Lastra, a quien le toca guardia esa misma noche y que está especializado en anarquismo. Las heridas de bala sin duda también han despertado el interés del juez, que, si nada lo impide, estará al caer.

Elías saluda con cierta torpeza a Martín Prieto, un intercambio corto y protocolario. Respira con rapidez. Ha venido caminando deprisa desde el Hospital de la Santa Creu, donde hace guardia. Tras saludar al comisario, mira en derredor, ve que las posibles huellas sobre la arena hace tiempo que han desaparecido bajo los zapatones policiales y suspira con algo de melancolía. Que se respete la escena del crimen todavía es una quimera. Se acerca sin más preámbulos al cuerpo y se agacha junto a él. Se da cuenta de que el cadáver no lleva zapatos y de que las plantas de los pies están limpias y sin restos de arena. No ha sido asesinado allí, ha sido trasladado. ¿Un carruaje? ¿Simplemente arrastrado? Los pantalones están limpios. Observa la arena, pero allí hay multitud de rastros. Para averiguar si ha sido trasladado en carruaje o a pie, se hubiera tenido que trabajar la arena en franjas, escarbarla, incluso preservarla, pero ya es demasiado tarde.

Elías valora el cuerpo con rapidez de arriba abajo. Examina con cuidado el rostro. Sus rasgos son regulares, atractivos, no hay signos de violencia. Las pupilas muestran una especie de paz extraña, no natural. Elías detecta una nota química proveniente de las mucosas de la boca; ¿cloroformo?, ¿éter? Es difícil saberlo en un primer momento. El tatuaje del pecho llama enseguida su atención. Una rosa

8

abierta justo en el lugar del corazón. La mayor parte de la gente piensa que el corazón está en el lado izquierdo, pero no es cierto: está en medio, como un puño que palpita. Los pétalos de la rosa muestran una lozanía jugosa. La herida de bala ha quedado justo en el centro del tatuaje y la rosa se podría confundir con una hemorragia. Se da cuenta de que parece exprofeso. O el tirador tenía mucha puntería o el individuo estaba quieto, inconsciente.

De pronto se escucha un pequeño rumor y ciertas exclamaciones de sorpresa. Acaba de llegar el fotógrafo criminalista. Desde hace poco menos de un año se toman fotografías de la escena del crimen. El revuelo es por una simple razón: el fotógrafo es una mujer joven. La acompaña un chico más joven incluso que ella y con el que comparte cierto parecido. El chico se muestra impertérrito y se afana en bajar diferentes aparejos del carromato oscuro y discreto con el que han llegado.

Martín Prieto ha oído hablar de ella. La noticia de que había una mujer fotógrafa revoloteó por la comisaría un par de meses antes. Es de la familia Prats, la saga más importante de fotógrafos de la ciudad, la que se dice que había traído la fotografía a Barcelona medio siglo antes desde Alemania. Un recuerdo olvidado se abre paso en su mente. Había sido una mujer la que fotografió a su hermano pequeño muerto en casa. Era una mujer mayor, agradable, que le dijo unas palabras suaves con un acento extranjero.

Pero esta otra mujer es joven, aunque parezca obstinada en negarlo vistiendo como una anciana, totalmente de negro. Martín Prieto se pregunta con algo de curiosidad si es que está de luto o lo hace como muestra de respeto a los muertos o simplemente quiere pasar desapercibida. El chico que la acompaña va también vestido con ropas oscuras y parece mimetizarse con el entorno mientras va colocando en un lugar adecuado una cámara Ellero, una cámara un tanto aparatosa con la que pueden tomar fotografías desde arriba sin tener que levantar el cuerpo. Martín Prieto también sabe que ha sido enviada por De la Lastra. Es un juez interesado en los modernos avances de la investigación. Un juez resabido y que a su parecer se cree por encima del bien y del mal.

Elías también se muestra sorprendido por la aparición de la mujer. Incluso llega a ruborizarse. Intercambian un par de palabras. Es la primera vez que envían a un fotógrafo criminalista al distrito V. Elías da unos pasos atrás para que las imágenes puedan ser tomadas. ¿La luz es suficiente? Las figuras oscuras de la mujer y el adolescente, moviéndose alrededor del cuerpo, le recuerdan a Elías algún mito clásico, pero no acierta a saber cuál es.

La mujer observa el cuerpo, abiertamente. Algo aletea en su rostro, sorpresa, reconocimiento, sus labios murmuran algo y levanta la mirada como buscando a alguien a quien dirigirse, dejando a un lado a Elías, alguien con uniforme y que estuviera al cargo. Martín Prieto ve sus dudas, todavía no está avezada en detectar quién es quién en la jerarquía policial. No te fijes en los uniformes, fíjate en el sombrero, los zapatos, le hubiera gustado decirle. Tira el cigarrillo a un lado y, tal vez espoleado por el recuerdo familiar, se dirige hacia ella, se quita el sombrero y le dice:

—Señorita Prats…, soy el comisario Martín Prieto.

Ella muestra cierto desconcierto porque él conozca su nombre y se ruboriza un poco, tal como lo ha hecho Elías momentos antes.

—Conozco a la víctima —dice ella—. Se trata de Santiago de la Rosa.

Martín Prieto asiente, su rostro solo deja entrever un ligero interés profesional, aunque en verdad está sorprendido.

—¿Cómo lo sabe?

—Hace tres meses le fotografié en el gabinete antropométrico del Gobierno Civil. Ayudé a realizar su ficha policial. Me acuerdo de su nombre por el tatuaje de la rosa.

—Esa información nos va a ser de gran ayuda, muchas gracias. Hay poca luz, ¿podrá realizar las fotografías necesarias?

—Podré hacerlo, la luz es mi especialidad —contesta Clara.

Martín Prieto asiente, se aleja unos pasos, dirige una mirada hacia el baluarte. Tiene en nómina al vigilante del turno de noche. Desde allí se observa toda aquella parte del puerto. De aquí a poco irá a verle. Por fuerza ha de haber visto algo. El cadáver ha debido ser transportado desde algún lugar. No puede haber aparecido de la nada. Lo extraño es que todavía no le haya informado. Martín Prieto es generoso dando propinas cuando la información lo merece.

Al poco, el juez De la Lastra llega en un carruaje viejo y destartalado, conducido por uno de los cocheros que está de guardia, tan viejo como el propio carruaje. El cochero también está en nómina del comisario. Cada mes le cuenta los pormenores de la vida del juez, a dónde va y con quién se ve. El juez se baja del carruaje maldiciendo y, sin apenas saludar al comisario, se dirige directamente a ver el cuerpo. Martín Prieto siente cierta satisfacción porque, pese a su actitud de belicosa honradez, sabe lo que le gusta que le hagan cada jueves a las cinco de la tarde en una pensión de mala muerte de la calle Cid.

El juez De la Lastra se vuelve hacia el comisario y dice:

—Está lleno de tatuajes, pero no parece un marinero.

—Es un cheroqui —contesta Martín Prieto.

—¿Cómo lo sabe?

—Los tatuajes cheroquis muestran una vegetación intrincada, algunos son de colores, no hay rostros, ni frases, ni anagramas extraños.

Martín Prieto ve cierta decepción en el juez. Los cheroquis son una banda que se dedica a los pequeños trapicheos en el puerto. No tienen nada que ver con los anarquistas, a los que simplemente desprecian.

—¿Es un ajuste de cuentas? —pregunta el juez—. Creo entender que hay bandas rivales y que siempre se están peleando.

—No creo…, le han metido un par de tiros… Y si un cheroqui sospechara de una banda rival ya nos habríamos enterado. Los cheroquis no utilizan armas de fuego para resolver sus asuntos.

2

el car.... todo quiero es estar tranquilidad el canto mágica del amor...

Clara y su hermano llegan a casa entrada la mañana. Viven en la plaza del Ángel, en un edificio con ciertos aires señoriales. El edificio es a la vez el estudio fotográfico y la casa familiar. Los dos primeros pisos están dedicados a atender el negocio, los talleres están abajo. En la balconada del primer piso se anuncian con un gran cartel los servicios de la casa Prats. Su abuela, su padre, y tanto su hermano pequeño como el casado viven todos en los pisos superiores.

Abel conduce el carruaje hasta la entrada, se baja de un salto, desengancha el caballo y guarda los enseres. El señor Francisco, el portero y chófer habitual, los ayuda. Abel conduce tan solo el carruaje para ayudar a su hermana cuando trabaja.

—Tengo que cambiarme de ropa —dice Clara.

Abel asiente. Clara le pregunta:

—¿No quieres ir a echarte un rato?

Abel niega con la cabeza. Clara es la única que se entiende con él. Llegaron a pensar que era mudo hasta que a los cinco años dijo a Clara «tengo sed». Pero es habilidoso con los artilugios y las luces, y con todo lo que sea mezclar productos químicos.

Clara se dirige hacia su cuarto. Tiene que atravesar varios pasillos y subir y bajar varios tramos de escaleras. Cuando entra en su habitación descubre que Luisa, una de las criadas más antiguas de la casa, la está esperando. Para casi todos los miembros de la familia, Luisa parece tener un sexto sentido para saber quién llega y quién no y en qué condiciones.

Su pequeño cuarto de estar, en realidad el centro neurálgico del hogar, da a la plaza y desde allí controla el ir y venir de todo el lugar.

—Cuando ha sonado el teléfono de madrugada menudo susto nos ha dado a todos… —dice Luisa acabando de desplegar un vestido sobre la cama para que se cambie Clara.

—Lo siento. Es una incomodidad, pero es la única manera que tienen de avisarme.

—No me acabo de entender con ese artilugio. Es un bajotraer. Suena a cualquier hora con semejante desvergüenza. Ya sé que las chicas más jóvenes se ríen de mí a mis espaldas, pero a mí eso me da lo mismo. En mi época cuando una necesitaba algo buscaba a un correveidile y *au*.

Luisa la ayuda a cambiarse de ropa. De una de las paredes cuelga una pequeña colección de daguerrotipos y placas de albúmina que había realizado la madre de Clara. Uno de los daguerrotipos parece ser de una playa lejana, pero en realidad se trata también de la Barceloneta, casi el mismo lugar que ella acaba de fotografiar. Su madre se limitó a tomar fotos sin sospechar si eran buenas o malas, aunque muchos dijeran que tenía incluso más talento que el padre de Clara, que era el fotógrafo oficial de la casa.

Luisa la observa y dice con pesar:

—Es una pena que su madre muriera tan joven. Yo creo que el niño está así por faltarle desde tan temprano.

—Abel tiene un carácter diferente, solo es eso, hay que saber tratarle.

—Un carácter diferente no es pasarse todo el día en el taller con sus cachivaches. Y al menos su hermano Enrique le obliga a que se siente a la mesa durante la cena, porque si no cenaría en el taller también. Y no dice ni mu. Y listo es. Y no sé si le hace bien ayudarla a usted con los muertos. En fin, su cuñada todavía está desayunando en el saloncito de invierno. Yo creo que está haciendo tiempo para que vaya usted a verla.

Luisa acaba de ayudarla a ponerse el vestido azul mañanero. El vestido negro se mandará de inmediato a lavar. Su cuñada le ha dicho que de ninguna manera quiere esas ropas de muertos en la casa.

—Si ya bastante pena es que vaya usted con todos los criminales en el gabinete del Gobierno Civil para que ahora además vaya con los muertos…, y si fueran muertos normales, pues aún, porque su abuela ya lo hacía, pero gente muerta en las calles o en pisos llenos de calamidades… Usted ya trabaja aquí ayudando a su hermano Enrique, no sé por qué quiere ir…

—No recibo nada a cambio de mi trabajo aquí —dice Clara de una manera seca.

—Pero le dará su dote.

—No es a mí a quien se la dará, sino a mi marido, si algún día lo tengo.

Clara sabe que ha dado un paso en falso. Es mejor que no pronuncie la palabra *marido*. Clara ha rechazado a todos sus pretendientes y su familia empieza a temer que se vaya a convertir en una solterona.

Escuchan de pronto que alguien canta un aria. Las dos cruzan la mirada y luego la apartan con incomodidad. Ambas imaginan la escena. El padre de Clara, vestido con una casaca roja y un gorro que alguien le había dicho que era turco, arrastra los pies por el piso superior.

—Dios sabe que está así por culpa de la muerte de su madre —dice Luisa.

—No tiene por qué disculparle.

—No lo disculpo. Pero eso no me impide entenderle. Y ahora que a doña Amalia se le está yendo también la cabeza…

—¿La has visto hoy?

—Todavía no he ido a verla. Nada más que le gusta encerrarse en su habitación. Pensar que antes era un ir y venir, y verla ahora con el cabello de esa manera, que ni siquiera se lo recoge y le llega casi por la cintura… Y no quiere que nadie entre en su habitación.

—Conmigo tampoco habla tanto como antes.

Luisa pasa una mano por la mejilla de Clara.

—A usted la quiere mucho. Después de que usted y el niño se marcharan se ha plantado en uno de los pasillos de la planta. Nos ha dado un susto terrible a la Pili y a mí. Llevaba el cabello suelto y un candelabro en la mano. Casi pensamos que era una aparición. Se acercó a la ventana y la ha seguido a usted con la mirada como si…, como si quisiera advertirla de algo, no sabría decirle. Y entonces le he pedido a Pili que la vigilara y he pensado: «mira si ahora está entretenida, me escapo y entro en su habitación, aunque sea de madrugada, y al menos me quedo tranquila de que todo esté bien», pero me ha visto las intenciones. Apenas he podido guipar algo. Había esparcidas por el suelo cientos de fotografías. Nos hemos mirado la una a la otra. Y ella me ha dicho con una voz que no le había escuchado nunca que me marchara de allí.

Clara tiene miedo de haber heredado esa pulsión de locura que parece afectar a todas las generaciones de la familia Prats. Se mira en el espejo. Ve una imagen prolija. Ve el cabello castaño recogido en el preceptivo moño hueco, el rostro pálido, los rasgos regulares, un rostro como otro cualquiera y que sería fácil de olvidar si no fuera por unos ojos cálidos que lo observan todo con curiosidad. Y tiene un objetivo. Va a pasarse toda la mañana trabajando para poder disponer de las fotografías cuanto antes.

3

Un hombre joven desciende alegremente de un carruaje frente a la comisaría de la calle Conde del Asalto, en pleno Raval. Se llama Carlos Monfort y es abogado. Lleva un canotier y un traje demasiado claro para la época del año que contrasta con un serio maletín que se balancea en una de sus manos. No ha esperado a que le abriera la puerta el cochero, un hombre robusto y que va vestido a la vieja usanza con chistera y levita.

El sargento de guardia levanta la mirada del mostrador al verle entrar. El vestíbulo es angosto, un tanto lúgubre, y no invita a la confianza. La comisaría se encuentra casi vacía, a pesar de estar en una calle concurrida, animada por un browniano ir y venir de gente que siempre parece buscar algo o ir a encontrarse con alguien. En esa calle, viejos comercios, sombrererías y farmacias se mezclan con modernos cafés y prostíbulos apenas disimulados.

—Vengo a ver al comisario Martín Prieto.

—¿Y usted es?

—Carlos Monfort.

El sargento asiente y dice:

—El inspector Guillo le está esperando. Ahora vendrá a buscarle.

Hace una llamada por un telefonillo. Al poco tiempo aparece un inspector, uno al que Carlos no conoce. Su nombre viene de Santiago, y como es pequeño, menudo, le llamaban Santiaguillo, y Martín Prieto un día le llamó Guillo y así se le llamará siempre. El inspector, sin mucho tacto, le dice:

—Llega usted tarde. El comisario está con una investigación.

Carlos sonríe. Tiene el rostro algo escurridizo para resultar del todo agradable, los ojos son del color de un agua oscura en la que hubiera algo agazapado en el fondo.

—Es esta dichosa calle. Roberto, mi cochero, se ha tenido que pelear con dos chicos que querían encabritar a los caballos exclusivamente para divertirse.

—Tenemos que subir hasta el último piso.

No hablan entre ellos. Carlos encuentra absurda la cháchara social. Si no se tiene nada que decir, no dice nada. Y el inspector Guillo parece preocupado por algo que van a encontrar. En la puerta hay un policía guardando la entrada. El inspector Guillo le hace una seña confusa y le dice:

—Me ha dicho que entre igualmente…

El policía se encoge de hombros y abre la puerta. El lugar no resulta del todo desagradable a primera vista. Las paredes están recién pintadas, y unas ventanas altas dejan pasar la luz del día y el murmullo matutino de la calle. Pero hay un hombre sentado, desnudo de cintura para arriba y maniatado a la silla con pañuelos de seda desgastados para no dejar marcas. Tiene la cabeza caída. Los antebrazos y el cuello están tostados, el resto de la piel tiene una cualidad lechosa. Frente al hombre, Martín Prieto está sentado en una vieja silla como si estuvieran en medio de una conversación informal. Saluda a Carlos Monfort con un movimiento ligero de cabeza. El hombre ni se da cuenta de que alguien nuevo ha entrado en la habitación.

—Le juro… —dice el hombre.

Se calla. Rebusca algo en su mente.

—Cuando lo del cargamento de wolframio usted lo supo primero.

Hay algo parecido a un sollozo cuando habla. El hombre está al servicio de Martín Prieto. Es el vigilante del baluarte, que informa al comisario de todos los movimientos del puerto y en especial de la playa. Los hombros se contraen, el sudor es frío. El comisario se levanta, da un par de palmadas al aire. Entra una mujer voluminosa, vestida de criada. Lleva una peluca rubia de mala calidad. Tanto Carlos como

17

el hombre miran con perplejidad a la mujer. A una señal de Martín Prieto, la mujer le da una bofetada al hombre que le gira la cara. Y luego le da otra del otro lado.

El hombre, más perplejo que dolorido, suelta:

—¡Coño!

Otra bofetada y otra más resuenan en la habitación. Un pequeño hilo de sangre empieza a manar de la nariz. La mujer tiene una fuerza más que considerable.

—¡Me dormí, joder! —grita de pronto el hombre de una forma escandalosa—. ¡Esa es la pura verdad! Doblé turno, trabajé la noche anterior, esa misma mañana y vuelta a trabajar de noche. Y que conste que no lo hago por codicia. Mi mujer se ha quedado preñada de nuevo y tengo siete churumbeles en casa, ¿qué más quiere que le diga?

Tras varios años de interrogatorio a mano alzada, como Martín Prieto lo llama, ha aprendido a detectar cuándo alguien dice la verdad y cuándo no y sabe que el hombre no está mintiendo. Ha llegado a sospechar que había cambiado de lealtades y que le escamoteaba deliberadamente la información. Millán Astray, el nuevo jefe de policía de la ciudad, y un par de comisarios rivales se la tienen jurada, y no le extrañaría que fueran untando a sus confidentes a sus espaldas.

—Está bien… —El comisario señala a Guillo—. Llévatelo.

El hombre se destensa al fin. Martín Prieto le da una palmadita en el hombro, que extrañamente tiene cierto aire paternal. A una señal, la mujer se retira dejando en el aire un olor avinagrado, mezcla de sudor y potaje de judías. Cuando todos se han marchado, Martín Prieto le dice a Carlos:

—Perdóneme si no he podido atenderle antes. Tenía un asunto que resolver. Ayer apareció un hombre muerto en nuestra playa. El de antes debía vigilarla desde el baluarte y la batería del astillero. Cuando le he ido a preguntar me ha dicho que no había visto nada. Así que le he hecho venir aquí. Había algo que no cuadraba. Me cuesta una pequeña fortuna cada mes el que me informe.

—¿Quién es la mujerona que le ha abofeteado?

—Filomena…

—Y… ¿por qué le presiona ella y no…, bueno, alguno de ustedes?

—Tengo al juez De la Lastra encima de mí. A veces, la gente se pone farruca y se va al juez a quejarse de esto mismo que acaba usted de ver. Si el juez pregunta quién le golpeó le dirá que una mujer vestida de criada. ¿Quién le va a creer? Vestimos a Filomena de corista, otras, de vidente. A veces uno de los nuestros se disfraza de payaso. Todo para que el testimonio ante el juez sea ridículo y no se lo crea. Pero con quien mejor funciona es con Filomena. Los hombres se avergüenzan de ser golpeados por una mujer. He visto a anarquistas con los huevos pelados contar todo lo que saben para que Filomena no los siga zurrando. Nos ahorra mucho tiempo, la verdad. Mano de santa.

—Oh, es maravilloso… Nunca se me hubiera ocurrido. En fin, espero que lo de hoy no interfiera en nuestros negocios. No nos interesa que haya jaleo en el puerto precisamente ahora, ¿verdad?

—No, claro que no.

Pero Carlos Monfort es abogado. Está acostumbrado a detectar pequeñas inflexiones en la voz que son delatadoras.

—Parece que no está usted muy convencido de ello.

—El que ha aparecido muerto es un cheroqui. Y los cheroquis dan problemas, no son como los anarquistas o los lerrouxistas, a los que se los ve venir y sabe uno a qué atenerse. Los cheroquis tienen un código especial de honor. Los anarquistas siempre se están peleando entre ellos, puedes untar a un grupo rival, aunque te pongan cara de asco y se excusen en que necesitan el dinero para sus altos ideales, y al final te narran con todo lujo de detalles lo que saben de los otros. El problema es que el cheroqui ha aparecido muerto con heridas de bala. Y ellos cuando se pelean es a cuerpo.

—Una contrariedad —dice Carlos con tono jovial.

Martín Prieto no acaba de entenderle. A veces Carlos habla de asuntos serios como si estuviera encima de un escenario del Paralelo, y por el contrario dedica un minucioso análisis a un asunto trivial. Martín Prieto abre las ventanas. No le gusta el olor del miedo cuando ya todo ha acabado, como no le gusta el olor a semen reseco después de un coito.

—La fotógrafa le reconoció, así que al menos algo hemos ganado.

—¿Una fotógrafa?

—Una Prats. Ahora hacen fotografías de la escena del crimen. Ella le había fotografiado previamente en el gabinete del Gobierno Civil y le ha reconocido de inmediato por el tatuaje en el pecho. Estaba fichado.

—Una Prats… —dice de forma soñadora Carlos—. Creo que la matriarca aún vive. Iba por las casas haciendo fotografías de gente muerta. Es curioso que su hija tenga el mismo trabajo, aunque en una versión moderna.

—Debe de ser su nieta.

—Las fotografías ¿las tiene usted?

Martín Prieto asiente.

—Acaban de traerlas. Se han dado prisa.

—¿Podría verlas?

—Sí, claro.

Martín Prieto extiende las fotografías sobre una mesa. Una serie de emociones atraviesa la cara de Carlos, extasiado, transportado, como un creyente ante una aparición religiosa.

—Son maravillosas —dice Carlos al fin.

—¿Maravillosas? —pregunta Martín Prieto más interesado que extrañado. Es tolerante con las rarezas de la gente.

—Sí…, son imágenes poderosas, extrañas, de un gran impacto estético. Las luces…, como un cuadro religioso… ¿Puedo quedármelas?

—Puede si tanto le gustan. Si las pide el juez De la Lastra, le puedo enviar el juego que se queda en Jefatura.

Carlos no dice nada. Las vuelve a guardar en el sobre gris con el sello de Jefatura. Abre su maletín. Es de viejo cuero inglés. Al guardarse las fotografías de pronto recuerda con una sonrisa el motivo de su visita. Carlos Monfort trabaja para el servicio secreto alemán facilitando información al cónsul, el conde Nielsen. En la cartera hay un sobre abultado. Se lo da a Martín Prieto sin muchos prolegómenos. La cantidad es considerable. El comisario obtiene un filón con la información conseguida gracias a estibadores, carboneros, pesadores y, últimamente, de las lavanderas del puerto. Limpiar la mierda tiene sus beneficios. Gracias a la información de las lavanderas sabe el tipo de barco que atraca, las mercancías, las cantidades de carbón y algodón y de un mineral en especial que es el wolframio, las cantidades que entran y salen.

No cuenta el dinero. No acaba de gustarle que se lo dé aquí.

—Tendríamos que celebrarlo —dice el comisario.

—¿*Champagne*?

—Si quiere también.

21

4

El Anatómico Forense ha sido desplazado al recientemente inaugurado Hospital Clínico, pero el distrito V conserva ciertas singularidades y una de ellas es seguir disponiendo de un depósito de cadáveres propio que funciona como un anatómico forense de batalla. La sala en la que se realiza el análisis forense no es más que un anexo del depósito de cadáveres conocido como el *corralet* que forma parte del Hospital de la Santa Creu y que se halla pegado al Colegio de Cirugía.

Separados de Elías tan solo por una cortina, hay un grupo de estudiantes que realizan prácticas con cuerpos que no han sido reclamados por nadie. Multitud de cadáveres de vagabundos, pobres, incluso niños procedentes de orfanatos son diseccionados por los futuros cirujanos. En esta ocasión es el cadáver de una mujer anciana. El cuerpo ya ha sido más que mutilado por estudiantes ansiosos, el abdomen ha sido abierto, las vísceras sacadas y vueltas a meter de manera descuidada. Las mesas son metálicas, las cabezas abiertas de los cadáveres cuelgan de los extremos, la sangre forma coágulos sobre el serrín del suelo. El silencio resulta desconcertante. Los pies no hacen ruido sobre el serrín grumoso. Tan solo se escucha el trepidar de los carruajes en la calle del Carmen, el grito de una vendedora que se cuela por los ventanucos de ventilación.

Uno de los puntos fuertes de Elías es su olfato. Es capaz de detectar trazas de notas químicas que pasan desapercibidas para el resto de la gente. En cambio, los olores más comunes y habituales le pasan por alto, como la fragancia de la mayoría de los perfumes o el hedor a putrefacción, y eso en su caso es una bendición. No lo acaba de entender. Es como si su olfato fuera un cedazo que solo dejara pasar las menores trazas y desechara por groseras las mayores. Le sucede desde que era niño; no era capaz de detectar el tufo de las lámparas de gas, pero sí el rastro del olor de los guantes que el amante de su madre había dejado en casa. Así le había pasado con Clara Prats. Sus ropas se habían impregnado de algo áspero y dulzón a un mismo tiempo: el olor del producto químico para revelar placas de cristal. Detectó también ciertas notas de jabón procedentes de su cara. Se dio cuenta entonces de que se la había lavado deprisa y corriendo y apenas se había aclarado.

Elías decide apartar la imagen de Clara de su cabeza y empezar la autopsia como es debido. Realiza una cuidadosa valoración visual del cadáver. Es un hombre atlético y bien parecido. El rostro tiene una desconcertante regularidad. Le gusta el contraste entre el perfil noble y los tatuajes. Elías piensa que debió de ser admirado por mujeres y también por muchos hombres. Elías es delgado y siente cierta admiración hacia quienes disponen de un físico robusto. A veces siente envidia del par de bedeles que casi sin esfuerzo se llevan los cuerpos como si fueran unos recién nacidos, mientras que a él le cuesta incluso darle la vuelta a un cuerpo.

Observa que las pupilas están dilatadas. Los ojos son castaños y la luz desvela destellos de mica en ellos. Tiene la impresión de que si hubieran estado vivos arrojarían una mirada cálida y agradable. Detecta de nuevo ciertas notas de éter, en las mucosas de la boca, en la nariz, pero también y extrañamente en el cabello, y en algunas partes de la piel. Llega a la conclusión de que debía de estar totalmente inconsciente y drogado cuando le dispararon. Elías busca marcas de pinchazos en la piel, pero no encuentra ninguna. No fue drogado con morfina. El cloroformo y el éter son un método antiguo, pero siguen siendo efectivos para dejar a alguien inconsciente.

Desciende por el pecho. Admira los tatuajes. Se pregunta cómo habrán conseguido el color rojo de las rosas. Dibuja los tatuajes lo mejor que puede. Observa la herida del pecho: está rodeada por una aureola rojiza, los bordes algo carbonizados. Aun sin abrir el cuerpo, Elías sabe que uno de los proyectiles ha atravesado la aorta y el pulmón izquierdo. Extrae con cuidado las balas y las deja en una riñonera. Sigue inspeccionando, bajando por el abdomen. Inspecciona los genitales. Parece que tuvo relaciones poco antes morir por ciertos restos de fricción en el pene que descubre al retirar el prepucio. Consigue con esfuerzo colocar el cadáver en posición lateral. Observa la espalda. No hay signos de violencia ni golpes. No ha sido tampoco sodomizado. Coloca de nuevo el cuerpo en decúbito supino. Realiza con meticulosidad la incisión de Virchow que le permitirá adentrarse en el tórax. El bisturí se desliza con fría delicadeza. Tiene la línea alba marcada y eso es un problema. El abdomen es duro, ha de hacer una pequeña maniobra. Al oler la sangre detecta un olor químico, punzante y amargo que no logra identificar. Descubre que el estómago está vacío. Y en los intestinos apenas hay materia fecal. Sin embargo, no parece que haya pasado hambre, el cuerpo es robusto y sano. Obtiene orina mediante un sondaje para evitar que se contamine la muestra. No da positivo para alcaloides, con lo que no fue drogado con opio ni con ninguna de sus tinturas.

Tras acabar la autopsia comprueba las ropas. No hay marcas en la camisa. O estaba totalmente abierta cuando le dispararon o lo vistieron *a posteriori*. Las ropas son de buena calidad. Se da cuenta entonces de un detalle. Había unas iniciales bordadas en la pechera. Y han sido deliberadamente eliminadas. Enfoca con la lupa. La camisa no le pertenecía a él, es sin duda prestada, pero no consigue averiguar las iniciales con los restos del pespunte.

5

Martín Prieto se ha cambiado de camisa. Tiene tres o cuatro en su despacho. Dispone también de una jofaina disimulada en un armarito para poder lavarse las manos. Se lava los sobacos y también la entrepierna. Ha dejado el sobre con el dinero en la caja fuerte en la que se guarda el fondo de reptiles, el dinero para sobornos, para tapar bocas o abrirlas según el caso. La calle Conde del Asalto está llena de burdeles y de pensiones, pero sabe que no ha de visitar ninguno de ellos, no debe ofrecer oportunidad para el chantaje ni ningún tipo de compadreo, prefiere ir a uno alejado y discreto. Carlos Monfort le está esperando fuera. Martín Prieto le indica que al sitio a donde van es mejor ir en un coche de punto. Carlos le dice que no, que prefiere que vayan en su propio carruaje. Martín Prieto sabe que Carlos es particular y excéntrico a la manera en que lo son los ricos que se saben a salvo de los vaivenes de la vida. No habla con el comisario durante el viaje y se entretiene leyendo una novelita. La portada es llamativa. Algo de un tal detective Lupin. Está escrito en francés.

El carruaje se ha detenido ante un elegante y discreto edificio del Ensanche, relativamente cerca del paseo de Gracia, punto neurálgico de la ciudad, pero alejado de miradas indiscretas. Nadie diría que es un burdel. No hay un ir y venir atolondrado de clientes por la escalera. Es un primer piso que dispone de una tribuna a la calle. El resto de los pisos están alquilados a honradas familias. A Martín Prieto se le han ido las ganas cuando entran en el *meublé*. Desde que ha

25

cumplido los cincuenta, la pulsión sexual se desvanece con la misma urgencia con la que aparece. Pero sabe que al menos puede tomar una copa y hablar con tranquilidad con madame Blanxart.

Madame Blanxart es pálida, alta y espigada. Lleva un vestido de terciopelo negro, con una falda más ceñida de lo habitual. Está acostumbrada a las visitas intempestivas de Martín. Sabe que siempre tienen algo que ver con haber tenido antes una redada o un interrogatorio. Hace años que se conocen. El secreto del lugar es el buen gusto, el lujo discreto, muebles escasos pero de gran calidad, no hay nada que recuerde a un lupanar, sino más bien a la casa de algún abogado de prestigio. Madame Blanxart es estricta con ciertas frivolidades de sus chicas. La bisutería está prohibida, solo pequeños anillos de oro, pendientes de perlas. El tabaco está proscrito. Han de ir con ropa ligera y cómoda, de colores blanco, gris o perla, se pueden mostrar los brazos y las piernas y es conveniente que también el escote, pero no se permite mostrar los pechos y queda totalmente prohibida tanto la lencería estridente como los perfumes untuosos, tan solo se admite el uso de colonia de flores. Carlos Monfort podría sentirse como en casa si no fuera porque su casa es uno de los palacios más antiguos de la ciudad. Es el abogado genealogista más importante de Cataluña.

Las chicas se arrullan a su alrededor como palomas al verlos entrar. Carlos Monfort elige a una a la que Prieto calificaría como simpática y pechugona y eso le decepciona un poco. Madame Blanxart hace pasar a Prieto a su salón particular.

De inmediato le sirve una copa de brandi. Sabe que le gusta un poco aguado y con un poco de café.

—¿Quién es tu amigo?

—Un abogado…

Madame Blanxart se le queda mirando sin apenas mostrar ninguna emoción.

—Compartimos negocios —dice el comisario al fin.

—¿Y cómo es que le has traído aquí?

—Tenemos algo que celebrar.

—Creo que no es ese el motivo.

La voz de madame Blanxart es grave. Tiene la costumbre de llevarse la mano al collar de perlas cuando habla. Martín Prieto sonríe.

—En realidad quería saber qué le gusta y qué le deja de gustar. Es una información que me puede ser de utilidad algún día.

—¿Y él no ha puesto ninguna objeción?

—No.

—Es curioso. Parece un hombre inteligente. ¿Le conoces desde hace mucho tiempo?

—Alrededor de un año.

Madame Blanxart se desliza hacia una vitrina y tira de un llamador escondido. Martín Prieto se repantinga en un sillón de orejas estilo Chesterfield. Se abre una puerta disimulada tras una cortinilla y aparece una chica joven. Tiene el cabello largo y los ojos claros. Es difícil discernir su edad.

—¿Qué edad tiene? —pregunta Martín Prieto con algo de recelo.

—La adecuada.

Martín asiente. Sabe que madame Blanxart no correría riesgos.

La chica se arrodilla frente al comisario. Madame Blanxart pasea a su alrededor a cierta distancia, fumando. Es cuidadosa con las conversaciones con Manuel. Sabe que no ha de nombrar algún que otro tema, en concreto no le debe preguntar por su mujer y mucho menos por su hijo enfermo. Pueden y suelen hablar de política.

—¿Qué es lo que te preocupa? —pregunta ella.

A Martín Prieto le produce un gran placer hablar con una mujer inteligente mientras otra tiene la cabeza hundida en su entrepierna.

—Ha aparecido un muerto en la playa —dice el comisario.

—¿Y eso es un problema para ti?

—Me temo que sí. Estaba inconsciente cuando le dispararon. Y me han traído el cadáver a la playa. No sé si lo han hecho adrede o no. Pero es mi territorio y nadie puede entrar de noche y dejarme un muerto plantado allí como si tal cosa. Pagaba a un tipo que tenía que estar vigilando, pero el tipo se durmió.

Madame no dice nada. Sigue fumando. Se ha detenido frente a la chimenea. Sobre ella hay un gran espejo ligeramente apoyado en un ángulo que ofrece una perspectiva completa de la habitación.

Ve a la chica con la cabeza en la entrepierna de Martín Prieto. Su cabello oscila entre el castaño claro y el rubio oscuro. Se lo ha peinado con la raya en medio, de modo que le cae a ambos lados en dos mitades exactas. Le gusta la forma en la que se ha arrodillado, como si estuviera sentada en el campo cogiendo un ramillete de flores. Con una de las manos ha tomado la de Martín Prieto como si necesitara ayuda para cruzar a algún lugar. Lleva un vestido azul muy bonito. El color del manto de la Virgen. Lo ha elegido madame personalmente. Ve cómo Prieto amusga los ojos de pronto. El espasmo es intenso, pero apenas dura unos segundos. Siempre se queda admirada de que algo que dura tan poco tiempo sea lo que hace mover el mundo.

Casi de inmediato se oye un ruido proveniente de un lugar cercano. Alguien ha cerrado con violencia una puerta, y el oído experto de madame Blanxart detecta que también con cierto miedo. Se pueden saber muchas cosas por el sonido de una puerta que se cierra. Acto seguido hay una explosión de lloros.

—Si me disculpas.

Martín Prieto se queda a solas con la chica, quien le acomoda con cuidado el miembro ahora flácido y le cierra los botones de la bragueta. Se saca un inmaculado pañuelo de una de las mangas y se limpia con cuidado los labios. No muestra ninguna emoción cuando se levanta. Se vuelve para marcharse. Él retiene su mano.

—¿No sonríes nunca?

Ella baja la mirada y no dice nada. Hay algo en ella que desarma a Martín Prieto.

—¿Cómo te llamas?

—Lirio.

Lirio tiene los ojos azules y se marcha sin haber sonreído.

Una chica llora en medio del salón. Es la chica simpática y pechugona. Se llama Rosita. A su alrededor hay otras chicas, algo mayores, las que normalmente andan más desocupadas, dándole ánimos maternales, aunque no sepan muy bien qué ha pasado. Madame Blanxart se acerca. Ve que no lleva el vestido puesto, pero sigue con la ropa interior intacta. No está despeinada. Tiene gran éxito, pues es delgada pero sus pechos son enormes —madame sospecha de alguna malformación congénita—, siempre a punto de desbordarse.

Rosita tiene el rostro enrojecido por la congoja. Apenas puede hablar.

—Lleváosla de aquí —dice madame—. Metedla en el cuartito de la cocina.

No hay nada que moleste más a un cliente que ver a una puta llorando, sobre todo si él no ha sido la causa de su congoja. Carlos Monfort todavía sigue en la habitación. Madame Blanxart decide entrar. Le gusta resolver ese tipo de problemas ella misma. Encuentra a Carlos sentado en uno de los sillones. Está leyendo una de las revistas de moda a las que las chicas son aficionadas. Ve que la cama no está deshecha, solo ligeramente arrugada en el lugar en el que se han sentado en ella.

Él levanta la mirada, alza las cejas de una manera interrogativa.

—¿Qué ha pasado? —pregunta ella sin circunloquios.

Carlos se encoge de hombros y sonríe de lado.

—Solo hemos hablado. No le he puesto un dedo encima.

Madame Blanxart le mira. Se da cuenta de que tiene razón. No hay nada en la habitación que indique violencia. No hay rastro del eco que la violencia suele dejar. Sin embargo, ve su entrepierna abultada. Quisiera seguir preguntándole, pero hay algo en él…, algo muerto dentro de su alma que le desagrada profundamente. Madame asiente y decide retirarse.

—Si me disculpa.

Él hace un gesto suave con la mano que denota tolerancia y sarcasmo a un mismo tiempo. Madame vuelve donde están las chicas. El *office* es su lugar preferido. Huele a café con leche. Hay bizcochos que una de las chicas ha traído de su pueblo.

—Parecía de pronto saberlo todo de mí, y había como un dragón en sus ojos y…

Rosita se va recuperando a pesar de que aún hipa cuando habla. Ya no es necesaria su presencia. Madame Blanxart vuelve a su saloncito. No le ha acabado de gustar la idea de haber dejado a solas a Martín Prieto con su protegida. Respira tranquila al ver que Lirio ya se ha recogido.

—¿Por qué le has traído? —dice al llegar a su lado en tono neutro, sin resultar ofensivo.

—Ya te lo he dicho.

—Pues has de saber que lo que le gusta a tu amigo es poner nerviosa a la gente.

—Eso ya lo sabía. Dime, ¿piensas que es un invertido?

—A los invertidos, como tú los llamas, no se les pone la polla dura al hacer llorar a una mujer.

—¿Le ha pegado?

Martín Prieto empieza a sentirse molesto porque le haya dejado en mal lugar.

—No, pero llévatelo.

—¿Por qué?

—No quiero volverle a ver por aquí.

6

El gabinete antropométrico se encuentra en el edificio de Gobernación, un viejo palacete que había sido anteriormente el edificio de la Aduana, y centraliza el archivo de sospechosos. Clara Prats acude dos tardes a la semana, la escogieron a ella por ser mujer. Al principio, solo había sido contratada para fotografiar a mujeres y niñas, normalmente acusadas de prostitución no reglada o de pequeños hurtos y estafas; las prostitutas han de desnudarse para poder ser identificadas por las marcas del cuerpo, y anteriormente hubo un pequeño escándalo con un fotógrafo que se centraba en determinadas zonas anatómicas de las mujeres y cuyas fotografías eran revendidas por correo. Pero su trabajo era tan eficaz que pronto empezó a fotografiar a muchachos, ancianos y finalmente hombres de cualquier edad.

Clara no ha dejado de darle vueltas a la muerte de Santiago de la Rosa. Incluso ha soñado con él. El cuerpo aparecía flotando en el agua, ella conseguía traerlo a tierra y, una vez en la arena, salían anguilas enormes por diferentes orificios de su cuerpo. Clara había despertado llena de terror, tapándose la boca para no despertar a su familia.

La mayor parte de las veces los detenidos no son como De la Rosa. Muy a menudo son vagabundos que desprenden un fuerte olor a vómito y a orines. Por eso el señor Andreu no la deja a solas nunca. Es el director del gabinete. Es un hombre meticuloso y se toma muy en serio su trabajo. Tiene en gran estima a Clara y tomó hace unos cuantos

31

meses la arriesgada decisión de que también fotografiara a detenidos masculinos. La mayor parte de ellos se sorprenden al ver a una mujer, una mujer por lo demás joven y que no tiene aspecto de matrona. El señor Andreu, vestido siempre con un traje de lana oscuro y un jerseicito verde en cualquier época del año, no tolera ninguna machada de los internos ni que le falten al respeto a Clara.

Clara se ha vuelto una experta en la fotografía antropométrica. Junto con su hermano Abel, han conseguido inventar una luz química que aumenta de manera considerable la resolución de las fotografías. La luz queda fijada justo frente a la cámara. Los detalles son nítidos, pecas, lunares, cicatrices, estrías de embarazos se ven a la perfección, con lo que los detenidos pueden ser fácilmente identificados. Para que todas las fotografías resulten homogéneas, todo el mundo debe estar sentado en la misma posición. Un pequeño cabezal metálico sujeta con rigidez las cabezas por detrás, clavándose en la nuca. Además, uno de los guardas, el señor Florentino, les pide que se estén quietos. El señor Florentino es alto y corpulento, y la mayor parte de las veces es suficiente con que levante la mano para convencer al interesado. De vez en cuando, alguno de ellos no acaba de entender la situación y el señor Florentino pide a Clara que se ausente del gabinete unos instantes. Apenas unos minutos más tarde, los detenidos se muestran dóciles, aunque también muestran expresiones de dolor al moverse. Como le decía medio en broma medio en serio el señor Andreu, tenían que conseguir una mirada de vaca viendo pasar el tren.

A un lado del gabinete hay una tabla sinóptica de los rasgos fisonómicos. Fotografías organizadas de cada rasgo de la cara humana, nariz, ojos, barbilla y mentón. Lo que más ocupa son las orejas. Hay infinitas formas de lóbulos, hélix y giros del hélix. Todo ello forma parte del retrato hablado. Es una manera de identificar a los ciudadanos. La dactiloscopia apenas está desarrollada y tiene muchos detractores. El método Bertillon, por el contrario, goza de gran popularidad. A los detenidos se les realiza una serie de fotografías. En unas han de mirar directamente a la cámara. En otras, mostrar su perfil. Un especialista en el método Bertillon toma diferentes medidas del cráneo, identifica lunares, cicatrices, anota el color de los ojos y del cabello. A veces, cuando es necesario dibujar algún rasgo, algún tatuaje, le piden a Clara que lo realice, porque tiene pericia dibujando con tinta. Por cada detenido se confecciona una ficha antropométrica. Se siguen instrucciones de la cartilla antropométrica. Las fichas de filiación que se guardan en los álbumes policiales llevan en su cara anterior la fotografía de frente y perfil del detenido, nombre, edad, naturaleza, profesión, motivo de la detención y fecha del señalamiento.

El último hombre a quien Clara ha de fotografiar es apenas un muchacho. Los ojos son terriblemente claros, y parece que tuerce la cara hasta que Clara se da cuenta de que el rostro es asimétrico *per se*. Clara ha empezado a entender ciertas pautas de la naturaleza. El raquitismo y el escorbuto desgajan mandíbulas, la viruela y la varicela tuercen bocas. Clara siente muchas veces pena por los detenidos, como es el caso de este muchacho. Los motivos de detención son casi siempre pequeños hurtos, carteristas, estafadores y timadores. El de aquel día es simplemente el de no tener un hogar. El chico es menor. Se muestra dócil y obediente. El señor Florentino guía al muchacho. Clara cree que los detienen por ser simplemente pobres, como mecanismo de control social, sabemos quién eres, tenemos un pedazo de tu alma guardado en un álbum, pero jamás expresaría en voz alta sus ideas. Sabe que el señor Andreu es un defensor a ultranza de las teorías de la frenología. Escudriña cada fotografía para afirmar la determinación del carácter y los rasgos de la personalidad y las tendencias criminales basándose en la forma del cráneo, cabeza y facciones. ¿De alguna manera estamos predestinados para el crimen? Clara no lo cree. Al repasar las fotografías siempre se repite un patrón de pobreza, de necesidad. ¿Los ricos no cometen crímenes? Clara supone que por lógica sí, pero no les realizan aquellas fichas ni les toman fotografías de aquella manera y si lo hacen debe de ser en otro sitio.

Clara ha de cambiar la luz que utiliza, los ojos podrían salir blancos de tan claros que son, pero ha de ajustarla para no perder ningún detalle de la piel. Mientras decide si ha de modificar el grado de exposición nota algo a sus espaldas, una especie de conciencia que se ha posado sobre ella. Y por primera vez desde que trabaja allí tiene miedo. Observa al chico que tiene delante y se da cuenta de que mira detrás de ella, y entonces le ve bajar la mirada, replegarse en sí mismo, aunque sin mover la cabeza, porque la tiene fija al cabezal de la silla. Clara se vuelve, quiere saber el origen del malestar del chico. Y al hacerlo solo nota el vacío que ha dejado una presencia en el aire.

Acaba la última sesión. Se llevan al chico. Clara deja la cámara en su sitio, pero cambia las luces, que son en su mayoría propiedad del estudio Prats.

El gabinete está centralizado y el archivo fotográfico está disponible para policías y jueces, pero no para abogados. Dispone de una salita donde se halla el archivo, multitud de libros forrados, ordenados sistemáticamente de manera que se pueden buscar personas con el hélix de la oreja de aquella forma o de la otra.

Clara se sorprende al entrar y encontrarse sentado a un hombre que se levanta respetuosamente al verla. Frente a él hay abiertos varios libros con fichas policiales. Se da cuenta de que son las fotografías que ha tomado ella.

—¿Señorita Prats?

Clara asiente. No puede evitar enrojecer. Habla todos los días con desconocidos en el estudio de su familia, pero hablar con alguien que la reconoce sin esperarlo la sigue avergonzando. Clara supone que debe de conocerla por el estudio Prats.

—Soy Carlos Monfort.

Sus ropas son demasiado elegantes para ser un policía y es demasiado joven para ser un juez. Tal vez sea un secretario del juzgado, pero lo descarta al darse cuenta del color claro de su traje y el pañuelo azul con topos blancos que sobresale de uno de sus bolsillos.

—Soy abogado. Aunque también soy historiador y genealogista, pero eso no tiene importancia ahora.

Clara recobra cierto aplomo. Está acostumbrada a lidiar con los clientes del estudio y sus manías y necesidades, que a veces no resultan compatibles con su trabajo.

—Pensé que el archivo solo estaba disponible para policías...

—Oh, sí… He pedido un permiso al juez decano. Se lo he mostrado al señor Andreu, quien amablemente me ha dejado ver cómo realiza usted su magnífico trabajo. Ese chico de antes. Seguramente habrá captado su mirada azul. ¿No la ha encontrado cautivadora? Una excelente mezcla de inocencia y descaro.

—¿Estaba usted en el gabinete…?

—Sí, sí, la he visto cómo lleva a otro nivel su arte. No he querido de ninguna de las maneras interrumpirla. Sus fotografías son maravillosas… Tiene usted un gran talento, si me permite decirlo.

Clara se muestra perpleja. Está acostumbrada a que la feliciten por sus fotografías familiares, por conseguir que matrimonios desavenidos parezcan parejas felices, que niños nerviosos se estén quietos al menos por un rato, no por esas fotografías, duras, que diseccionan con crueldad cada rasgo de un rostro.

—Estas de aquí las realizó usted, ¿verdad?

Carlos señala varias fotografías de diferentes detenidos. Todas las ha hecho ella. Las fotografías no van firmadas. Nadie sabe quién ha realizado qué.

—¿Cómo lo ha sabido?

—La piel…, la luz que se refleja en los ojos, que casi podamos saber de qué color son a pesar de ser en blanco y negro. Pensé al verlas que habían sido fruto del azar, de una afortunada carambola de destreza y capricho de la naturaleza. Pero ahora sé que está usted detrás de ellas, que es usted, su talento…, que alguien las concibió así, oh, qué tonto he sido… Señorita Prats…, verá…, estoy aquí porque desearía hacerle un encargo. Hay un combate de boxeo. Me gustaría que usted realizara algunas fotografías de la velada.

Clara se siente a la vez apurada y halagada porque alguien valore su trabajo de esa manera. No obstante, no le queda más remedio que decir:

—No creo que pueda hacerlo. Las mujeres tenemos prohibida la entrada a ese tipo de espectáculos.

La prohibición está más relacionada con el hecho de que los hombres enseñen el torso que con la violencia en sí.

35

—Oh, vaya…

Carlos se muestra contrariado como si no se hubiera dado cuenta de aquella peculiaridad hasta ahora.

—Sí, sí, es una pena… Pero me gustaría que fotografiara a alguien tras la pelea. Sí, sí, después, aunque, claro, podría ser antes también. Sí, podría arreglármelas para conseguir uno de los reservados de los pisos superiores. Tengo un especial interés en el boxeo. Estoy patrocinando a un boxeador. Es andaluz. Tiene la piel oscura. Él dice que es medio gitano, pero yo además estoy seguro de que tiene antepasados negros, esclavos. Eran muy comunes en Sanlúcar de Barrameda, de donde él procede. Creo que sería una oportunidad para que usted, su arte, madurara. Naturalmente usted será remunerada de forma adecuada.

—Mi hermano Enrique podría realizar…

—¡No, no, ha de ser usted!

Parece de pronto enfadado y, al ver el rostro alarmado de Clara, baja la voz y añade:

—Usted es quien tiene talento.

Carlos se la queda mirando. Sus ojos son extraños, como si no hubiera luz en ellos. Él parece ser consciente de ello y sonríe para alejar esa sensación. Pero la impresión no mejora. Clara sigue callada. Realmente no sabe qué decir. Le gusta caminar por las calles y fotografiar a mujeres en el mercado, a trabajadores que descansan, a transeúntes que esperan el tranvía, esas fotografías las toma sin que su familia sepa nada, tan solo con la ayuda de Abel, pues no es posible para ella salir sola a la calle, y no quiere pasarse el resto de su vida fotografiando a parejas bobaliconas en decorados falsos. Fotografiar un combate de boxeo sería una gran oportunidad. Pero para ello tendría que pedirles permiso a su padre y a su hermano y no está segura de que se lo dieran.

Monfort muestra signos de impaciencia. Sabe que no puede pedir algo así de buenas a primeras a una mujer a la que no conoce y sin haber sido presentados previamente.

—No quiero presionarla. En realidad, sí quiero, pero sé que no debo. Querer, deber, siempre tengo muchas dificultades con lo uno y con lo otro. Si se lo piensa mejor, envíe una nota a esta dirección.

Carlos le tiende su tarjeta.

—No tenemos teléfono en casa. El timbre desencadenaría una de las terribles jaquecas de mi madre.

Clara visualiza el lugar. Palacio Monfort. Calle del Obispo. Hay un callejón y al fondo hay una verja. Es uno de los palacios más antiguos de la ciudad. Una de las villas de la antigua ciudad romana, y que utiliza una parte de la muralla romana para sus muros. Su padre debe de ser el juez Monfort. Fue el encargado de los juicios de Montjuic. El atentado anarquista durante la procesión del Corpus. Murieron doce personas y muchas resultaron heridas. Detuvieron a cientos de personas, que fueron torturadas y varias de ellas ejecutadas. Era famoso por la frase «Hay que cerrar los ojos a la razón». Más tarde se supo que los cinco ejecutados eran inocentes.

7

—¿Alguna novedad? —pregunta Martín Prieto al inspector Guillo al llegar a comisaría.

—La dirección que consta en la ficha policial de Santiago de la Rosa no es correcta. Nunca vivió allí. La profesión que indica es herrero, pero la dirección de la herrería es un edificio cerrado. La ficha policial es de hace tres meses. Toda la información recogida es falsa. Pero tenemos algo. Ha llamado un tal Roma. Dice que sin duda usted estaría interesado en hablar con él. Ha dicho que quiere verse en terreno neutral y que usted ya sabe cómo.

Martín Prieto no dice nada y se queda pensativo.

—¿Quién es Roma? —pregunta con cautela el inspector.

—Jordi Sánchez Romagosa. Un jefe cheroqui. Es un hombre joven. Su padre fue quien fundó la banda.

—Pero eso está bien, puede servirnos de ayuda.

—Roma odia a la policía. Para un cheroqui hablar con nosotros es una deshonra. Su padre fue abatido por uno de los nuestros. Fue una chapuza. Le pegó cuatro tiros por la espalda.

—¿Por qué habrá decidido hablar entonces con nosotros?

—Supongo que ellos tampoco tienen idea de qué ha sucedido. Según la autopsia, De la Rosa estaba inconsciente y drogado cuando le dispararon. Así que podemos desechar definitivamente la idea de que ha sido un asunto entre bandas.

Roma y Martín Prieto han tenido sus rifirrafes. Hay un mercadillo cerca del puerto, bajo unos soportales, desde la Edad Media, los encantes de Bellcaire, un mercado en el que se trapichea con las mercancías que se *caen* de los barcos. Los jornales no dan para mucho y es un chanchullo tolerado si todo el mundo sale beneficiado. Martín Prieto, no obstante, no ha podido controlar ese mercadeo como hubiera querido. Era amigo del padre de Roma, Jose, el primero en Barcelona a quien llamaron el Cheroqui. El comisario y él habían estado en el mismo regimiento en Cuba y se conocían demasiado bien. El padre de Roma murió tiroteado por un policía chusquero, alguien que no era de su comisaría. Cundo murió fue su hijo quien se hizo cargo del negocio, aunque quien sigue teniendo el control es Montse Romagosa, la matriarca de la familia, y a la que el comisario también conoce.

Martín Prieto ha tanteado a Roma en alguna que otra ocasión. Hubiera querido que fuera su confidente, el menudeo es fuente proverbial de información. Y además sus intereses raramente se cruzan, con lo que ambos ganarían. A Roma no le interesa la cantidad de carbón que se importa ni a qué países se exporta wolframio, ni a Martín Prieto el aceite o las toallas de buena calidad. Roma vive de pequeños trapicheos, apuestas de caballos en el hipódromo o timbas de cartas, y ahora está también interesado en organizar combates de boxeo. A Martín Prieto no le interesan unos cuantos garrafones de aceite de oliva que misteriosamente han desaparecido. Martín Prieto sabe que, de vez en cuando, Roma da un golpe grande, pero tiene cuidado y no llama la atención de la policía, sobre todo del poderoso comisario Martín Prieto.

8

Carlos Monfort ha enviado una caja de *champagne* y un gran ramo de camelias blancas a casa de Madame Blanxart. En el sobre, al contrario de lo que suele suceder, aparece escrito su nombre, y no el de la destinaria. Dentro hay una carta y una cierta cantidad de dinero. Madame Blanxart, al recibir el obsequio, manda llamar a Rosita, y las demás chicas, aburridas, acuden también sabedoras de que una jugosa propina para una puede compartirse entre varias. Hoy toca revisión del médico, que ha de comprobar el buen estado de las chicas. El Instituto Higiénico Sanitario, en un equilibrio extraño entre salud pública y moral, obliga a las prostitutas a tener un carné en regla y un registro de las revisiones. Madame Blanxart está tranquila porque sabe que sus chicas están sanas. Y, además, en caso necesario, cuenta con la protección de Martín Prieto.

Así que hoy están todas ellas libres. A madame Blanxart no le gustaría que algún cliente se topara con el médico, los clientes no piensan que las revisiones son semanales, sino que alguna de las chicas está enferma.

Rosita parece recuperada.

—Nena, si ni siquiera te tocó y te hace estos regalazos.

—Si te la llega a meter no quiero pensar en lo que podría ofrecerte.

Todo son parabienes para Rosita. Las chicas que la habían consolado ahora muestran cierto resquemor envidioso.

—Yo le puedo contar todo lo que quiera de mí. Mi padrastro me la metió cuando tenía doce años. Luego…

—Por favor, no nos interesa…

—Pero puede que a él sí. Sé de muchos que se excitan con las historias más que con las tetas…

De repente, Rosita empalidece.

—No, no es para mí.

—¿Qué?

—Es para Lirio.

—¿Lirio?

Rosita deja caer la carta. Las flores que estaba oliendo las deja caer también. Sin embargo, el dinero del sobre se lo guarda sin muchos miramientos entre los pechos.

—¡Menudo hijo de puta! —exclama.

Madame Blanxart siente algo parecido a la traición. Se agacha con rapidez a recoger la carta. Está firmada de puño y letra de Carlos Monfort y en ella solicita humildemente ser presentado a la blanca Lirio. La carta viene firmada, con lo que podría ser utilizada en su contra en caso necesario. Es incriminatoria. Es un abogado. No es un neófito. O es un inconsciente o se siente intocable. Madame Blanxart por primera vez desde hace mucho tiempo se siente desconcertada.

Lirio no está con las demás chicas en el salón porque es la última que ha entrado al servicio de la casa y es la última a la que le toca la revisión. El médico que las atiende hoy es el doctor Garriga, un viejo conocido de la casa. Madame Blanxart llama a la puerta de la habitación en la que se realiza la revisión, pero entra sin esperar respuesta. La luz es cálida, las cortinas son de gasa y están corridas. Ha de procurar que la habitación sea lo más acogedora posible. Sabe que muchas de las chicas, a pesar de estar acostumbradas a abrirse de piernas ante desconocidos, se sienten incómodas ante un médico que las observa con frialdad. Lirio está medio echada en la cama, las piernas levantadas mostrando un vello púbico rubio y delicado. No es un matorral oxigenado como el de algunas ni un pubis como la piel de un pollo como lo llevan otras, al gusto de cada cliente fijo. Madame ha detectado un movimiento fugaz en la escena, más el final de una caricia en el pubis que el de un reconocimiento. El doctor Garriga se coloca las gafas en su sitio y dice arrebolado:

—Está todo correcto.

Madame Blanxart no dice nada. El doctor se vuelve y se lava con profusión las manos con agua cálcica en una jofaina destinada a ello.

Lirio se queda en la misma posición. No se baja la camisola. La carne de los muslos se ve muy blanca. Unas medias de encaje largas que le llegan hasta media rodilla. Madame y Lirio esperan en silencio mirándose la una a la otra a que el doctor Garriga acabe. Cuando lo hace el doctor Garriga carraspea.

—Está en la entrada, usted mismo —dice madame en un tono seco que no es habitual en ella.

En la entrada ha dejado una caja de frutas bajo la cual hay un sobre con una ponderada cantidad de dinero. El doctor Garriga se despide sin que madame le acompañe, algo que el doctor considera extraño y lo atribuye erróneamente a lo que haya podido atisbar al abrir de pronto la puerta.

—¿Cuándo has hablado con Carlos Monfort?

Lirio parpadea. No es el tono familiar con el que madame Blanxart se dirige a ella.

—El otro día, cuando vino su amigo el comisario. Pregunté qué había pasado, no era por chismorrear, se lo aseguro. Nadie me dijo nada. Y entonces salió el señor Carlos de la habitación y… Él se fijó en mí…, como si hubiera dejado caer la mirada sobre mí, como si fuera algo físico encima, no sé si me entiende.

—¿Y qué te pidió?

—¿Pedir…? No, no me pidió nada. Solo me preguntó cómo me llamaba.

—¿Y luego?

—Luego…, no dijo nada y se marchó a esperar al otro señor.

—Si intenta ponerse en contacto contigo, debes evitarlo.

Pero una vez dicho eso se da cuenta de su error. Las chicas le contarán lo de las flores y el *champagne*. Y por experiencia sabe que prohibir algo solo hará que muestre más interés en ello si cabe.

La colcha es de un color celeste. El color del manto de la Virgen, vuelve a pensar. Madame Blanxart se mueve por la habitación. No quiere que Lirio salga todavía y se encuentre de cara con Rosita, tiene que conseguir que se atempere un poco.

—¿He hecho algo malo? —dice Lirio con un tono de voz por el que muchos hombres pagarían una buena cantidad de dinero porque se lo dijera al oído en un susurro.

Madame no contesta, enciende un cigarrillo en cambio.

—¿Me da uno?

—Es malo para el color de los dientes.

—Usted los tiene perfectos.

Madame Blanxart abre la boca y se retira una prótesis de porcelana. Su edad resulta indefinible a primera vista, una mujer entre los treinta y tantos y la cincuentena, pero ahora el rostro es el de una anciana.

Lirio no aparta la mirada ni muestra emoción alguna, pero ha deslizado una mano hasta su sexo. Al principio es como si tuviera alguna molestia producida por el reconocimiento médico anterior, pero al poco sus movimientos se vuelven rítmicos.

Madame Blanxart la observa. Sabe jugar al gran juego. De pronto tiene la sensación de que acabará muy mal o dándole órdenes a ella.

9

Aparece un segundo cadáver cerca del Pabellón de Higiene del puerto. Es un pabellón situado frente al muelle del carbón y donde los estibadores van a lavarse al acabar la jornada. A un lado se encuentran los almacenes de la Aduana, un edificio monumental de aires centroeuropeos. El carbón se trae a tierra en pequeñas lanchas, cargado en cestas de mimbre, y se amontona en carros arrastrados por mulas. A veces, los barcos atracan de proa o de popa y mediante tablones y una larga hilera de hombres se vacían las bodegas. Ahora hay una especie de teleféricos a los que llaman bicicletas que funcionan como unas vagonetas desde las cuales se descarga el carbón. Sea el método que sea se necesita una gran cantidad de hombres. Hombres sin apenas formación, solo fuerza bruta y resistencia. El cuerpo también ha aparecido de madrugada. A esa hora es un sitio desangelado y triste.

Martín Prieto no estaba de guardia, pero ha sido despertado, con buen criterio, por el inspector Guillo en vez de ser avisado el comisario que lo estaba. El juez De la Lastra tampoco estaba de guardia. Se hace cargo otro, Giménez, alguien con quien Martín Pietro se entiende y que se deja untar hasta cierto punto. No ha llegado todavía. Giménez conoce a Martín Prieto y sabe que le gusta disponer de cierto tiempo para remenear a su aire. Cuando llega el comisario saluda al inspector Guillo, que lleva un cierto tiempo esperándole. El cadáver ha aparecido apoyado en la torre del reloj del pabellón, que indica de forma oficial la hora a los trabajadores. Un par de policías uniformados vigilan que nadie se acerque al cuerpo. Hay una mujer mayor a la que llaman Merche la Lechera, que vende café con leche hecho en su casa y que mantiene caliente en una tetera sobre un fuego de leña, y es quien ha descubierto el cuerpo y ha dado aviso. Apenas hay tres o cuatro trabajadores más. Todavía es temprano. El cuerpo ha aparecido, semisentado, mirando al mar, como si estuviera descansando tras una larga jornada. Es un hombre robusto.

—Tiene dos disparos en el pecho, como el otro —dice el inspector Guillo.

El comisario inspecciona el rostro sin tocarlo. El inspector Guillo se adelanta y dice:

—Parece que también ha sido drogado. Tiene la expresión de los morfinómanos.

—El otro fue drogado, pero en la autopsia no se detectó morfina. Tiene que ser alguna otra cosa.

Tanto el comisario como el inspector se sorprenden al ver descender a Clara Prats y su ayudante de un carromato. Clara le reconoce al verle y esta vez se dirige a él directamente, a lo que el comisario contesta:

—Es usted de nuevo. —Lo dice como si fuera una agradable sorpresa.

Sabe sonreír de forma adecuada y mostrarse amable cuando es necesario. No tiene nada en contra de la mujer, pero le gustaría saber quién ha dado orden de mandarla a ella. Está seguro de que el juez Giménez ni sabe que existe ni se le ha ocurrido enviar a un fotógrafo criminalista.

Clara asiente. El chico que la acompaña se dirige con decisión hacia el cadáver y coloca la cámara.

—Si me disculpan —dice Clara.

Se acerca al cadáver con cuidado. De pronto, parpadea y baja la cabeza al verle. Martín Prieto ve cierto desconcierto en ella que ya ha visto antes y le pregunta:

—¿Le conoce usted?

Clara asiente.

—¿Quién es?

—Es estibador. Le hice unas fotografías para el fichero de gobernación. Había apoyado una huelga. Fue hace unos meses. No recuerdo su nombre.

—¿Está fichado, entonces?

—Sí.

—Eso nos ayudará. ¿Sabe usted si fue a la cárcel?

—No, creo que no.

A veces fichan a la gente más que nada para amedrentar a los trabajadores cuando hay un altercado, le hubiera gustado añadir, pero decide callarse, está aprendiendo. El hombre había sido detenido junto a algunos otros por impedir que un grupo de esquiroles boicoteara una huelga. Le sonrió y la llamó «señorita» en un tono muy suave. Clara parpadeó y se sonrojó, pero acabó por sonreírle también y aquello fue captado por el señor Andreu y Clara pudo observar su mirada reprobatoria.

Manuel Prieto considera un mal asunto el hecho de que sea un estibador. El sindicato de trabajadores es la Sociedad de Obreros de Descarga y junto con el sindicato de la metalurgia es uno de los más poderosos. Y últimamente ha habido malestar sindical en el puerto. Los patrones prefieren a los parados no sindicados que acuden cada mañana al puerto para ver si los capataces los contratan a cambio de un sueldo mucho más bajo. Hay numerosas huelgas. La patronal contraataca con el uso de esquiroles para sabotearlas. Las oficinas de contratación se encuentran en cada muelle. Hay siempre un aire de violencia contenida del que Martín Prieto sabe sacar provecho, pero que no le conviene que se desate de forma abierta.

Ve acercarse a Elías Sunyer, acalorado a pesar del frío; de nuevo viene con el sombrero en la mano y más que llevar parece que arrastre su maletín.

—No he encontrado un coche de punto. He venido caminando lo más deprisa que he podido desde el hospital.

Elías y Clara se saludan con torpe timidez, pero en cambio esta vez se coordinan casi sin hablar. Primero, Clara tomará las fotografías del

46

lugar. La posición del cadáver es importante. Cuando haya finalizado, Elías realizará su valoración. Es meticuloso y sigue un orden exacto empezando por la cabeza, siguiendo por el torso y acabando por los pies. Las heridas de bala en el pecho llaman su atención. Sabe nada más verlo que el cuerpo debía estar inconsciente.

Clara no presta atención a su alrededor cuando trabaja. Y al acabar su cometido se sorprende al mirar a su alrededor y descubrir el numeroso grupo de obreros que se ha empezado a congregar. Se escucha un murmullo creciente. Aunque la policía de seguridad quiere alejarlos de la escena, les resulta difícil. La rabia de la gente es como un animal que da vueltas en torno suyo dando dentelladas ciegas al aire. Clara mira las caras de los trabajadores. Los rostros oscurecidos bajo las gorras. Las ropas ya sucias, aunque no hayan empezado todavía su turno. Y detrás de ellos los barcos inmensos, atracados de lado, las cubiertas preñadas de carbón.

Martín Prieto se fija en uno de los obreros del puerto, uno de los capataces, que resulta ser uno de sus confidentes. Se llama Alfredo. Martín Prieto se quita el sombrero, lo sujeta con la mano izquierda y da unos golpecitos contra la pierna. Es la señal convenida de que tienen que hablar. El comisario sabe que Alfredo juega en diversas ligas y no le extrañaría que una de ellas fuera la del sindicato y otra la de la patronal.

De una forma natural consiguen gravitar el uno hacia el otro entre la gente. Ambos saben que es mejor que no se los vea juntos. El comisario se lleva un cigarrillo sin encender a la boca y señala con él hacia el pabellón.

El pabellón está vacío a esa hora. Hay una multitud de lavamanos en diferentes rengleras. Está limpio, a pesar de que decenas de trabajadores se acercan a diario allí al finalizar el turno. El pabellón vacío tiene un eco extraño y desprende la melancolía de una institución abandonada, aunque cientos de trabajadores lo utilizan a diario. Las voces retumban y podrían ser escuchadas desde fuera y prefieren ir al urinario. Los dos se ponen a orinar en el mingitorio, lo que les permite no tener que mirarse el uno al otro. Huele a desinfectante, chorrean marcas de urea que resultan imposibles de erradicar.

—¿A qué hora limpian esto?

Puede ser una conversación casual.

—Cuando acaba el turno. Hemos conseguido acabar como muy tarde a las seis.

—¿Conoces al que está ahí afuera?

—Se llamaba Juan Sacristán. Era extremeño. Tiraba como una mula.

—Sé que apoyó la huelga del verano pasado.

Alfredo se muestra perplejo ante la rapidez con la que la información ha llegado al comisario.

—No creo que la patronal esté implicada. El patrón no quiso represaliarle el año pasado. No era del sindicato. Solo defendía su trabajo. Y ya le he dicho, tiraba como una mula y era callado, y no se metía donde no le llamaban.

—¿Tenía algún enemigo?

—Al principio alguno del sindicato quería tocarle los cojones, ya sabe, pero se ganó el respeto. Él iba por libre.

—¿Cuándo fue la última vez que le vio?

—Hará un mes. Me acuerdo porque sorprendimos a un mirón.

—¿Un mirón?

—Sí, viejos maricones, aunque de vez en cuando hay alguno joven… Nos pasamos un buen rato lavándonos. Escupimos carbón cuando el turno acaba. Hasta los mocos nos salen negros de la carbonilla que aspiramos. A veces sorprendemos a alguno mirando por los ventanucos. Algunos son mayores y dan más pena que asco. Dan vueltas, vienen del Paralelo. En verano, con toda esa mugre, nos echamos baldes de agua y muchos nos quedamos como nuestra madre nos trajo al mundo en medio del pabellón.

Ambos hombres dejan de orinar y se van a lavar las manos. ¿Podía ser en los dos casos un asunto de invertidos? Martín Prieto enseguida rechaza esa idea. Los crímenes de ese tipo suelen ser diferentes, más cuchilladas y más sangre y drama, los cuerpos no aparecen como si estuvieran descansando, sino que son rajados de arriba abajo.

—¿Esto puede afectar a nuestros negocios? —pregunta Alfredo.

La cantidad de carbón que llega a la ciudad interesa sobremanera al consulado alemán. La información proveniente de Alfredo y unos cuantos más vale su peso en oro. Naturalmente, Alfredo y los demás no lo saben, y Martín Prieto se ha inventado que las empresas carboneras quieren saber exactamente lo que entra para cotejar con lo que sale y así evitar desvíos contables. Los alemanes necesitan ese dato para calcular el acero, la energía que se puede producir. Para qué quieren saber la producción de acero no es asunto suyo y no le preocupa por el momento.

—No creo que ocurra nada. ¿Tienes alguna idea de quién puede haber sido?

—No lo sé, pero estoy seguro de que no han sido los del sindicato y si me apura los de la patronal tampoco.

—Está bien. Saldré yo antes.

Al salir del pabellón el comisario observa la escena. El grupo de trabajadores ha aumentado. Se hacen y se deshacen corrillos. Un rumor de indignación va cobrando forma. Nos lo han dejado aquí para darnos un escarmiento. Y eso que el Sacristán no se metía en ningún problema. Y era el que más tiraba. Cuatrocientos capachos en un día, ahí es nada. Lo detuvieron hace unos meses. Apoyó la huelga. Apenas nada, un par de días. Ha sido la patronal.

Martín Prieto sabe que costará calmar los ánimos. Tiene que hacerlo porque no puede permitirse una situación explosiva en el puerto ahora que sus asuntos van sobre ruedas. Se acerca a Elías Sunyer. Clara Prats no lleva sombrero, sino una pañoleta oscura. Y esta vez Martín Prieto se fija mejor. Sus ojos son grandes y hay en ellos una pasión comedida. Tiene cuidado de su hermano, que parece mirarlo todo de medio lado. La pañoleta remarca la belleza de la línea de su mandíbula, pero en cambio le impide saber el color de su cabello. Le sorprende descubrir que el conjunto no carece de belleza, pero alguien ha de tomarse la molestia de buscarla. Y ese alguien es Elías Sunyer. Conoce esa mirada y ese temblor.

—¿Cuándo murió? —le pregunta.

—Hará unas seis o siete horas. El *rigor mortis* es completo.

—¿Qué me puede decir?

—Es el mismo *modus operandi* que con Santiago de la Rosa. He detectado cierto olor a éter en la mucosa oral. Las heridas de bala son realizadas estando inconsciente o al menos no opuso resistencia, y no murió aquí. Las pupilas están dilatadas, pero tenemos que esperar a la autopsia. No se detectó morfina ni opiodes. Deben utilizar alguna otra substancia. Y si se fija bien, las ropas… Fue vestido *a posteriori*, una manga de la camisa está arrugada y la otra no, porque así se ha de poner una camisa cuando la persona no ofrece ayuda. El cuerpo está muy limpio. Incluso detecto olor a jabón. Su aspecto es saludable, bien alimentado. Tiene las mucosas lívidas, pero el tono de la piel correcto. Las plantas de los pies están limpias también y su color es correcto.

Martín Prieto sabe que al menos hay cinco vigilantes en el puerto por la noche. Dos de ellos le conocen personalmente y le pasan información. Los otros tres son del sindicato y antes se dejarían cortar una mano que trabajar para Prieto.

Le dice a Guillo:

—Averigua quién era el vigilante esta noche.

—Un tal Amadeo.

–¿Te ha comentado algo Merche la Lechera?

A Merche la conoce, su apodo hace referencia a sus dos profesiones. Va vendiendo café con leche, pero también hace de pajillera si se presenta la oportunidad. Y Martín Prieto sabe que si supiera algo, le habría informado.

–No sabe nada.

10

Esta vez Martín Prieto decide estar presente en la autopsia. Le acompaña el inspector Guillo. Al principio al comisario le parecía un poco tontolaba, pero ha descubierto que es listo y despierto y que no hace preguntas estúpidas. Es la primera vez que el inspector acude al depósito. Los dos hombres permanecen un tanto apartados mientras Elías realiza los preparativos. Martín Prieto le observa. Detecta cierta tristeza, un aire de seriedad provocado por algo abrumador. Si se sintiera más joven a lo mejor le interesaría saberlo. Ahora lo deja pasar. Hace relativamente poco que ya no le interesa la naturaleza humana.

El cuerpo yace por completo desnudo sobre la encimera de mármol. Es un mármol viejo, lleno de grietas por las que se filtran los flujos corporales, y Elías quiere que lo cambien por una metálica, más higiénica y fácil de limpiar, pero nadie le hace caso. La pileta que se encuentra a los pies del cadáver y que recoge los detritus de la autopsia siempre se emboza. Ha dejado varios cubos preparados a un lado para depositar las vísceras. Elías enciende el foco de luz. Es una luz blanca como la producida por el magnesio. Cuando la enciende no puede evitar pensar en cómo se las apañarían los primeros anatomistas, que se iluminaban con la luz de las velas. A través de los ventanucos enrejados se escucha el trajín de la calle. La sala de disecciones está vacía y en silencio. Todavía no hay ningún estudiante realizando prácticas con los cadáveres.

Martín Prieto observa el cadáver con detenimiento. El inspector Guillo parece obligarse a sí mismo a imitarle.

—¿Qué sabe hasta ahora? —pregunta el comisario.

—He realizado una inspección visual preliminar. Era un individuo sano. El cuerpo es vigoroso, las estrías musculares se le marcan entre las uniones de la carne y el hueso debido al trabajo físico. Los rasgos son regulares. He detectado un olor a cloroformo y posiblemente a éter, pero no lo puedo demostrar de manera científica, con lo que no aparecerá en el informe final. Como en el caso de De la Rosa, le dispararon estando inconsciente y drogado, incluso puede que ya muerto. No hay apenas signos de hemorragia. El halo de la pólvora indica también que lo hicieron bastante cerca. Hay restos de fricción en el pene. Mantuvo relaciones sexuales. Lo mismo sucedió en el caso de Santiago de la Rosa. Hay un enrojecimiento en la zona anal que podría ser compatible. Sin embargo, no hay fisuras, no hay restos de semen ni ningún fluido…

—¿Fue consentido?

—Lo único que le puedo decir es que no fue forzado. No se observa traumatismo de ningún tipo.

El inspector Guillo empieza a encontrarse mareado. Lo intenta disimular lo mejor que puede. Se ha quedado muy quieto con la mirada fija en un punto. Elías reconoce que es una buena táctica. Sabe que el lugar tiene un hedor particular, pero le resulta prácticamente imposible detectarlo. Allí trabaja gente cuando menos peculiar: el portero, el bedel, que es un señor que se guarda el parénquima de los pulmones para dar de comer a los gorriones. De vez en cuando se escucha alguna rata royendo alguna vértebra.

Martín Prieto se acerca todavía más y observa con más detenimiento si cabe. Elías detecta un olor a linimento, un líquido que se utiliza para dar masajes en las articulaciones, ¿empieza a padecer de artrosis? Calcula su edad. El cabello es oscuro y denso, peinado con cuidado hacia atrás. Tiene un bigote espeso y cuidado. Conserva la corpulencia de alguien acostumbrado al ejercicio físico, pero Elías intuye que se acerca a la cincuentena.

—Voy a obtener orina de la vejiga mediante una sonda. Quiero analizarla y realizar una prueba rápida para opioides. Cuando abra el tórax podría alcanzar la vejiga, pero lo prefiero así, porque evito contaminaciones innecesarias.

Elías obtiene la muestra de orina, no en gran cantidad, pero sí la suficiente para hacer la prueba. Su olfato no ha detectado opio. La reacción para los alcaloides no vira. Si hubiera alcaloides, lo habría hecho de forma rápida y clara en el tubo de ensayo.

—No hay morfina ni opioides.

Elías deja el tubo de ensayo a un lado. Pasa la mano por el cabello del cadáver. La huele.

—Es extraño…, hay restos de cloroformo en su cabello. Tal vez también de éter. Es como si hubiera sido sumido en un vapor de éter. No le fue suministrado de la forma habitual mediante un pañuelo empapado.

—¿Qué quiere decir con eso?

—Respiró los vapores. Puedes ofrecer resistencia si te obligan a inhalarlo, pero no puedes negarte a respirar. Así que pudieron adormecerle cuando quisieron. Empezaré ahora con la autopsia. No se acerquen mucho, por favor. El bisturí es afilado. Si por accidente se cortaran con él, la herida se infectaría enseguida y se produciría una sepsis general con resultado de muerte.

Elías realiza el reconocimiento desde la cabeza, fijándose con cuidado en las mucosas. Toma nota de la forma de los disparos. Retira las balas. Hace un dibujo exacto. Y se decide a abrir el cuerpo. Va dejando las vísceras en uno de los cubos. Elías admira cómo el comisario es capaz de abstraerse de tener un cuerpo abierto a escasa distancia y entretenerse en observar las balas. Reconoce que se ha de tener cierto cuajo para presenciar aquello.

Martín Prieto de pronto dice:

—La bala es la misma que las de De la Rosa. Es una 11 mm modelo 1884.

El inspector Guillo le pregunta admirado:

—¿Cómo lo sabe?

—Es la reglamentaria para los oficiales del ejército.

—Hay una cosa curiosa —dice Elías—. No hay muestras de suciedad. Las uñas están limpias. Hay restos de jabón. El cuerpo está limpio, sin residuos de fluidos molestos… Y además fue drogado, una mezcla de cloroformo y éter y alguna substancia química más que no me es posible identificar. Pero estoy seguro de que consiguieron una sumisión química. Pérdida de voluntad. Ambos estuvieron a disposición de lo que quisieran hacer con ellos. Tuvieron que estar retenidos en algún lugar. Estaban bien alimentados. Sospecho que durante ese tiempo sufrieron algún tipo de abuso. Hay enrojecimientos en la piel, ligeros roces. Aunque no puedo afirmarlo con certeza. Y una vez asesinados fueron transportados hasta el puerto. ¿Tiene esto algún sentido para usted, comisario?

—Es difícil pensar un motivo que no sea que alguien quiera divertirse con todo esto. Hay gente para todo. Pero lo que no entiendo… es por qué deshacerse de los cadáveres en el puerto, en un sitio que pueden ser encontrados tan fácilmente.

El inspector Guillo añade:

—Debe de haber implicadas varias personas. Tener secuestrado a alguien no es fácil.

—¿Es difícil obtener éter? —pregunta el comisario.

—El éter puede conseguirse en cualquier droguería. El cloroformo más o menos lo mismo. Hay algún otro elemento, pero no sabría decirle cuál.

11

Clara pasa la tarde junto a Elisenda, su cuñada, en uno de los saloncitos haciendo labor. En el saloncito solo se escucha el tictac del reloj y el entrechocar de las agujas de punto. No todos los días trabaja. Tiene que reservar varias tardes para realizar tareas consideradas más acordes con su sexo, como hacer labor, rezar el rosario o visitar enfermos. Clara está dándole vueltas a la cabeza a si debe aceptar o no el encargo de Carlos Monfort. Por un lado, desea aceptarlo, porque algo dentro de ella, una pulsión interior parecida al hambre o al sexo, la incita a hacerlo, desea fotografiar la velada, dos hombres peleándose, observados por la mirada atenta de otros cientos; pero por otro lado existe toda una serie de inconvenientes sociales que son casi imposibles de soslayar. No puede llevar consigo a Abel. Las grandes multitudes le agobian y empezaría a sudar y a encontrarse mal. Además, las únicas veces que muestra un desagrado evidente es ante la violencia. La visión de los cadáveres no le perturba, pero sí la visión de la violencia explícita. Una pelea, unos gritos le hacen empalidecer y quedarse muy quieto de una forma antinatural. Cuando le ofrecieron el trabajo como fotógrafa criminalista, Clara sabía que necesitaría a alguien y se lo explicó con calma. Él no tendría que ver la escena, solo ayudarla con el material, pero Abel se mostró impertérrito y dijo sí. La primera vez que fotografiaron la escena de un crimen Abel se acercó y lo miró todo con naturalidad. Clara llegó incluso a ver una traza en su mirada compatible con la pena.

—¿Quién va a querer a una chica que fotografía muertos? —pregunta Elisenda de pronto—. Y, además, por el amor de Dios, tienes veinticuatro años ya.

—Yo lo hacía y encontré a tu abuelo —dice una voz detrás de ellas.

Las dos se quedan sorprendidas. Amalia Prats está en el quicio de la puerta. El cabello, gris, suelto, le llega hasta casi la cadera. Lleva puesta una bata que debía de ser de mediados de siglo, riquísimamente bordada. Pero ahora tiene manchas sospechosas en ciertos sitios y el cabello desprende un olor rancio a polvo y a grasa.

Elisenda deja la labor a un lado. El antiguo respeto que le infundía la figura de Amalia se ha ido diluyendo con el tiempo y el declive de la mujer. La temerosa amabilidad ha dejado paso a la determinación:

—Yo siempre he mirado por usted. Cuido la casa, controlo a las criadas, he dado a luz a un par de hijos sanos, sus bisnietos, sus herederos.

Amalia suelta una carcajada. No es una carcajada normal. Hay en ella descaro, soberbia y también cierta locura. Detrás de Amalia, en la puerta del salón, aparece una criada joven, espantada, que no se atreve a acercarse. Clara deja también la labor a un lado, se levanta y se acerca a su abuela y la toma del brazo con firmeza y consideración a un mismo tiempo.

—Abuela, ¿quiere sentarse con nosotras?

La mujer rechaza su brazo.

—No, gracias, no quiero. Esa de ahí seguro que me hace rezar el rosario.

A Clara no le parece bien que hable así de Elisenda.

—Abuela, por favor.

—Por el amor de Dios —dice Elisenda.

—Y de la Virgen —contesta Amalia—. *Ora pro nobis,* no te jode.

Elisenda se santigua varias veces al escucharla. Luisa aparece de pronto detrás de Amalia y la sujeta del brazo.

—Venga conmigo…, nos tomaremos un chocolate.

—El chocolate me da cagarrinas. Mejor me vuelvo a mi habitación. Allí tengo todo lo que tengo que tener.

—Pues allá que nos vamos —dice Luisa sacándola del salón con paso firme.

Pero antes de marcharse, Amalia espeta a Clara:

—Ten cuidado con esa mujer.

Cuando Luisa consigue sacar a Amalia del salón, Clara dice:

—Lo siento, Elisenda. Tienes que perdonarla. No lo ha dicho en serio. Está perdiendo la cabeza.

—Hay lugares para la gente que está así.

—Esta casa es grande y ella está cuidada aquí.

—Lo que sí sé es que no puede pasearse en camisón de esa manera. Puede salir al balcón o, peor, a la calle. ¿Qué dirán los vecinos? ¿Y si tenemos invitados?

Clara envía recado a Carlos Monfort. Hará ese trabajo.

Manda una nota a través de una criada de su confianza: «No puedo subir al carruaje de un hombre. Tendría que ir acompañada de otra dama. Y mi familia debería conocerla primero».

Clara no acaba de comprender cómo es que Carlos, un abogado de buena familia, no está al tanto de las normas sociales y tiene la sensación de que es como si tuviera que lidiar con el propio Abel. Una dependienta, una vendedora de canastos o incluso una modistilla podían pasear solas por la calle con relativa comodidad, pero a una mujer de su posición social le resultaría imposible. Y muchísimo menos subir a un carruaje.

«¿No tiene usted una amiga que pudiera hacer ese favor?».

Clara no tiene muchas amigas, en realidad no tiene ninguna como tal, solo algunas conocidas que estudiaron con ella en la academia de la señorita Pelegrí, pero ninguna de cuya confianza pueda gozar. Luego cursó un par de años de dibujo y pintura en la Lonja, en un grupo completamente separado de los chicos. Ninguna de sus compañeras se tomaba en serio aquellos estudios, era un entrenamiento social, algo respetable con lo que matar el aburrimiento. Todas ellas se han casado y Clara es la única que permanece soltera. Reconoce, avergonzada, que no tiene ninguna amiga. El ir y venir de notas es constante. Entre la plaza del Ángel y el palacio Monfort apenas hay cinco minutos caminando.

«Puedo enviar a una buena chica a visitarla. ¿Le daría permiso su familia?».

Es una locura…

Es su única oportunidad…

Clara teme qué entiende Carlos por una buena chica, pero no hay vuelta atrás.

«De acuerdo. ¿A qué hora será?».

Clara siente que le falta el aire. Está escandalizada de su propio comportamiento.

«A las seis. Pasaremos a buscarla a las cinco. Sobre el *ring* habrá una claraboya enorme. Lo he arreglado para que usted pueda ver desde la galería superior sin que nadie la moleste. Posiblemente si alguien se girara la vería a usted, pero todo el mundo estará atento al combate».

A la hora convenida llaman a la puerta familiar. La casa tiene tres entradas. La mayor y más grande es para los clientes que han de acceder al estudio Prats. Luego está la familiar, con la que se accede a las viviendas, y otra más pequeña que es para el servicio.

Clara está nerviosa. La cabeza le da vueltas ligeramente. Piensa que no va a salir bien. Si al menos hubiera podido conocer de antemano a la chica.

Elisenda está remendando ropa en el saloncito desde el que se divisa toda la plaza. Clara le ha contado que van a hacer una visita a la Casa de la Caridad para ayudar a coser canastillas para los huérfanos. A lo que Elisenda, sorprendida, contesta:

—Aquí tienes dos sobrinos a los que apenas dedicas tiempo, no sé por qué tienes que ir a visitar huérfanos, cuyo origen, mal que me pese, es cuando menos dudoso.

—Ese no es un pensamiento muy cristiano.

—Querida, no creo que estés en disposición de darme clases de moral, las dos sabemos que cuando rezamos el rosario estás pensando más en tus cámaras que en acercarte a Dios. Además, me lo podías haber contado antes. De buena gana te hubiera acompañado.

La criada deja pasar a una chica joven con un vestido muy bonito. Lleva un sombrero quizá demasiado pequeño y que deja entrever la línea perfecta que divide su cabello en dos y en un recogido que estaba de moda hacía unos años. Lleva un precioso pero anticuado manguito de piel ruso, quizá valioso. La chica en conjunto tiene aspecto de haber salido de alguna familia aristocrática venida a menos y que ha de reciclar ropa de hace algún tiempo. Sonríe amable y enseguida baja la mirada y hace una inesperada y pequeña reverencia. Elisenda, tan proclive a las menudencias del protocolo, se muestra encantada. Clara respira con tranquilidad. Elisenda dice:

—¿No quiere tomar un chocolate? —La pregunta parece realizada con sinceridad.

—No, no…, se nos hará tarde…

—Ay, qué tonta, y su nombre es… A veces a mi queridísima cuñada se le olvida lo más importante.

—Me llamo Adelaida.

—¿Y cómo me ha dicho que se llama su familia?

—Monfort…

Elisenda muestra una ligera sorpresa.

—¿Es usted familia del juez?

—Es mi tío.

—Oh.

Y entonces del manguito saca un pequeño ramillete de flores. Un agradable olor se extiende por el salón.

—Es para usted.

Las flores son pequeñas, pero gráciles y delicadas.

—Oh, qué bonito. Pero soy muy poco conocedora de las flores.

—Es un ramillete de muguete.

Clara se levanta, se estira el vestido. No puede creer que todo vaya a salir bien. La señorita Adelaida y Clara se encuentran con Abel

59

en el descansillo. Abel se queda mirando a la señorita Adelaida. Parpadea. Y por primera vez Clara lo ve enrojecer.

—¿Te llevas una cámara? —pregunta con cierta inquietud.

Clara, al no disponer de su ayuda, decide utilizar solo una cámara Kodak, expresamente traída desde Nueva York. Es una cámara de fuelle, manejable, se puede llevar en una mano. La ha comprado a escondidas de Enrique, lo ha conseguido gracias a la ayuda de su padre, uno de los escasos días en que estaba sobrio. Ella sabe que su padre la quiere e intenta ayudarla, pero la depresión y el alcohol le impiden hacerlo tal como él desearía.

—Es para hacer fotos a los huérfanos…

Abel se queda en silencio. Se da la vuelta.

—Abel… —murmura Clara.

A Clara le gustaría ir detrás de él, pero sabe que no tiene tiempo.

—¿Le ha molestado mi presencia? —pregunta la señorita Adelaida con dulzura.

—No, no…, es solo que es un chico tímido.

Al salir a la calle, Clara se gira y ve a su cuñada asomada a la ventana. Muestra una mezcla extraña de recelo y curiosidad. Pero no hay nada que objetar, el carruaje es sobrio y respetable, y los Monfort son una de las familias de la nobleza inmemorial cuyo origen se puede rastrear hasta la mismísima caída del Imperio romano.

12

Jordi Sánchez Romagosa entra en el Frontón Condal junto con dos de sus hombres. Los cheroquis controlan el espacio a su alrededor como si fueran los verdaderos garantes del orden y no los cuatro o cinco policías. No llevan sombrero, sino gorra, sus ropas son oscuras, los zapatos, de duro cuero inglés. Roma es corpulento, le gusta el boxeo, lleva tatuados los dos brazos y una parte del pecho. Roma a veces acude al frontón a ver jugar cuando traen a algún pelotari que juega limpio. Sabe que el combate de hoy ha sido amañado, así que no tiene mucho sentido apostar. Pero está interesado en el ambiente. No le importaría apañar unas apuestas por su cuenta, pero ese territorio está cubierto por otros, esa zona es el Ensanche, casas bonitas y familias respetables. A una señal convenida, sus acompañantes se quedan en un segundo plano. Su jefe tiene que acudir a una de las galerías superiores y han de ser discretos. Ciertos señores de aspecto respetable se los quedan mirando medio admirados, medio ofendidos por su presencia. Los cheroquis son despreciados por una parte de la sociedad biempensante, pero en cambio otros los admiran por sus supuestas proezas sexuales. Pintores y artistas les van detrás por lo que creen su estilo de vida salvaje, auténtico, aunque la mayoría de ellos tiene un trabajo manual que apenas le daría para sobrevivir si no fuera por los trapicheos, los trapis, como ellos los llaman coloquialmente.

Martín Prieto acude al frontón sin que ningún policía le cubra las espaldas. Ambos hombres han quedado en encontrarse en uno de los reservados de la galería superior que recorre el semicírculo del frontón. El comisario entra en el reservado, ve a Roma apoyado en la baranda, dando la espalda al escenario y mirándole directamente. Es toda una declaración de intenciones. Nunca des la espalda a un policía. Martín Prieto no puede evitar pensar en el padre de Roma y en lo que pasaron juntos cuando fueron atacados por los mambises y tuvieron que luchar hombro con hombro. Sabe que por culpa de aquello no ha perseguido lo que debería a los cheroquis y que incluso les tiene simpatía. Desde las gradas inferiores sube un clamor, empiezan los aplausos, alguien está animando la velada como si estuvieran viendo una obra de teatro en el Paralelo. El comisario se coloca al lado de Roma, mirando al frente, y dice:

—Creo que quería usted hablar conmigo.

Roma no titubea. Sabe que tiene que mostrarse claro y directo.

—Está usted a cargo de la investigación de la muerte de Santiago de la Rosa. Quiero saber quién le ha asesinado. Y quiero darle un entierro digno.

Roma se da la vuelta y mira ahora el cuadrilátero junto al comisario. Saca una cajetilla de tabaco y le ofrece a Martín Prieto, el cual acepta. Los cigarrillos son Gauloises. En la cajetilla se puede leer *Liberté toujours.*

—Solo los familiares pueden reclamar el cuerpo. Supongo que al pertenecer a su banda usted lo consideraba como tal.

—No tiene familia y no pertenecía a mi banda.

—¿No?

Martín Prieto detecta cierto titubeo en Roma, pero es tan leve que le deja preguntándose si realmente ha existido. El hecho de que niegue que pertenecía a su banda desconcierta por un instante al comisario.

—No.

—Iba tatuado como un cheroqui.

—No, no era un cheroqui. Mucha gente lo creía por sus tatuajes, pero los suyos eran de estilo japonés, y los nuestros son... nuestros.

—Si no era de su banda, ¿por qué tanto interés?

—Quiero saber quién le asesinó. Es un asunto mío.

—Entiendo. Pero para lograrlo necesitaría alguna información. ¿Tenía algún enemigo? ¿Algún problema de los que se tienen que resolver a tiros?

Roma niega con la cabeza.

—Solo sé que un día desapareció.

—¿Cuándo fue eso?

—Hace un mes. Le habían detenido tres meses antes y le ficharon y luego le soltaron y no tuvo ningún problema.

—En su ficha se recoge que era un agitador.

Roma sonríe de medio lado.

—No tienen ustedes ni idea de lo que era.

—¿No? Entonces, dígamelo usted. ¿A qué se dedicaba? ¿Quién podía desear su muerte?

—Trabajaba en el Círculo Ecuestre, pero nos conocimos en el hipódromo. Se le daban bien los caballos.

—¿En el Círculo Ecuestre?

—Sí.

Roma y Martín Prieto se miran de forma abierta por primera vez. El Círculo Ecuestre es un lugar que para ambos está más allá de sus posibilidades.

—Tenía muy buena mano con los caballos. Era andaluz, se había criado en el campo.

—¿Supieron en el Círculo que había tenido problemas con la policía?

—No lo sé.

Martín Prieto tantea el terreno, aunque ya sabe la respuesta, y dice:

—Podrían haberle confundido con uno de ustedes…, tal vez alguna otra banda pudo pensar que…

—No, no funcionan así las cosas entre nosotros.

Martín Prieto sabe que hay diversas bandas en la ciudad. La otra banda más importante es la de Toni el Vinagret, al que llaman así porque es muy pálido y tiene cara de haber bebido vinagre. Para diferenciarlos los llaman los apaches, pero ellos lo toman como un insulto.

—He oído hablar de sus clubs de lucha.

—No nos vamos pegando como idiotas, si eso es lo que piensa.

—Sí, sé que tienen ustedes un código de honor y todo eso. Resolver sus problemas pegándose debo decir que no me resulta desagradable.

Roma mira al frente. El comisario reconoce en su fuero interior que el perfil es soberbio. Lo ha heredado de su padre. Por un momento, la figura de los dos se confunde y Martín Prieto recuerda cuando ambos estuvieron asediados en el fortín de la Ramblería y tuvieron que defenderse codo a codo.

—No me está usted resultando de mucha ayuda —dice Martín Prieto con cierto tono paternal a su pesar.

Roma le mira de nuevo abiertamente. Tiene los ojos grandes y castaños. Y hay una especie de furia cuando habla.

—Quiero decirle una cosa, pensé que estaban los farolas metidos en todo esto, pero supimos enseguida que no. Si no, Conde del Asalto sería historia.

Los farolas, así era como llamaban a los policías, porque el uniforme era del mismo color y estaban plantados. Roma sabe que ha hablado más de la cuenta. El viejo zorro de Prieto ha pillado al vuelo que dispone de información de lo que pasa en la comisaría.

13

Los cocheros del carruaje de los Monfort tienen un aspecto serio, uno es más joven que el otro y se dan un aire familiar cuando ambos entornan la mirada. Van vestidos a la vieja usanza, con chistera y levita. Roberto, el más joven, abre la portezuela a Clara y a la señorita Adelaida para que suban al carruaje. Carlos está esperando en el interior y, en cuanto se acomodan, no les da respiro y rápidamente empieza a hablar.

—Entrarán en el *ring* medio desnudos para golpearse y arriesgar la vida, ¿no les parece que es como si nos invitaran, como si nos hicieran al público ser su *voyeur*? Y el toque de campana entre asalto y asalto, créanme si les digo que tiene una cualidad casi religiosa, de autoridad del templo que nos da permiso para presenciar esa agonía, del griego *agón,* contienda, ese diálogo del cuerpo con la mente… Oh, perdón, las estoy aburriendo. Tengo además una sorpresa para usted, señorita Clara. Lo he arreglado para que tenga usted disponible un palco en la parte superior. Tendrá que acceder cuando todo haya empezado. Lamentablemente, yo no puedo acompañarla, tengo ciertos compromisos sociales que atender. Uno de los boxeadores es protegido mío. Mi pupilo se llama Carmelo. Pero Roberto, uno de mis cocheros, podrá ayudarla. Oh, veo que lleva usted una cámara de mano. No se me ha ocurrido pensar que no estarían a su disposición sus instrumentos habituales. ¿Será suficiente para su talento?

—Sí, no se preocupe —dice Clara—. A veces la utilizo en la calle.

—¿En la calle? Pensaba que solo la utilizaban los fotoperiodistas.

—La he utilizado varias veces para fotografiar a gente corriente, gente que pasea por el puerto, niños que venden periódicos, gente que vuelve a casa cansada del trabajo.

—La gente corriente es aburrida, querida. Yo no malgastaría su talento.

Tardan poco tiempo en llegar al frontón, pero han de esperar en el carruaje a que los asistentes entren. Los espectadores remolonean a las puertas, fuman, ríen, parece como si no acabaran de querer entrar, hasta que de repente suena una campana y todo el mundo se apresura como hormigas afanosas. No hay ninguna mujer a la vista. Ni siquiera las habituales vendedoras de cigarrillos.

—Queridísima prima, tendrá que quedarse usted aquí, en el carruaje.

La señorita Adelaida asiente sin que parezca molestarle. Tiene la mirada puesta en el tren de Sarriá que baja por la calle Balmes.

Clara se ha fijado en su bonito perfil. Tiene los ojos claros y parece que retuviera la luz del día en ellos. Si la conociera un poco mejor, sin duda le pediría que posara para ella.

—Salgamos —dice Carlos.

Una considerable propina al portero permite que Clara entre junto a Roberto.

—Pasen rápido al guardarropa —dice el portero—. Una escalera de servicio sube hasta los pisos superiores.

En el guardarropa hay tres chicos jóvenes que se afanan guardando abrigos y bastones. Se miran entre ellos, pero no sorprendidos, al verlos entrar. Clara no lo sabe, pero no es la primera mujer que sube a escondidas por esas escaleras y no precisamente con motivo de inmortalizar una velada.

Carlos Monfort ríe de una manera jovial.

—Oh, oh, parece una aventura de Lupin. Me encanta subir y bajar escaleras a escondidas. Lamentablemente, yo no podré acompañarla.

Clara mira con aprensión a su alrededor. Apenas unos pasos más allá, hay una gran cantidad de hombres que van de un lugar para el otro, riendo y saludándose. Hay levitas y chaqués, hay un pulular de zoco, camareros apresurados sirven comida y bebidas, chicos jóvenes venden tabaco, los limpiabotas se esfuerzan en anunciar sus servicios. La velada de boxeo tiene más de reunión social que de acontecimiento deportivo.

—Tengo amistades a las que atender —dice Carlos—. Suban ustedes rápido por las escaleras. Nos veremos luego en uno de los camerinos. Roberto ya sabe dónde es.

Clara y Roberto suben rápidamente hasta uno de los reservados de la galería superior. Es un excelente lugar para ver sin ser visto. Hay unas espesas cortinas de terciopelo rojo a cada lado y que llegado el momento pueden correrse dejando el lugar ciego a la mirada de los demás. Si Clara hubiera tenido más experiencia del mundo, se habría dado cuenta de que en la *chaise longue* hay rozaduras de zapatos en lugares insospechados. Pero Clara está absorta, desde allí el espectáculo es magnífico, se abre como un cuadro en picado, el cuadrilátero se halla en medio del frontón y empieza a entender a Carlos cuando lo compara con la religión, pues le recuerda a una especie de altar. Una atmósfera densa de humo de cigarrillos y alientos se ve atravesada por una luz cenital. Cuando el público ve salir a los dos boxeadores, hay una exaltación como el aliento de un animal gigantesco al que dejan suelto de pronto. Uno de los boxeadores es alto y fuerte, la piel morena, casi oscura. El otro es blanco, más corpulento que fuerte, más fanfarrón que seguro de sí mismo. Un hombre trajeado los presenta. Tiene voz de vendedor y latiguillos de feriante. Presenta a uno, presenta a otro. Clara no entiende del todo bien los nombres, pero sabe que el hombre cuya piel es más oscura es Carmelo. El combate ha empezado de pronto sin que ella se diera cuenta. Los dos hombres se tantean y se acercan y se repelen y se vuelven a tantear, y Clara ve en ello más un cortejo que una pelea. Los dos tienen la piel tensa y brillante. De pronto un puñetazo, seguido de otros más. Por primera vez, Clara es consciente de la virilidad, la naturaleza física del hombre, y se siente

67

aturdida. Dispara la cámara. Pero el ángulo no es bueno, el contrapicado no es correcto, la luz no lo va a entender y se desperdigará sin remedio en un sinsentido de claroscuros. Da varios pasos atrás. Roberto la ha dejado sola porque ha ido al lavabo. Sin casi darse cuenta sale del reservado, baja las escaleras, pero no las de servicio, sino las que llevan al resto de las plantas, quedando expuesta así a la mirada de los espectadores. Clara dispara la cámara una y otra vez. La cámara no utiliza placas de cristal, sino una nueva técnica basada en el celuloide. Clara no sabe cuánto tiempo lleva así hasta que se encuentra de pronto cara a cara con Martín Prieto, que acaba de salir de otro de los reservados. El comisario la mira extrañado. La mujer ya no lleva la pañoleta, y hay un brillo extraño y famélico en su mirada. Al ver al comisario, Clara vuelve a la realidad. El comisario no dice nada. Tan solo una ligera inclinación de cabeza. Clara retrocede y sube de nuevo las escaleras y se topa con un hombre rubio, joven y atractivo. Debe de ser de su misma edad, tal vez incluso más joven. El cabello se le amontona sobre los ojos y es retirado con un movimiento de cabeza, un gesto ligeramente adolescente. No lleva barba ni bigote. Su traje es de un corte impecable.

—¿Se encuentra bien? —pregunta, y su voz recorre octavas de colegios privados y segundas residencias de verano.

El hombre le sonríe, pero también mira a un lado y al otro, buscando a algún acompañante. Clara ve que se le marcan unos hoyuelos en las mejillas. Sus rasgos parecen sacados del dibujo de algún ideal de belleza masculina antiguo.

Alguien le llama:

—¡Rafel!

Él vuelve a sonreír. Un grupo de chicos jóvenes le hace señas. Llevan el cabello un poco más largo de lo habitual, todos sonríen de forma agradable y visten de manera elegante, con unos chalecos de colores que ella no ha visto nunca. Rafel parece preocupado por dejarla allí, hasta que Roberto aparece de pronto y dice:

—No se preocupe. Yo cuido de ella.

Rafel hace una señal de asentimiento. Roberto sujeta a Clara por el brazo. Es la primera vez que alguien la trata con esa rudeza. No parece enfadado, sino más bien contrariado, molesto por tener que vigilar a una mujer pudiendo hacer otras cosas como apostar, fumar o estar de cháchara fuera con el resto de los cocheros y los carruajes que casi han colapsado la calle Rosellón.

De nuevo se encuentra en el reservado, Clara duda del tiempo que ha pasado fuera. Ignoraba hasta ahora que una emoción pudiera inundarla como una oleada y que la obligara a desear algo de una manera tan brusca.

El combate de pronto ha acabado. Todo ha acabado.

Varios periodistas y fotógrafos de prensa se arremolinan en el *ring*. Carmelo ha perdido. Algo que parecía improbable. Se escucha el tumulto de los espectadores. Roberto, que ha vuelto a tratarla con una servicial indiferencia, le indica que han de salir de allí y bajar a otro sitio.

Bajan tan deprisa como pueden. Roberto la lleva en volandas hasta un pasillo en el que empieza a congregarse gente. No parece importar que la vean. Ven a Carlos, quien les hace señas y eufórico les dice:

—Pronto estará aquí.

Carlos los conduce a una habitación que en realidad es un camerino. Hay espejos rodeados de bombillas incandescentes. En el frontón también se realizan espectáculos de varietés y es aquí donde se cambian los artistas. A Clara la hacen pasar a un vestidor. Hay ropas de mujer, plumas, gasas y telas brillantes. La mezcla entre el combate del boxeo y aquel lugar y los nervios logra que Clara se eche a reír. Luego, cuando parece todo más calmado, la hacen pasar de nuevo al camerino. Carmelo está sentado, el torso ligeramente echado hacia delante. Una vieja herida en la ceja se le ha abierto y rezuma sangre. Se ha quitado los guantes de boxeo. Tiene unas manos fuertes, y con parsimonia se va retirando las vendas que le cubren los nudillos. Una multitud de crucifijos de oro y Vírgenes cuelga ahora de su pecho.

Clara se da cuenta entonces. Le ha fotografiado en una ocasión anterior. En el gabinete antropométrico. Sí, cómo no se ha percatado antes. Clara reconoce el crucifijo. Le habían detenido por venta ambulante y resistirse a la autoridad. Se queda perpleja. Recuerda que era agradable y estaba avergonzado y preocupado por que su familia se enterara. Tenía miedo de ir a la cárcel. Ante su desconsuelo, el señor Florentino le dijo que la venta ambulante tan solo era una falta y que le impondrían una multa, multa que se llevó todos sus ahorros.

No están solos. Hay varios hombres más, son jóvenes, tienen el cabello oscuro, hablan castellano con acento andaluz. Clara los saluda y ellos sonríen, nerviosos, y la observan actuar.

—Aquí y ahora, por favor —pide Carlos, y es como si gimiera.

Clara evita pensar. Tomará las fotografías lo mejor que pueda. Pide que cierren unas cortinas y que bajen la luz. Ella es buena haciendo fotografías con poca luz. Las sombras son amigas de su cámara. Carlos Monfort asiente. Todo sucede muy rápido. Apenas le da tiempo a pensar. El boxeador impone su presencia a todos. Es un trámite engorroso para él. No acaba de entender qué hace allí. Solo quiere descansar. Comerse un gran filete con patatas. Quiere enviar dinero a casa. Tiene de pronto a una mujer delante. No es como las rubias teñidas del Eden Concert a las que está acostumbrado. Prefiere a las chicas como la que le está observando y sacándole fotografías. Podría ser enfermera o una dependienta en una tienda bonita. Cree que la ha visto en algún otro lugar. Pero es extraño porque las chicas como ella no se fijan en él, más bien le temen; no era bueno vendiendo quincallería de cocina, las mujeres se asustaban de él, de su altura, de su cuerpo grande, y también de su belleza. El hombre extraño está al lado de aquella chica. El hombre que le ha pagado más por estar sentado en aquel taburete que por dejarse ganar en el *ring*. Sí, porque le ha pagado por dejarse fotografiar por aquella chica que está nerviosa. Le tiembla una de las piernas. No las ve, pero las intuye, como intuye los movimientos de piernas de sus rivales. Ojalá le dejaran descansar. Quiere acabar ya. La chica baja la cámara. Se miran. Todavía no saben que en pocos días sus vidas dependerán la del uno de la del otro.

Clara siente de pronto las manos de Carlos sobre sus hombros.

—¿Le ha gustado, querida?

La voz es baja, confidencial. El peso de sus manos no es acogedor, sino que parece retenerla, como si quisiera presionarla contra algún lugar imaginario. Acerca el rostro a su oído y le susurra de nuevo:

—¿Le ha gustado?, dígame que sí.

Clara siente un escalofrío. Las voces cesan a su alrededor. Alguien ha entrado en el camerino. Es Millán Astray, el jefe de la policía gubernativa de Barcelona. Saluda a Carlos. No dice nada a Clara.

—Vaya, tiene usted buen ojo para encontrar boxeadores, menudo ejemplar. Y qué veo aquí. Si son los romerillos. No me diga que son amigos suyos...

Los hombres que han sonreído a Clara ahora bajan la mirada con humildad.

—Acompañan a mi boxeador.

Millán Astray se acerca a Carmelo y le da un pequeño golpecito en el hombro:

—Está usted hecho un toro. Lástima que le hayan birlado el combate.

Y acto seguido empieza a contar una anécdota de cuando era director de la cárcel Modelo de Madrid y Carlos Monfort aprovecha para ordenar que acompañen a Clara al carruaje. Él ha de permanecer atendiendo a sus amigos y, según sus palabras, cuidando a su boxeador. Su prima Adelaida estará esperándola fuera.

—¿Le ha gustado el combate? —pregunta la señorita Adelaida al ver a Clara subir al carruaje.

—Sí —contesta Clara. Tiene la cara pálida, la mirada brillante. Lleva la cámara en el regazo, la guarda entre sus manos como si fuera un grial.

—A mí también me hubiera gustado verlo —dice con sinceridad la señorita Adelaida—. Me he aburrido enormemente aquí dentro.

Clara apenas la escucha. Tiene una ansiedad febril por ver cómo han quedado las fotografías. Se muestra callada ante el interés de la señorita Adelaida. Se despiden al llegar a la plaza del Ángel. Clara se adentra en el taller a paso rápido. Mientras empieza a revelar las fotografías, la señorita Adelaida sube las escaleras del palacio Monfort

71

acompañada de Carlos, quien acaba de llegar, y los cocheros. Suben hasta el piso superior del viejo palacio, hasta una habitación amplia y luminosa. Desde allí se ve la catedral, la nueva avenida de la Reforma. Carlos se sienta en una butaca y deja que los dos cocheros lleven la iniciativa. Son impetuosos con la ropa. No se andan con muchos rodeos y la chica, desnuda, se echa en la cama. Los cocheros se turnan para tomarla mientras Carlos Monfort observa. Roberto la sujeta de los tobillos para que Luis pueda penetrarla mejor y Carlos tenga una mejor visión. La indefensión de ella es completa, pero ha gemido de placer varias veces. Los cocheros ya se han turnado dos veces y a la que empiezan la tercera ronda Carlos da una palmada. Los dos hombres se retiran, acalorados, los rostros enrojecidos, la erección todavía en ristre.

—Hazte la muerta —susurra Carlos cuando está frente a ella.

La señorita Adelaida cierra los ojos y Carlos Monfort se abre la bragueta, una, dos sacudidas son suficientes. El semen se coagula enseguida sobre la piel sudada de la chica.

La señorita Adelaida abre de pronto los ojos.

—¿Qué miras, Lirio? —pregunta Carlos. Las palabras salen deprisa, sibilantes, como cuchillas de un dolor en el alma.

—Ahora soy la señorita Adelaida.

14

El inspector Guillo se reúne con Martín Prieto en su despacho. Ha estado investigando la muerte de Juan Sacristán. El inspector dice:

—Hemos hablado también con el capataz y con algunos compañeros suyos del trabajo. Los ánimos están cargados. Pueden convocar huelga en cualquier momento.

Martín Prieto ya lo sabe, sabe todo lo que sucede en el puerto, pero no desea que el inspector Guillo esté al tanto de sus negocios, así que ha dejado que investigue por su cuenta.

—Luego hemos indagado en su domicilio. Vivía en un piso en Pueblo Nuevo. Aparte de un gato que estaba famélico y nos ha saltado encima en cuanto hemos abierto la puerta, no tenía familia aquí en Barcelona. No hemos encontrado propaganda anarquista. Había unas cuantas cartas personales, pero eran de sus padres, de Extremadura. Lo que sí hemos encontrado es esto. Varias cajetillas de cerillas de La Gloria. Una de ellas tiene restos de cocaína. Las otras estaban vacías.

—Es algo habitual. Las jornadas de los estibadores son largas. Toman cocaína para aguantar todo lo posible.

—Hemos preguntado a los vecinos. No tenían ninguna queja y tampoco parecía meterse en líos. Nunca le vieron acompañado de alguien en especial.

Martín Prieto se queda pensativo. Ninguno de los dos tenía familia. No hay rastros de heridas ni de violencia. Solo los disparos de bala cuando seguramente ya estaban muertos.

El inspector le pregunta:

—¿Qué información le dio Roma?

—No fue ningún asunto de bandas, como ya sabíamos. Y Santiago de la Rosa trabajaba en el Círculo Ecuestre.

Se guarda de decir que Roma tiene información de la comisaría. Hay un topo dentro. Sabe que, si él los tiene en otros lugares, otros también están interesados en tenerlos aquí.

—Ese es un lugar complicado.

—Todo el que quiera ser alguien en Barcelona desea acceder a él.

—¿Qué hacía allí?

—Cuidaba de los caballos en el picadero de las Ramblas. No podemos ir de buenas a primeras allí. Tengo que llamar al juez De la Lastra para que avise primero al presidente del club. Cuando le haya informado y obtenido permiso usted irá al Círculo. Yo investigaré en La Gloria.

Martín Prieto se acerca a La Gloria. Ya ha anochecido. Es un local situado en una callejuela detrás de los cuarteles de las Atarazanas. Es un vecindario obrero. Casas apretadas como dientes apiñados se alternan con talleres industriales. Campesinos pobres que han emigrado a la ciudad y son ahora obreros se mezclan con marineros, militares y prostitutas y gente de otros lugares. Debido a la cercanía del puerto y de los cuarteles, las casas de vecinos conviven con varios burdeles, en los que trabajan cinco o seis prostitutas a las que el ama obliga a asomarse al dintel de la puerta. Los *meublés* son tolerados. Son fuente de sobornos y de información.

La Gloria es un local anunciado por un gran cartel con bombillas que arrojan un rojo sucio sobre las aceras y las casas de alrededor. La puerta del local es angosta y eso forma parte de su encanto, porque hay que recorrer un pasillo de abrigos, ropas y sombreros colgados a ambos lados que nunca nadie ha robado y que desemboca en una gran sala, los bajos de una antigua fábrica textil. Las columnas de hierro de la antigua nave industrial, adornadas como si fueran palmeras, se mezclan con las llamativas escenas tropicales que decoran las paredes. Una tarima rodeada por una barandilla dorada permite a un público selecto ver la pista de baile mientras se toman una copa sentados a una mesa. Una orquesta ameniza la noche. Hay un baile nuevo, el tango, que se mezcla con una nueva música venida de Nueva Orleans. La orquesta tiene algo de cabaret, de portuaria, pero también, de una manera involuntaria, de feria de pueblo. En las paredes hay espejos de marcos dorados, pero los espejos están deliberadamente velados, con lo que el reflejo del local se ve difuminado como si al otro lado de la existencia hubiera alguien parecido a ti que bailara a tu mismo ritmo.

Todo el mundo sabe quién es Martín Prieto. Cuando entra en el local siempre hay alguna señal, la orquestina baja la música una octava, los camareros cruzan miradas, en algunas mesas manos rápidas esconden sustancias poco edificantes. Martín Prieto no exige respeto ni solicita una mesa cuando están todas ocupadas, aunque fácilmente despejarían una para él. Se sienta donde puede, paga sus bebidas y cuando el dueño se acerca a saludarle el comisario contesta con amabilidad. El dueño le ha ofrecido chicas y chicos, jóvenes y mujeres maduras, con tal de congraciarse con él, pero el comisario lo ha rechazado todo, porque allí todo es excesivo y prefiere el *meublé* de madame Blanxart, un lugar respetable, con chicas sanas y sencillas. Si utilizara los servicios de aquel local sería una fuente de debilidad que no puede permitirse. La Gloria le recuerda a algunos garitos de La Habana, pero no los que frecuentaban los blancos, sino los de los mestizos, los criollos. Carlos Monfort es habitual de aquel sitio y es allí donde ambos se conocieron.

Alguien descorcha una botella de *champagne*, a lo que siguen varias carcajadas acompañadas de risas ajetreadas. La pista de baile está animada, hay varios marineros de alguna fragata extranjera, algunos hombres bailan con otros. Más allá hay un reservado discreto donde un público variopinto entra y sale de manera constante. El local es famoso por sus travestidos y es a uno de ellos a quien Martín Prieto ha ido en concreto a ver.

Flor de Loto está en medio de la pista bailando con un hombre de apariencia respetable. Una capa de polvos blancos le cubre el rostro, sus labios dibujan un corazón, boca de pitiminí, piensan algunos cuando le ven. Las líneas de sus cejas están hiperperfiladas en un arco que le confiere una expresión de perenne sorpresa. Lleva el pelo peinado hacia atrás, perfectamente rasurado en la nuca, y va vestido con un elegante traje y corbatín con el que podría pasar por pasante en un despacho de abogados. Es una mezcla de *clown,* de efebo y de muñeco de pierrot. Flor de Loto cambia de pareja, ahora es una muchacha muy atractiva. La chica baila de manera provocativa, procaz, como si quisiera exponerse ante el mundo, pero Martín Prieto detecta la audacia de las personas que son tímidas, ¿una apuesta?, ¿alcohol? Su corte de pelo es toda una provocación, corto y con ondas a un lado. Ve que una mujer mayor la está observando desde una de las mesas de la galería. Lleva anteojos al aire y un vestido serio que le haría parecer una maestra si no fuera por una estola de visón.

Pepe, el barman, le saca de su ensimismamiento y le pregunta:

—¿Viene a divertirse o está de trabajo?

Pepe es veterano de la guerra de Cuba. Muestra siempre un rostro serio y atento. A Martín Prieto le hubiera gustado tenerle de confidente, pero sabe que hay cierta barrera en él imposible de quebrantar, una especie de código ético sobre la privacidad de los clientes. Se toma en serio su trabajo. Pepe, sin preguntarle, le ha preparado una bebida popular entre los oficiales en Cuba, un cóctel llamado revuelcamuertos, una mezcla de ron y brandi con mucho hielo.

Flor de Loto se sienta con la muchacha a una mesa en la que los espera la mujer mayor. La muchacha ríe contenta de su audacia. El intercambio es rápido. Apenas unos minutos más tarde, se levantan y se dirigen hacia los reservados del primer piso abriéndose paso en una escalera atiborrada de gente.

Martín Prieto decide concederles un poco de tiempo antes de dirigirse a los reservados del piso superior. Cuando entra sin miramientos en el reservado todavía no les ha dado tiempo a hacer nada, aunque la chica joven tiene subida la falda y muestra un espeso vello púbico. Flor de Loto está arrodillado delante de ella, desnudo de cintura para arriba y con una muñeca de porcelana en los brazos. Las mujeres se asustan. La chica se baja la falda con rapidez. Martín Prieto les hace una señal a las mujeres para que se vayan. De forma intuitiva sabe que son extranjeras. Las dos mujeres salen escopeteadas. Años más tarde esa escena será recreada en una de las novelas de la mujer mayor, quien se convertirá en una famosa escritora francesa.

Flor de Loto sigue arrodillado, acaricia el pelo falso de la muñeca con una mezcla de fastidio por el dinero perdido y cierto alivio por no verse obligado a comerse un coño.

—Comisario...

Hay algo femenino y grave a la vez en la forma en que lo dice. Cuando habla lo hace inclinando la cabeza a un lado, como si mostrara curiosidad por su interlocutor. Observa con detenimiento el rostro serio, la violencia reprimida del cuerpo sólido, las manos grandes y fuertes. Nunca le ha puesto un dedo encima y sabe que no tiene ningún interés en él. El traje de alpaca le queda impecable. Ha escuchado historias terribles sobre el comisario. Pero no hay chulería ni bravuconería en él, aunque su mirada sea como el cañón de un arma. Flor de Loto gatea hasta el comisario y le sujeta una mano. Se la pone en la mejilla. Si el comisario quisiera, le podría reventar la cara. Flor de Loto se introduce su pulgar en la boca. Martín Prieto se deja hacer, pero Flor de Loto sabe que no llegará a más, ya lo ha intentado un par de veces en anteriores ocasiones.

—Tiene usted las manos muy grandes...

Martín Prieto va directo a lo que le interesa.

—Han aparecido dos cadáveres en el puerto. Uno de ellos era un estibador. Tenía un par de cajetillas de cerillas del local. Se llamaba Juan Sacristán.

—¿Y era importante para usted?

Flor de Loto le chupa con fruición el dedo. Martín Prieto ve que bajo la capa de maquillaje tiene una nariz chata y un perfil vulgar, y que intenta dulcificarlo con trucos de maquillaje de *vedette* del Paralelo.

Martín Prieto se saca dos fotografías de la chaqueta, se las enseña a Flor de Loto.

—Míratelas y me dices algo.

Flor de Loto le dedica una mirada de la que Martín Prieto no obtiene nada.

—Son guapos. A uno de ellos le conocía, al Sacristán. El otro es un cheroqui, y ellos nunca se dejarían ver por aquí. A los tatuados no les gustamos la gente como yo. No soy anarquista, yo no pido pan y trabajo, yo más bien prefiero pan y orgasmo.

—No es un cheroqui. Los tatuajes son japoneses. Fíjate bien. Es una información que te puede servir para otra ocasión.

—Con usted uno no deja de aprender.

—¿Y qué sabes de Sacristán?

—¿Y por qué debería ayudarle?

Martín Prieto retira la mano. Se abre la chaqueta. De uno de los bolsillos interiores saca un frasquito. Flor de Loto sabe lo que es a simple vista. Cocaína farmacéutica pura.

—Sin adulterar —dice Prieto.

El comisario lo coloca con cuidado en la boca de Flor de Loto, donde antes estaba su dedo.

—Para ti.

Mandanga pura. Mandanga chachi. Flor de Loto ve que en el bolsillo tiene varios frasquitos más. Escucha el tintineo.

Flor de Loto es rápido. La muñeca de porcelana que tenía en el regazo cae al suelo con un ruido sordo. Abre el frasquito y esparce una raya en la tabaquera anatómica. La esnifa con fruición como alguien a punto de ahogarse respiraría una primera bocanada de aire.

Uno, dos, tres segundos, el efecto es inmediato. Flor de Loto entrecierra los ojos.

—Debe de ser muy importante para usted.

—¿Qué sabes de él?

—Nada en especial. Le tenía visto por aquí. Me gustaban su pelo y sus pestañas. Pero puedo informarme mejor.

Martín Prieto se agacha y recoge la muñeca y se la devuelve a Flor de Loto. Hay un peso extraño en ella. Está seguro de que dentro esconde un revólver.

15

El tercer cadáver aparece en la estación ferroviaria del muelle de San Beltrán apenas un par de días más tarde. Es el último muelle del puerto. Más allá la ciudad desaparece y se extienden largas líneas de playa. La montaña de Montjuic, sólida y rocosa, parece el telón de fondo de una obra teatral. Hace tan solo unos años que la estación dejó de acoger pasajeros y todavía hay cierto eco en ella de los transeúntes, anuncios pasados de moda, taquillas que no se usan y bancos de madera que empiezan a pudrirse. Las mercancías ocupan ahora el lugar de los viajeros. Hay colas de vagones a la espera de ser enganchados para continuar su ruta. Otros vagones en cambio permanecen alejados en vías muertas como animales viejos que han decidido apartarse de la manada para morir con tranquilidad. Grandes contenedores de madera desprenden un olor resinoso que se mezcla con el metálico de las vías del tren y el balastro. Una larga valla de madera separa la estación de la playa y la protege de la arena que se amontona en la base. Y allí, en la valla, ha aparecido el cadáver, apoyado, sentado, como si descansara mirando el mar. No lo descubren hasta bien entrada la mañana.

Martín Prieto se encuentra en la comisaría cuando dan aviso. Tiene a todos sus hombres en alerta y cualquier cadáver que aparezca en el puerto o sus inmediaciones le ha de ser comunicado de forma inmediata. Al recibir la noticia se dirige lo más rápido posible hasta el muelle con el inspector Guillo. Han utilizado el coche de policía. Martín Prieto se lamenta malhumorado de que hubieran llegado más rápido yendo a caballo. No le ha quedado claro por las noticias si tenía una bala en el pecho o no.

Al llegar ve que alrededor del cadáver hay trabajadores ferroviarios del puerto, pero estos son diferentes a los del muelle del carbón. No se han arremolinado ante la policía, que no ha de ir empujando para respetar el espacio. Cobran menos dinero que los otros. Son menos reivindicativos. Que Martín Prieto sepa no hay ningún líder anarquista entre ellos. Tampoco tiene a ninguno de ellos a sueldo.

Martín Prieto observa el cadáver. Lleva como los otros una camisola abierta. De nuevo dos tiros en el pecho. El comisario observa el halo seco de la pólvora y la evidente falta de hemorragia. Es un hombre joven también. Una perilla cuidada deja ver un rostro atractivo. Un tercer cadáver en apenas una semana. Y es evidente que el autor de este asesinato es el mismo que en los otros dos. Y no es casualidad. Y está seguro de que todo esto empezará a llamar la atención.

El inspector Guillo dice:

—Sigue la pauta de los anteriores…

—Averigüe si es uno de los trabajadores.

Pero se da cuenta de que no lo es, ve cómo el grupo de trabajadores observa con curiosidad la escena, pero sin rabia evidente. Tampoco se hacen corrillos indignados.

Elías Sunyer aparece a caballo. Martín Prieto le observa de reojo. Se puede llegar a conocer a una persona viéndola descabalgar. Para su sorpresa, lo hace de una manera grácil, y el nudo con el que ata las riendas a la valla indica que está acostumbrado a hacerlo. Solo quien ha montado en el ejército o quien monta por tradición familiar lo hace de esa manera. Así que debe de ser de buena familia, piensa Martín Prieto. Y es médico, y cirujano, su familia debe de tener contactos y podría ganar una fortuna con una clínica privada, ¿por qué se ha dedicado entonces a ser forense? Al verle acercarse bromea con Elías de forma suave.

—Siempre le toca a usted.

—Esta semana estoy de guardia, de día y de noche.

—Ya veo. ¿De dónde ha sacado el caballo?

—Es mío, pero lo cuida uno de los bedeles…

—¿El que alimenta a los gorriones con restos de cadáveres?

—Sí, y también a un grupo de gaviotas que le siguen a todas partes.

—Y a su caballo ¿qué le da de comer?

—Prefiero no explicárselo…

Martín Prieto ve que Elías disfruta de aquella conversación masculina y se siente cómodo en esa fraternidad, aunque le espere un trabajo difícil por delante.

Elías le deja y se dirige a observar el cuerpo. Martín Prieto, mientras tanto, ve a uno de los trabajadores un poco mayor que los otros. Ha aprovechado el momento para liarse un cigarrillo, pero no encuentra cerillas. El comisario se acerca, le ofrece fuego:

—Menudo panorama… —dice el hombre.

—¿Sabe si era trabajador de aquí? —pregunta el comisario aun sabiendo de antemano la respuesta.

—Ferroviario seguro que no era. Aquí nos conocemos todos.

—¿Le ha dicho alguien si ha visto algún movimiento sospechoso?

—Pues la verdad es que nadie. Esto es un ir y venir de carromatos de todo tipo. Nadie se extrañaría si viera uno en la playa. A veces se dejan aparcados justo ahí. Pueden haberlo dejado tirado a cualquier hora. Pobre hombre. Ha quedado sentado mirando el mar.

Elías observa con cuidado el cadáver. Detecta cierta tristeza en la mirada. Tiene que descartar ese tipo de sensaciones por ser acientíficas, aunque no puede evitarlas. Detecta la misma mano que en el caso de los otros, pero descubre algunas cosas nuevas.

Se acerca a Martín Prieto.

—Tiene unas heridas en la cabeza, pero creo que fueron autoinfligidas. Y restos de manchas de tinta en los dedos. Puede que trabajara en el campo y que luego trabajara en un taller, seguramente linotipista. A pesar de que tiene los ojos muy oscuros se pueden percibir las pupilas dilatadas. También detecto restos de éter. Sin duda fue drogado como en los otros casos.

Un automóvil avanza por la playa levantando la arena. Desciende un chico joven. Lleva una cámara en ristre. Saluda al comisario y a Elías y sin darle muchas vueltas realiza varias fotografías. Es evidente que lo hace con interés, pero sin mucho afán científico. Elías siente un vacío al ver que no es Clara. Cuando le han dado aviso del servicio ha fantaseado con su presencia. Se ha descubierto pensando en ella. El fotoperiodista hace unas fotografías muy cerca del rostro. Elías echa de menos el cuidado de Clara. Se da cuenta de que Martín Prieto le está observando. Y siente que parece conocer sus sentimientos más íntimos.

El inspector Guillo señala otro automóvil que acaba de llegar. Es Millán Astray, el jefe superior de policía, con el juez De la Lastra. Prieto y Astray se saludan. Ambos se respetan como lo podrían hacer dos escorpiones en una jaula que por ahora es lo suficientemente grande.

El juez De la Lastra le pregunta:

—Un tercer cadáver en el puerto, su distrito…, con dos disparos en el pecho.

—Todos mis hombres están trabajando en ello.

Millán Astray dice:

—Sabe que puede contar con Jefatura si necesita ayuda.

—Lo sé.

Martín Prieto se da cuenta de que se le está yendo el asunto de las manos.

Esa misma tarde, el inspector Guillo entra en el despacho con un sobre:

—Jefe, ya saben de quién se trata. El fotógrafo se ha dado prisa y han cotejado las fotografías en el gabinete antropométrico. Lo del lunar bajo uno de los párpados y la perilla intelectual han ayudado.

El inspector tiende el sobre con el informe al comisario. Las fotografías del informe le resultan de alguna manera familiares, hasta que se da cuenta de que han sido realizadas por Clara Prats. José Miguel Rodrigo Montoya. Linotipista. Es natural de Archena, Murcia. Apoyó una huelga sindical el año pasado. Está fichado por anarquista.

—El juez De la Lastra no va a soltar una pieza como esta así como así.

Martín Prieto empieza a hacer cábalas.

—Tiene que ser alguien que conozca el puerto. Alguien que ha trabajado allí y sepa de turnos y horarios. Los cadáveres deben de transportarlos en un carromato, un carruaje de mercancías, algo que no llame la atención. Deben de ser por lo menos tres o cuatro hombres.

Manuel Martín Prieto se acerca a la ventana que da a la calle y dice:

—Siguen un patrón. Y tengo la sensación de que no será el último. Y eso implica que sus negocios se verán afectados.

16

El inspector Guillo ha recibido finalmente permiso para poder investigar en el Círculo Ecuestre, pero no en su fastuosa sede del paseo de Gracia, sino en el picadero de caballos que la institución aún mantiene cerca de las Ramblas. Es un edificio funcional, con una fachada anodina. Hay un gran patio cuadrangular donde entrenan los socios rodeado por una grada. Un pequeño restaurante en el interior atiende a los socios con bebidas y refrigerios servidos por impolutos camareros vestidos de blanco. El olor a bosta del picadero no resulta desagradable al inspector. Le recuerda a su infancia como hijo de los masoveros de una familia del Priorat.

Le recibe el señor Antonio, el encargado. Es un hombre de mediana edad. Tiene el rostro tostado y arrugado de quienes han pasado mucho tiempo al sol. La camisa medio abierta deja entrever multitud de crucifijos. Habla con una mezcla de catalán y castellano con acento andaluz.

—Pensábamos que se había marchado sin más. Estábamos muy preocupados por él. Era un buen chico, es una pena. Tenía un don con los caballos.

El picadero cuenta con varios profesores de equitación, veterinarios y mozos, y todos han hecho un corrillo y comentan la noticia cabizbajos y cariacontecidos. El inspector considera que su pena es auténtica. Unos minutos antes ha visto llorar a algunos de los mozos de las cuadras. La noticia había sido publicada en los periódicos, pero no había trascendido el nombre de Santiago. Muchas veces aparecían cadáveres en el puerto y la noticia apenas ocupaba unos parágrafos en la mayoría de ellos.

—¿Sabe dónde vivía?

—Al principio en una pensión, pero al poco tiempo el gerente le dijo de dormir aquí arriba, donde guardamos algunos aperos de trabajo. No hemos tocado nada desde que se marchó. La verdad es que esperábamos que volviera. Mi mujer le cogió cariño. Le preparaba la comida. No tenía a nadie aquí.

—¿Puedo ver la habitación?

—Como usted guste.

La habitación es luminosa y da directamente a la arena del picadero. Desde allí se ve también la cúpula de la iglesia de la Mercè. En la habitación hay apenas una cama, un pequeño armario y un aguamanil.

—Casi no andaba por aquí, solo para dormir, siempre andaba por los establos echando una mano o haciendo bromas con los críos que recogen las bostas. Los otros profesores de equitación le tenían aprecio. Todo el mundo. Era paciente con los señores y sus mujeres. Los hacía sentir cómodos.

Abre los cajones. En uno de ellos hay un reloj, y en otro, cierta cantidad de dinero. No es una cantidad exagerada, pero sí tentadora. En los registros a veces se deja dinero para saber si el policía es honesto. Se le llama gusano, como anzuelo. Pero el inspector sabe que no es posible. No es un caso de robos ni malversaciones, no hay nadie del hampa implicado, nadie en comisaría puede haber visitado antes aquella habitación.

—Se marchó sin decir nada. Ahora que sabemos que ha fallecido tenemos al menos una explicación. Muchos socios estaban preocupados por él. Tenía una mano fantástica con los caballos, los calmaba, a las señoras eso les daba confianza, era amable y no imponía. Sabía hacerlas reír cuando era necesario. Y no coqueteaba con ellas. Una pena, la verdad.

El inspector abre otro de los cajones y se sorprende al descubrir un libro de grabados japoneses. Guillo pasa las hojas y el señor Antonio, al verlo, dice:

85

—Iba tatuado como uno de esos cheroquis que no son más que unos tontolabas con pretensiones de malotes, pero que no tienen ni media hostia.

—No era un cheroqui.

—Lo sé. Si no, aquí no hubiera trabajado.

El inspector se asoma a la ventana. Alrededor del picadero hay unas gradas de madera bajo un elegante entoldado. No hay mucha gente a aquella hora, abundan las damas y algún hombre maduro.

Y entonces los ve.

Los hijos menores de los Portabella. Bárbara y Bernat. La familia del inspector había trabajado para ellos toda su vida, aún lo seguía haciendo. Eran los masoveros de su masía, la antiquísima casa pairal. El servicio militar fue su salvación para poder escapar de aquel lugar. Después de licenciarse consiguió entrar en la policía y en tres años ya era inspector.

Bárbara Portabella. Ha sido su pasión, y el motivo por el que había tenido que marcharse. El hijo de los cuidadores de la casa no tenía nada que hacer ante aquella mujer. Ve la melena trenzada de ella. La falda de montar, el paño de lana, el raso opaco. Monta como lo haría un hombre. Ve su risa, su peso sólido en el aire. El tirar la cabeza hacia atrás, y su hermano, menor que el propio inspector, sonriendo, asintiendo con su habitual ladear de cabeza.

El inspector traga saliva. Hace años que no los ve. La visión de la mujer le golpea y siente un dolor físico, cruel y nostálgico. Se obliga a retirarse de la ventana. Así que ellos ahora viven allí, en la misma ciudad que él. Respira hondo. El señor Antonio le mira y le pregunta:

—¿Se encuentra bien?

El inspector tiene asma y a veces le cuesta respirar. Eso queda poco varonil para un hombre y menos para un policía, y el inspector ha encontrado la excusa perfecta.

—Estuve en el ejército…, en el Rif. A veces utilizábamos gases contra los moros…

El corazón le palpita. Se siente ridículo por pensar todavía en ella. En realidad, nunca ha dejado de hacerlo. Intenta calmarse centrándose de nuevo en la investigación. Hacer preguntas, contrastar información, realizar conjeturas.

—¿Cómo le conoció?

Se sorprende al escucharse a sí mismo. Su voz es normal y corriente.

—Se presentó un día pidiendo trabajo. Aquí viene mucha gente. Era de Málaga y yo soy de Córdoba. En Andalucía están muy mal las cosas. Aquí no es que anden tan bien como la gente se cree, pero el señor Esteve es mucho mejor que los señoritos de allá abajo, que te ahogan y no te dejan respirar, como su asma.

—Tenía un amigo, uno llamado Roma. Es precisamente un cheroqui.

El señor Antonio se encoge de hombros.

—No conozco a ninguno de sus amigos. Era muy simpático con todo el mundo, pero en el fondo era reservado con sus cosas. Aquí formamos una cuadrilla. Y siempre estaba de broma con nosotros, pero pocas veces nos acompañaba a la cantina.

—¿Tuvo algún problema con alguien?

El señor Antonio se rasca la cabeza detrás del cráneo. Ahora más que nunca parece un hombre de campo.

—A veces era un poco impulsivo. No toleraba lo que consideraba injusto. Le cantaba las cuarenta a un socio si le había dado una mala contestación a alguien o si fustigaban a los caballos. Se lo dije muchas veces, «aguántate, hijo mío». Tenemos que ser muy educados, no decir una palabra de más ni una de menos. Vienen esos profesores de equitación franceses que no tienen ni repajolera idea de nada, pero siempre están con el *maumuasele* aquí y *maumuasele* allá, y el señor esto y el señor lo otro.

—Entonces…, alguien se quejó de él.

—Solo fueron un par de socios… Uno trató de malas formas a un mozo y el otro no trataba bien a sus animales.

—¿Y nada más?

—Tenemos un torín, pequeño, al otro lado del edificio. Una noche se puso a torear, a hacer lunas a una vaquilla que habían traído

87

para una fiesta. Iba como su madre lo trajo al mundo. A los señores les gusta de vez en cuando que montemos una corrida de toros, una tontada, ya ve usted, cuatro vaquillas y algún torerín aficionado de la Barceloneta. Pero alguien le vio y le llamaron la atención. Y ya está, no me pregunte nada más porque no hay nada más.

—¿Supieron ustedes que lo detuvieron hace tres meses?

El señor Antonio se queda callado, le mira con cierto desconcierto y pregunta:

—¿Detenido?

—Nada grave, alteración del orden público. Había bebido un poco y andaba armando jaleo por la calle.

—No. Sabíamos que era un poco pendenciero, pero no que hubiera tenido problemas de ese tipo. Aquí nunca le vimos borracho.

—De acuerdo. Si necesitamos alguna cosa, nos pondremos en contacto con usted.

—Le acompaño a la salida.

—No, no se preocupe. Sé encontrarla.

El inspector Guillo recorre la tarima donde miembros del club toman algún refrigerio. Son las once de la mañana. El público es de mediana edad, rico y ocioso y es evidente que disponen de toda la mañana libre. La mayoría van muy bien vestidos, ellos van dejando a un lado el sombrero de fieltro por los más ligeros canotieres y ellas se han apuntado decididamente al blanco primaveral en sus vestidos. El inspector es consciente de pronto de su apariencia, delgado, no muy alto, con un bombín y un abrigo oscuro sobre su traje de confección barato. Y, además, ahora todo el mundo le llama por el apodo, ridículo, pero con el que ha tenido que comulgar y que al final se ha resignado a llevar.

El inspector teme encontrársela y a la vez lo desea. Conoce cada detalle de la expresión de su rostro, la estuvo observando media vida y sabe que está aburrida de estar allí; ella es una magnífica amazona, disfruta cabalgando al aire libre, y en aquel lugar su alma se encuentra encerrada. A ella nunca se le dieron bien las fiestas. Y el Círculo Ecuestre no es más que un perenne baile de debutantes, un lugar para que las mismas familias de siempre, los mismos apellidos que se repiten desde la época feudal hagan sus negocios. El inspector camina por las gradas. Es imposible que ella no le vea. Monta a caballo como un hombre, no a la mujeriega. Se la queda mirando, se quita el sombrero para que le reconozca en un acto de candor. Ahora es un policía, todo un inspector, ha estado en una guerra, ha matado a varios hombres. Ya no es el muchacho torpe y mocoso que ordeñaba las vacas y baldeaba la casa en verano. Y ella le mira, la luz del reconocimiento la atraviesa, él está a punto de murmurar algo, «señorita», pero ella parpadea, gira la cabeza con una mezcla de desagrado y burla, incita al caballo a que dé media vuelta y ahora muestra los cuartos traseros, que tienen un bamboleo burlón. A su lado, su hermano, Bernat Portabella, no ha perdido detalle del encuentro. Y Bernat le mira, sonríe, y su sonrisa es como una piedra dejada caer en un pozo que levanta un eco de burlas y humillaciones. Gira él también el caballo. Sigue riéndose cuando lo hace.

17

En comisaría registran las pertenencias de Rodrigo Montoya. Apenas son una maleta y una caja mediana. El inspector Guillo, junto con otro agente, se ha acercado a la pensión en la que vivía. Hacía un mes que se había marchado de un día para el otro dejándolo todo allí. La dueña de la pensión se había extrañado, pensó que le había pasado algo, porque al cabo de tres días decidió entrar y encontró que todo estaba intacto, pero no quiso dar parte a las autoridades, sabedora de que su Pepelu, como ella le llamaba, había tenido problemas con la justicia. La patrona ha llorado con sinceridad cuando le han comunicado la noticia de su muerte. «Era muy buen chico y se preocupaba de los demás, y no se metía en jaleos, y se pasaba los ratos libres leyendo, que se te van a comer los ojos, le decía yo, era de Murcia, pobres padres, qué pena me da, tuve que recoger sus cosas, no podía tener la habitación vacía, así que si las quiere aquí las tiene, me hubiera gustado hablar con su familia para decirles algo, pero no dejó ningunas señas, pobre chico. Siempre estaba como triste, como si estuviera buscando algo y no lo encontrara. Vino de Murcia porque quería ser maestro, pero se ve que se puso a trabajar y ya no sé nada más».

Martín Prieto abre la caja. Para su sorpresa casi todo son libros. Novelas, Pérez Galdós. *Paz en la guerra* y *Amor y pedagogía*, de un tal Unamuno, al que Martín Prieto no conoce. Libros sobre calistenia. ¿Gimnasia? Higiene corporal. Hay un libro del Ateneo Enciclopédico. No hay propaganda anarquista.

—Tenía veintitrés años —dijo el inspector Guillo—. No tenía familiares aquí. Ella dice que no venía nadie a verle a la pensión. No sé. Parecía un buen tipo.

—Hoy le hacen la autopsia. Veamos a ver qué sacamos en claro. Ya son tres los muertos. Millán Astray está encima de mí. Al menos ha ordenado censurar toda la información que salga en los periódicos.

—¿Lo puede hacer?

—Mientras sigan suspendidas las garantías constitucionales, sí. Al menos, los anarquistas y su supuesta revolución nos ayudan con eso.

Cuando Martín Prieto llega al *corralet,* el depósito de cadáveres, Elías ya ha realizado la autopsia y el cadáver ya no está a la vista. Ambos hombres se saludan.

—Parece ser como si hubieran ido un poco más allá —dice Elías—. Tenía unas heridas en la cabeza. Creo que se autolesionó. Como los presos que se autolesionan cuando quieren que los vea un médico. Él se dio cabezazos contra algo. ¿Qué puede incitar a alguien a hacer eso si no es la desesperación? No lo puedo decir con seguridad y no es científico. Y otra cosa. Hay una señal alrededor de uno de los pezones. Una mordedura, aunque no es profunda. Hay también un pequeño hematoma en la base del cuello. Yo diría que es un chupetón. El pene fue sometido a una fricción vigorosa. El ano aparece enrojecido, pero no hay ninguna herida. No fue sodomizado. Yo más bien diría que fue sometido a abusos sexuales. Si quitamos las heridas de la cabeza no hay signos de violencia. Me inclino a decir que estaba sedado cuando lo hicieron. El éter fue suministrado de la misma manera.

—Las víctimas son emigrantes, sin familia, jóvenes, fuertes y saludables. Tienen que estar encerrados en algún lugar en el que son drogados y entonces sometidos a abusos. Y luego, pasado un tiempo, no mucho, dos o tres semanas, se deshacen de ellos en un carruaje y los abandonan en el puerto. Y es lo que más me preocupa. Si los secuestran para abusar de ellos…, ¿por qué no abandonan los cuerpos en algún otro lugar? Si lo hicieran así, ni siquiera nos enteraríamos. Ninguno de ellos tiene familia aquí. Así que lo único que se me ocurre es que quieren precisamente eso. Que nos enteremos.

—Mantener a alguien secuestrado y en buenas condiciones es caro. Deben de tener una buena infraestructura. Son varias personas. Gente rica y poderosa, sin escrúpulos… ¿Conoce a alguien así?

El comisario no dice nada, tiene aspecto pensativo. Elías cree de pronto que se puede sincerar sin temor a ser considerado alguien con ideas peligrosas.

—No soy un anarquista, no se piense, el anarquismo, como el cristianismo, parte de una buena idea, pero no tiene en cuenta la naturaleza humana, la avaricia, el deseo, la oscuridad de las almas. Varias personas eminentes de esta ciudad se han aprovechado de mano esclava para enriquecerse. Miles de niños trabajan en condiciones terribles. Sus manos pequeñas son muy útiles para llegar en los telares cuando se enredan los hilos. Cualquier persona que sufra un accidente o una enfermedad es despedida sin contemplaciones, sabiendo que morirá de hambre y se quedará sin recursos. La diferencia entre esto y utilizar a personas para satisfacer tus deseos y luego desprenderte de ellos es muy delgada.

—Se equivoca —dice Martín Prieto—. No hay ninguna diferencia.

18

Un día más tarde, al llegar al gabinete antropométrico, el señor Andreu llama a Clara para que se acerque a su despacho. Es un pequeño cuarto atestado de archivadores y lo que parecen libros de contabilidad. El señor Andreu no le ofrece asiento, quiere despachar de una manera rápida lo que tiene que decir.

—Verá, señorita Prats, lamento comunicarle que ya no puede trabajar aquí.

Clara ha temido ese momento varias veces. Sabe que para una mujer educada y acomodada no es correcto dedicarse a aquel trabajo. Pero también se aferraba a la idea de que solo una mujer educada y con pericia técnica podría hacerlo. Encaja el golpe lo mejor que puede y busca un punto fijo en el archivador, como si de repente fuera muy importante desentrañar la forma en la que está ordenado.

—Debo decir que sus fotografías son precisas y que tienen una calidad magnífica. Pero el jefe de policía, el señor Millán Astray, considera que su comportamiento no es el más adecuado.

Clara muestra su extrañeza y dice:

—¿Mi comportamiento? He sido siempre puntual y nunca he…

—Se refiere a su comportamiento fuera de aquí —interrumpe el señor Andreu. Su actitud ha cambiado, es ahora más fría—. La vieron a usted en un combate de boxeo. Las mujeres tienen completamente prohibida la entrada. Desobedeció usted la ley y además…

El señor Andreu parpadea, mira para otro lado y parece pensar lo que va a decir.

—Siga, se lo ruego —conmina Clara.

—La vieron a usted exaltada.

—¿Exaltada? ¿A qué se refiere?

—No lo sé. Yo no estaba allí. Señorita Prats, por favor, no haga las cosas más difíciles de lo que son.

Clara ve que, bajo su arrogancia, el señor Andreu se muestra inseguro e incómodo con todo esto. Él se ha mostrado siempre amable con ella y Clara decide no prolongar más la agonía.

—Comprendo. Recogeré mis cosas.

—Lo siento. Aquí tengo el dinero que se le debe. Su trabajo como fotógrafa forense también ha sido suspendido.

Deja un sobre encima de la mesa con el dinero. Clara se queda mirando el sobre. ¿Ha merecido la pena? Ha conocido un trabajo que la apasiona, adentrarse en la naturaleza humana. Y ahora de nuevo se verá abocada a realizar fotografías familiares, a niños gritando y hombres que quieren parecer más altos que sus mujeres. El señor Andreu carraspea. Parece ser que es muy importante para él que Clara acepte el sobre, algo que finalmente hace.

Hay un momento torpe al entrar en el estudio a recoger alguna de sus pertenencias, una de las cámaras es de su propiedad. Descubre que su sustituto es un fotoperiodista y que ya está trabajando. El señor Florentino, quien siempre se muestra atento con ella, esquiva ahora su mirada. Clara se siente traicionada, pensaba que él la apreciaba. Intenta imaginar el motivo. De pronto, una palabra llega a su mente: exaltada.

Una mujer gruesa y con un mantón en los hombros espera sentada frente a la cámara para que realicen su retrato hablado. La mujer expresa resignación y no dará problemas. El fotógrafo se ha acercado demasiado a su rostro. Clara sabe que todo saldrá fatigado. Y no le ha pedido que se retire el mantón, con lo que su corpulencia no quedará recogida de forma correcta.

Nadie la acompaña a la salida. Lleva en una mano un bolso de viaje con varios cachivaches y la cámara propiedad del estudio Prats. Le hubiera gustado recoger alguna de las fotografías que ha realizado, pero intuye que tiene prohibido el acceso al archivo. El portero, quien siempre la saluda con amabilidad, se la queda mirando como hace habitualmente con las mujeres que van a arreglar su cartilla higiénica para la prostitución. La noticia de su caída en desgracia ha corrido por el lugar. Clara se siente demasiado triste para sentirse avergonzada. Es evidente que no le pedirá un coche de punto. Las mujeres solas no pueden pedir un carruaje, siempre ha de haber una madre, un mozo, un portero, una dama de compañía, alguien que lo haga por ellas. A Clara ni se le ocurre pedirle a un chico de los recados o a un *camàlic,* un mozo, que la acompañe. Ha fotografiado muertos y delincuentes, pero le falta la educación trivial para poder ir por la calle, subir y bajar de un tranvía; ha vivido rodeada de arte y libros y sus conocimientos mundanos, a excepción de bordar, rezar y cocinar, son casi nulos.

—Señorita Prats… —dice una voz a sus espaldas.

Clara se vuelve sorprendida, interrumpida en sus pensamientos. Es Elías Sunyer. Se ha quitado el sombrero para saludarla y ahora le da vueltas con la mano.

—Va usted cargada.

—Sí…

Clara se alegra al verle, pero a la vez no sabe muy bien qué decirle. Ve que él también es tímido. Y sabe que si ninguno de los dos da un paso puede que se queden así durante demasiado tiempo para que todo fluya de manera natural. No obstante, su presencia le ha subido el ánimo y Clara dice:

—Al menos no tenemos que movernos alrededor de ningún cadáver.

Elías Sunyer sonríe y contesta:

—Sí, sí…

Calla un momento antes de decir:

—Pensaba que saldría más tarde…

Ella comprende que él deseaba hacerse el encontradizo. Hubiera estado toda la tarde dando vueltas por la plaza Palacio esperando a verla salir. Y eso de alguna manera suaviza la situación.

—Hoy ha sido mi último día.

Él muestra una genuina extrañeza, parpadea y dice:

—No comprendo.

—Mi último día de trabajo en el gabinete. También como fotógrafa forense. Han contratado a un fotoperiodista.

—Vaya, lo siento.

Se quedan de nuevo los dos callados hasta que él pregunta:

—¿Pue… puedo acompañarla a casa?

Clara sonríe y dice que sí con la cabeza. Siente agradecimiento hacia Elías y algo de vergüenza de sí misma. Sabe que la está cortejando, pero ella no alberga ningún sentimiento hacia él, tan solo una difusa ternura, y se siente culpable por estar aprovechándose de la situación.

Él se ofrece a llevarle la bolsa. Se balancea a un lado al hacerlo y dice:

—Pesa un poco…

Clara ríe de buena gana al verle escorado.

—¿Se está usted riendo de mí?

—No, no, solo que hoy ha sido un día tan horrible y usted es tan amable. Y me siento un poco triste y algo rabiosa, si quiere que le diga la verdad. Así que río por no llorar.

—Oh, lo siento.

—No se preocupe.

Se queda ensimismada mientras van andando camino de su casa. Elías busca desesperadamente algo de lo que hablar.

—Hace dos días apareció otro cadáver en el puerto. Pensé que se encargaría usted de las fotografías.

—José Miguel Rodrigo Montoya.

—¿Cómo lo sabe?

—El fotoperiodista que se encargó del caso es Mateu. Es muy rápido y vino directamente aquí a revelar las fotos. El señor Andreu localizó enseguida quién era. Tenía un lunar bajo uno de los párpados. Y una perilla un tanto especial. Además…, yo le había fotografiado hacía unos meses. Había sido detenido por anarquista.

Clara baja la mirada. Hay algo que la preocupa y le ronda la cabeza.

—Me dio pena cuando supe la noticia. Tal vez no sirva para esto. A veces… pienso en la vida que lleva la gente a la que arrestan. Me acuerdo de que José Miguel llevaba un libro entre las manos. Se mostró amable conmigo. Llevaba unas gafitas para leer. Se las quitó porque tenía que fotografiarle. Había trabajaba en un torno y ahora era linotipista. Habían despedido a alguien y él encontraba que no era justo y… y había más nobleza en él que en la mayor parte de la gente que conozco. Quería ser maestro y entrar en la Escuela Normal. Sus padres eran campesinos.

El trayecto hasta su casa es en realidad bastante corto. Cruzan por delante de los arcos semiderruidos del claustro del antiguo convento de San Sebastián, que ha sido derribado para dejar paso a la avenida de la Reforma, que está en obras. No dicen gran cosa mientras caminan el uno junto al otro. Y ambos se sienten cómodos así, sin una cháchara vacía con la que llenar el silencio. Llegan a la plaza del Ángel. El cartel que anuncia el establecimiento de la familia Prats se ve desde lejos. Hay tres hombres frente a la puerta del estudio. Clara tarda un poco en darse cuenta de que uno de ellos es Carmelo. Vestido con traje parece una persona completamente distinta. Quienes pasean a esa hora por allí se los quedan mirando. Los tres van vestidos de una manera impoluta, pero hay algún detalle, el sombrero demasiado ancho en el caso de uno, el pañuelo amarillo en el otro, que delatan que la elegancia no es un lenguaje nativo, sino aprendido.

En la planta baja hay un gran escaparate y hay expuestas numerosas fotografías, gente conocida, alcaldes, músicos, actrices, arquitectos, políticos y una de la que se sienten muy orgullosos, pues es la fotografía de la reina regente que realizó su padre. La gente se para y suele comentar, y es una de las atracciones de la ciudad, ir a ver el escaparate de la casa Prats. Las fotografías son cambiadas con frecuencia. Es un honor aparecer en el escaparate. Numerosos políticos y prohombres de la ciudad solicitan que sus retratos se expongan allí e incluso algunos ofrecen dinero por estar allí.

Carmelo la saluda, sonríe como si la conociera de toda la vida y dice:

—Señorita Prats.

Su rostro, tumefacto apenas cinco días antes, se ha recuperado y en apariencia no hay restos de inflamación. Pero Clara detecta un tono violáceo oscuro en uno de los pómulos.

—Señor Carmelo…

Le gustaría llamarle por el apellido, pero se da cuenta de que no lo sabe.

Carmelo mira a Elías y dice:

—No quisiera importunarla, señorita. Podemos venir en otro momento.

Clara comprende que él piensa que Elías es su pretendiente.

—No, no se preocupen.

—Hemos preguntado por usted, pero no nos han querido atender.

Clara dirige una mirada al interior, a la recepción. Ve al señor Ricard y su mujer, quienes atienden prolijamente el mostrador, llevan la agenda y de vez en cuando contestan el teléfono. Parece que la estaban observando desde hace tiempo, porque se muestran muy ocupados a pesar de que en ese momento no están atendiendo a nadie.

—Lo siento de verdad. ¿En qué puedo ayudarlos?

—Me gustaría que me fotografiara. Es para mi familia en Cádiz. Quiero que vean que me van bien las cosas aquí. Me enteré de que es usted una fotógrafa muy importante. Quisiera que me fotografiara bien vestido, elegante.

Se pasa las manos por el traje con un gesto risueño, como si quisiera quitarse una mota.

Le había fotografiado en el gabinete antropométrico después de haber sido detenido. Le había fotografiado después de la velada de boxeo, golpeado y con la mirada hinchada por la sangre. ¿Acaso le había pedido permiso? Considera que está en deuda con él. A pesar de ello, cuando reveló las fotografías se sorprendió a sí misma al descubrir que no sentía atisbo de culpabilidad. El arte había valido la pena. El extraño color de la sangre amoratada bajo la piel oscura. Las

98

fotografías resultaron impactantes. Las realizadas desde arriba muestran al público absorbido por la violencia, como si todo él en masa
estuviera a punto de saltar también al *ring*.

—Hoy no tengo ningún cliente para fotografiar. Con mucho gusto los atenderé. Pero primero he de mirar si hay algún estudio libre.

Clara no sabe cómo despedirse de Elías Sunyer. Carmelo parece
leerle el pensamiento y dice:

—A nosotros no nos importa que su prometido esté con nosotros.

Elías Sunyer parpadea. Clara enrojece. Los dos ríen avergonzados.

—No, no… —dice Elías.

No está acostumbrado a que le inviten a ningún lugar, muchos
le consideran un ave de mal agüero.

Clara decide no desbaratar el malentendido y les pide que se queden fuera un momento, tal vez no pueda hacerles las fotografías hoy,
aduce, y se adentra primero en la recepción. Teme lo que el matrimonio pueda decirle, y no quiere hacerles pasar un segundo mal trago a Carmelo y sus amigos.

—Señor Ricard, ¿qué estudio está libre en este momento?

El señor Ricard chasquea la lengua con desagrado y dice:

—Señorita Prats, ¿no sería mejor que lo consultara con su hermano?

El señor Ricard mira hacia fuera. En el vestíbulo hay tres o cuatro personas esperando. Los bancos están forrados de terciopelo. Las
maderas son nobles. Hay más fotografías expuestas. Retratos familiares, hombres ilustres. Algunas de ellas son de la propia Clara.

—¿Por qué?

Su mujer interviene y dice:

—Son…, ya sabe…, medio gitanos… Va a estar sola en el estudio con ellos.

El matrimonio adora a Elisenda. Es la única que puede regentar
aquello con la mano necesaria para conservar el buen nombre de la casa.

—Vendrá el doctor Sunyer conmigo. ¿Qué estudio hay libre?

—Pero, señorita Prats…

—El estudio, por favor —insiste Clara.

A regañadientes, el señor Ricard dice:

—El japonés…

El estudio Prats dispone de diferentes estancias que se usan según los deseos de cada cliente. Así, los hay de un estilo clásico, con columnas romanas o templetes griegos, y los hay más exóticos, orientalistas y de estilo japonés. El estudio tiene varios fotógrafos en nómina. Enrique Prats es el fotógrafo de referencia y es quien fotografía a políticos, aristócratas y oligarcas. Clara conoce el oficio desde pequeña, pues ayudaba a su padre, el gran Eusebio Prats, quien logró una gran popularidad y consiguió que fuera costumbre que en las grandes ocasiones la gente se dejara caer por el estudio para ser fotografiada. Clara, después de que su madre muriera y su padre se sumiera en la depresión, siguió ayudando a su hermano. Llegó un momento en que sus fotografías disponían de una calidad mayor que las de él. Enrique no se mostró envidioso. Se tomaba su trabajo como un oficio respetable a la par que agradable que le permitía conocer a gran parte de las personalidades influyentes de la ciudad, que le generaba cuantiosos ingresos y una no desdeñable cantidad de tiempo libre. Clara había sentido la pulsión artística desde temprana edad. Amalia Prats había llevado el peso del estudio los primeros años. Se había casado con un músico violinista del Liceo cuyo interés por la fotografía era más que discreto. Pero Amalia se había hecho un nombre por sí misma, aunque hubiera perdido su apellido. Al principio fue una gran novedad, una mujer con un fuerte acento extranjero lograba que la imagen de uno quedara reflejada en una lámina de albúmina y finalmente en un papel. Aquello tenía algo de superstición y brujería. Algo que no era ajeno a las mujeres. Amalia, gracias a su padre, tenía acceso a los avances en las cámaras que se realizaban en Alemania. También tenía un carácter resolutivo y daba por sentado que estaba en las mismas condiciones que cualquier hombre.

Clara se disculpa ante Carmelo y sus amigos por tenerlos que fotografiar en aquel estudio donde biombos japoneses se confunden con paisajes supuestamente orientales, pero ellos están encantados, como si ella lo hubiera elegido en especial para ellos. Posan los tres juntos y luego por separado. Elías se queda sentado detrás de Clara, disfrutando de verla enfrascada en su trabajo, eligiendo, decidiendo cuál puede ser el mejor ángulo y tiempo de exposición. Cuando los fotografía a los tres juntos, se muestran muy serios, pero de repente no pueden contener la risa y ríen a carcajadas, y Elías tampoco puede contenerse y ríen todos a la vez. Solo recobran la calma cuando les hacen fotos por separado. Cuando Clara fotografía a Carmelo, solo, sentado, le pide que se quite la chaqueta y la corbata. Lleva una camisa muy blanca. Una gran cantidad de crucifijos dorados cuelga del cuello. El fondo es un biombo lacado con grullas. Clara intuye que el reflejo del biombo, la piel oscura de Carmelo, iluminada por la blancura de la camisa, logrará un gran efecto.

—¿Por qué boxea usted? —pregunta Clara.

—Por dinero.

Los otros dos se ríen.

—Usted se dejó ganar —se atreve a decir Clara.

—Tengo seis hermanos a los que dar de comer.

—Y no vea cómo tragan —dice uno de sus acompañantes.

Clara se calla. No quiere mostrarse con todo lo que ello implica, las apuestas, dejarse ganar, pero es evidente que Carmelo está en gran forma. La oscilación de su cuerpo cuando cambia de posición frente a la cámara revela la sedosa musculatura que hay bajo la camisa.

—Lo siento —dice Clara al fin.

—Na, no lo debe sentir, señorita. El señor Monfort me paga un buen sueldo, la pensión, los entrenamientos. Puedo enviar dinero a mi familia. Que un desustanciado que no tiene ni media hostia me golpee… Bueno, cuando trabajaba de sol a sol para los señoritos en Sanlúcar de Barrameda lo hacían gratis, y ahora al menos me pagan.

Carmelo y sus amigos ríen de nuevo a la vez. Clara intuye tras sus risas un terrible mundo de humillaciones. Mira con atención por primera vez a Elías desde que llegaron. Él también parece mostrarse cohibido.

Cuando acaban la sesión, Clara los acompaña hasta la puerta.

—¿Cuándo estarán las fotos? —pregunta Carmelo.

101

—Me pondré enseguida con ello. Pasen por aquí en tres o cuatro días.

Carmelo y sus amigos se despiden de ella. Elías parece hacer tiempo esperando a que se marchen. Sin embargo, se despide de pronto torpemente. Clara reconoce su propia timidez en la de él. Pero sabe también que no puede ayudarle.

Todo ello sucede bajo la atenta mirada del señor Ricard y su mujer, quienes deciden desquitarse de Clara informando con todo lujo de detalles a Elisenda.

Y a la hora de la cena, su cuñada dice:

—Asesinos, cadáveres y ahora además gitanos, por el amor de Dios, qué tienes en contra de las familias normales y corrientes. ¿Por qué no podrías ser como la señorita Adelaida?

19

Una de las criadas le da un sobre a Clara mientras se encuentra haciendo labores en el saloncito de invierno de la casa junto a su cuñada. No ha venido por correo normal, sino que ha sido entregado en mano. Clara reconoce el sello con el que está cerrado. Se espera a abrir el sobre cuando la criada ha salido de la habitación. Reconoce la letra de Carlos Monfort en cuanto la ve:

Estimadísima señorita Prats:

Siento mucho el haber sido el causante de su caída en desgracia. Me gustaría resarcirla en la medida de lo posible. ¿Conoce usted el sanatorio mental Nova Betlem? El doctor Montoliu es el director. Es un eminente frenópata. Le he hablado de su magnífico trabajo. Tiene allí dispuesto un taller de fotografía. Le gustaría que usted fotografiara a alguna de las internas. Son todo mujeres. No tiene por qué preocuparse.

—Ya que guardas con tal secreto esa nota, espero que al menos sea de un pretendiente —dice Elisenda.

Clara ríe para sí misma por el hecho de que crean que tiene un pretendiente. Su hermano y su cuñada se han obsesionado con la idea. La casa Prats tiene una considerable cantidad de ayudantes, un par de contables, tres fotógrafos y diversos retocadores, por lo general estudiantes de Bellas Artes que quieren ganar algo de dinero: cambian sonrisas, ojos bizcos, hacen desaparecer o aparecer cabellos. Clara sabe de buena tinta que dando por perdido un buen matrimonio, para su hermano y su cuñada no sería tan malo colocarla con alguno de los empleados.

Clara se concentra de nuevo en la labor. Tener las manos ocupadas le permite que la mente aletee con libertad. Clara recuerda a las mujeres que ha conocido en el gabinete antropométrico. La mayoría de ellas eran timadoras, estafadoras, pero también había obreras que habían dicho no a un patrono sobón, mujeres anarquistas que se habían atrevido a tirar una piedra contra un tejado de zinc porque su marido tenía que enrolarse obligatoriamente en el ejército para defender en Marruecos los intereses de algún potentado.

—Tendrías que haber empezado tu ajuar hace mucho tiempo. Bordar sábanas de buen hilo lleva su tiempo.

Le hubiera gustado saber más de sus vidas, fotografiarlas en la calle o en sus trabajos o dando de mamar a sus hijos, fotografiarlas de una manera natural; no con un aparejo sujetando su cabeza y su espalda y que las obligaba a estar rectas y con la mirada fija, retratarlas de frente y perfil, a veces con el pecho desnudo.

—En caso necesario podríamos contratar a una costurera. La señora Carmen me ayudó con el mío. Ay, es que Enrique se me declaró tan pronto.

Ahora ya no dispone de ninguna de las excusas que tenía para salir a la calle y se encuentra amarrada allí. Ese día está libre. Y al día siguiente tan solo tiene en agenda una familia. Su hermano es quien se hace cargo del negocio y Clara no puede decidir libremente a quién fotografía y a quién no. En cambio, otros días tiene que trabajar incluso a destajo, largas sesiones de familias y niños, mujeres solas y algún que otro hombre, mayor y quejoso. A veces, cuando se acuesta y cierra los ojos, solo ve una sucesión de rostros anónimos que le sonríen o se enfadan sin ton ni son.

—Lo ideal sería que tu futuro marido no dispusiera de servicio. Así podrías elegir tú misma a las criadas y no te encontrarías como yo me encontré cuando llegué a esta bendita casa.

Ha acudido a misa con su cuñada y esa tarde sin duda le tocará rezar el rosario después de las labores. Se ha podido escapar al taller. Y ha estado con Abel. Han sido las únicas horas amables del día. Abel estaba enfrascado en arreglar una cámara que se había estropeado. Piezas engrasadas pasan entre sus dedos y con gran facilidad son introducidas en los lugares correctos. Enrique apenas le da un sueldo a su hermano. Clara sabe que Enrique íntimamente piensa que Abel es retrasado.

—Cuando llegué no pude decidir nada. Me pusieron a una chica seca y amargada como doncella.

Ir a fotografiar locas. Se avergüenza un poco de pensar de aquella manera. Piensa en su abuela, en sus manías que habían traspasado la excentricidad, y se la imagina en un lugar como aquel. Y la oferta procede de Carlos Monfort, alguien que la pone nerviosa y en alerta por ningún motivo en concreto. Recuerda que se sintió extraña y cohibida cuando le envió las fotografías del boxeo. Es su mejor trabajo hasta la fecha. Son una de las pocas series de fotografías que Clara se atrevería a considerar como arte. Y ha recibido una carta llena de expresiones maravilladas, por su parte.

—Y los menús, es muy importante controlar los menús. Tuvo que pasar un tiempo hasta que pude meter mano en la cocina, y cuando lo conseguí, Dios mío, vaya manera de derrochar tan tonta que había en esta casa.

Pero había sido Carlos Monfort quien había logrado que perdiera su trabajo.

—La mitad de las patatas se pudrían. ¿A quién se le ocurre guardarlas todas juntas? Corrompida una, corrompidas todas.

Toma una decisión. A todas aquellas personas que parecen no tener voz ella se la dará. Está decidida. Las fotografiará. No dejará que vivan en el olvido, quiere que cien años más tarde alguien sepa que existieron.

—En fin, que si es un caballero, espero que nos lo presentes pronto.

Así que le devuelve la nota diciendo que sí.

Todavía no le ha pedido permiso a su hermano, pero la decisión es firme.

Tras rezar el rosario de la tarde, Clara se acerca al estudio donde su padre pasa la mayor parte del tiempo. Encuentra a su padre adormilado, sentado en uno de los sillones, frente a una mesa en la que hay extendido un periódico que su padre finge leer todas las tardes para tener una excusa con la que encerrarse allí. Es un estudio pequeño, atiborrado de muebles que debían de estar de moda varias décadas atrás y que pretende ser acogedor. Su humor es cambiante. La bebida ejerce diferentes influjos y puede pasar de la melancolía a una sorda amargura en apenas minutos.

—¿Papá?

Su padre lleva siempre un batín rojo desde que alguien le dijo que le hacía parecer un poeta extranjero. Clara le toca el brazo. Su padre se despierta y al verla sonríe de una forma un tanto bobalicona y dice:

—Nena…

Intenta recolocarse unas gafas que no existen pretendiendo que se ha quedado dormido leyendo el periódico. Clara recuerda cuando eran felices. Sus padres y sus dos hermanos antes de que su madre enfermara y muriera y su padre perdiera el control de su propia existencia.

—Quiero que me des permiso para ir al sanatorio Nova Betlem a realizar fotografías de las mujeres internas. Tendría que estar fuera varias horas al día.

—¿Un frenopático?

—Sí.

Su padre mira al frente. Hay una botella de coñac ya medio vacía.

—Espero que no sea peligroso —dice titubeante.

Se sirve un poco. Tanto Enrique como ella se han dado por vencidos con su adicción.

—Tu madre se llevaba bien con las locas. No con las del manicomio, claro, a esas ni las conocíamos. Sino con las que venían aquí. No me refiero a las que ya se sabía que andaban mal de la cabeza. Sino a las otras. Las que vivían de aquella manera, las que estaban casadas y tenían hijos pero algo en ellas estaba a punto de explotar… Tu madre las entendía. Tu madre se llevaba bien con los vagabundos, con los enfermos, con los desahuciados, los niños raros y los perros apaleados. Yo me pasaba el día fotografiando a toreros y a cantantes de ópera. Ella en cambio tenía mano con los más desgraciados, con los pilluelos del barrio, con los deshollinadores o como sea que se llamen esos que limpian las chimeneas. Ella hacía esas fotografías tan llenas… de vida. Parecía que ella fuera la hija de mi madre en vez de yo. En fin…, ella ya no está aquí, y aquí me quedé yo.

Clara desvía la mirada a una de las fotografías colgadas en una de las paredes. Allí estaba ella, haciéndose sombra en los ojos con una mano en un día de verano. La había hecho su padre. Si su padre amaba algo, las fotografías eran de verdad, no eran el lustroso cartón piedra que enamoraba a sus clientes. Muy de tanto en tanto su padre sigue fotografiando. Lo hace si alguna celebridad de la ciudad o incluso del país se lo pide. La última fue la reina regente. Todo el mundo estaba nervioso, pero lograron salir airosos. Clara y su hermano hicieron ver que eran ayudantes cuando en realidad fueron quienes hicieron la mayor parte del trabajo.

—En fin, que si quieres ir a fotografiar a esas pobres mujeres, ve. Yo no te voy a decir nada. ¿Se lo has dicho a tu hermano?

—No.

Su padre se la queda mirando. Solo por un instante se vislumbra una pequeña llama de entendimiento sin palabras, pero enseguida se apaga. Se ha bebido ya el vaso de coñac y mira de nuevo la botella.

—No tengo por qué fingir contigo. Eres inteligente. No me encierro para leer. Ni siquiera puedo ver las letras ya. Tú has salido a ella. En fin…, habla también con tu hermano. Ya sabes que le gusta que le tengan en cuenta para estas cosas. Si pregunta, dile que yo te dejé. Y que cuando te dije que sí todavía no estaba borracho.

20

Un par de días más tarde, un carruaje se acerca a buscar a Clara a la plaza del Ángel. Carlos Monfort y la señorita Adelaida la esperan dentro.

—Buenos día, querida —dice Carlos—. ¿Ha estado antes en el sanatorio? Oh, no, claro que no. Aunque dicen que las fiestas para recaudar fondos son muy populares. Mi madre me llevó una vez junto a mi hermano a una de esas fiestas, cuando todavía era el antiguo sanatorio de Belén, un viejo caserón medieval. Ella siempre me amenazaba cuando me portaba mal, te llevaremos a Belén. Y eso me provocaba cierta confusión moral, pues entendía que se refería al lugar de nacimiento de Nuestro Señor.

El carruaje se adentra en el Ensanche, suben por la calle Balmes. Carlos Monfort se queda en silencio, ensimismado. Ha tenido el buen gusto de pedir que los acompañe la señorita Adelaida, quien también parece algo melancólica. Clara tiene la sensación de que entre ellos dos ha habido una discusión familiar. La señorita Adelaida lleva un pequeño ramillete de flores en las manos. No lleva el manguito de piel ruso. Clara la observa. No sabe nada de ella. ¿A qué se dedica?, ¿qué le gusta? Lleva un sombrero pequeño, muy bonito, pero que ahora ninguna mujer lleva. El cabello recogido en la nuca realza la línea de la mandíbula, exquisita y bella. Clara se la queda mirando. ¿Por qué viste a la moda de hace veinte años? ¿Qué hay en los labios que les da un aspecto dulce y obstinado a la vez? Clara piensa de pronto en qué debe de sentir alguien cuando los bese, pero aparta ese pensamiento. Cierra los ojos. A veces es mejor no ver. El corazón deja de sentir. El traqueteo de los caballos los adormece.

La finca está en el norte de la ciudad, cerca de la avenida del Tibidabo, un lugar tranquilo y apartado. Un muro de ladrillo rojo rodea un grupo de edificios de los cuales apenas se ve nada desde la calle. La puerta de reja de la entrada se encuentra flanqueada por dos grandes columnas a imitación de unos obeliscos egipcios. Sobre la puerta destaca el nombre Nova Betlem. Curiosamente, las rejas están abiertas de par en par y parece que nada podría impedir la salida y entrada de las internas. El carruaje se adentra en un gran parque arbolado. Los nuevos edificios están cuidados con mimo. Son monumentales y acogedores a la vez. El jardín es enorme y está bien atendido. Clara ve a algunas mujeres que se pasean de dos en dos o en pequeños grupos. Algunas van vestidas con ropas de calle, otras por el contrario llevan vestidos de sarga azul.

El carruaje se detiene frente al portalón de la entrada. Clara está nerviosa. Piensa que no es buena idea. Su determinación va y viene a medida que pasa el tiempo.

—Yo las dejo a ustedes aquí —dice Carlos—. Tengo que resolver unos asuntos importantes. No teman, mandaré a Roberto a que venga a buscarlas en una hora. Pregunte por el doctor Montoliu. Las está esperando.

—Pero… —intenta decir Clara.

—Bajen.

Es todo lo contrario a las convenciones sociales. Clara y la señorita Adelaida bajan del carruaje. Nova Betlem es un edificio de dos plantas, alargado a los lados, y más allá, a un lado, separado por una verja de jardín, un conjunto de edificios blancos, algunos recuerdan a pequeños chalés alpinos. Detrás del edificio nuevo se distingue el viejo caserón, enganchado al edificio central como un molusco. Suben las escaleras. Clara observa que la señorita Adelaida mira el edificio con aprensión y recelo y se detiene justo antes de la entrada. Clara sonríe, la sujeta del brazo y le dice:

—Si quiere puede esperarme en el jardín.

—No, no… No se preocupe por mí.

—De acuerdo.

Entran las dos juntas. El vestíbulo es amplio y luminoso y no tiene nada que ver con lo que se esperaría de un sanatorio mental, más bien recuerda a una institución de enseñanza. Una portera con uniforme las saluda, les sonríe nada más entrar y les pregunta qué desean. Lleva multitud de llaves colgando del cinturón.

—Soy la señorita Prats y mi acompañante es la señorita Monfort. El doctor Montoliu nos está esperando.

Clara teme que se va a encontrar con mujeres frías y serias que han de tratar a diario con el sufrimiento ajeno. Pero aquella mujer es en apariencia todo lo contrario, una mujer de mediana edad, cordial y afable.

—Oh, es usted la fotógrafa. Yo soy Amparo. El doctor la está esperando en su despacho. Me ha pedido que la acompañe en cuanto venga.

Llama a otra celadora a la que deja a cargo de la entrada. Las tres mujeres caminan por un largo pasillo, iluminado por los grandes ventanales que hay a un lado. El sonido de sus faldas sobre los suelos ajedrezados es un rumor doméstico y tranquilizador. Clara observa las delicadas proporciones de las arcadas del techo y los azulejos que llegan a mitad de las paredes y que tienen dibujos de flores. También se fija en las mujeres de diferentes edades que se encuentran por el camino. Algunas de ellas limpian, otras barren, y de nuevo algunas llevan vestidos azules de sarga y otras en cambio van vestidas con ropas de calle. Se muestran muy ocupadas, colocando guirnaldas, llenando jarrones de flores. Ninguna de ellas les hace mucho caso. Alguna que otra las saluda, sobre todo las que van vestidas de calle.

—Todas estas mujeres… ¿son internas? —pregunta Clara.

—Sí, todas ellas —contesta la señora Amparo.

—¿Por qué hay algunas que van vestidas de calle?

—El doctor Montoliu considera que mejora su estado de ánimo si pueden vestir sus propias ropas. Otras en cambio es mejor que no.

La señorita Adelaida mira a los lados y al suelo. Se encuentra incómoda y la señora Amparo le dice:

—No se preocupe, querida, no hay nada que temer. El doctor Montoliu es una eminencia y todas ellas mejoran muchísimo al poco de su llegada.

—¿Están celebrando una fiesta? —pregunta Clara con curiosidad.

—Mañana se ofrece una recepción a los patronos. La institución es privada, pero hay un convenio con la Diputación para tratar a internas necesitadas. Así que tenemos que agasajar a los patronos —añade con un gorjeo juvenil.

El sanatorio huele como todos los hospitales, a una mezcla de desinfectante y alcohol, pero Clara detecta otro olor más extraño, un olor punzante, químico, como el del producto que utiliza para revelar las fotografías. Doblan a la izquierda, siguen caminando por otro pasillo y tras cruzar una serie de puertas llegan hasta lo que parece una parte más noble del edificio.

—Aquí es.

La señora Amparo se estira el uniforme, comprueba su cabello, llama a una puerta y sonríe.

—Doctor... —La voz es más melosa ahora.

El doctor Montoliu es un hombre más joven de lo esperado. Tiene treinta y pocos años. Su cabello es negro, los ojos, claros, una barba fina. Está sentado tras la mesa de su despacho. Al verlas se levanta de la silla, sonríe y les ofrece asiento. El despacho es una estancia amplia, maderas agradables, muebles de bordes romos, objetos de cobre que no parecen tener ninguna función, un mapamundi, libros de ciencia. Los estantes de una librería llena de molduras exhiben un gran número de obras científicas, libros de neurología. Clara reconoce algunas láminas, pues son las mismas que hay en el gabinete antropométrico y que describen con todo lujo de detalle las diferentes partes de la cabeza que se han de tener en cuenta a la hora de realizar una identificación. Un gran ventanal da al parque. No parece el despacho de un médico, sino el de un científico universitario.

—Muchas gracias, señora Amparo.

—Los dejo a ustedes —dice la señora Amparo con algo de pena por tener que marcharse.

El doctor se queda mirando a Clara y dice:

—El señor Monfort me ha hablado mucho de usted. Él es uno de nuestros patronos más importantes.

A pesar de sus palabras, Clara detecta cierta reserva en él.

—No sabía que el señor Monfort tenía una sobrina —dice dirigiéndose a la señorita Adelaida.

—Somos primos lejanos.

El doctor Montoliu baja la vista y parece mirar unos papeles frente a él.

—El señor Monfort me ha explicado su gran capacidad para captar la naturaleza humana y que su trabajo en el gabinete antropométrico es magnífico.

Clara asiente. Como siempre que alaban su trabajo, le puede su natural timidez.

—Verá…, lo que yo quiero es que fotografíe a algunas de las internas. Al ser usted mujer se mostrarán más tranquilas. Su trabajo aquí consistiría en ayudarme a identificar…, detectar ciertos rasgos, ilustrar los diferentes tipos de locura y definir así el diagnóstico en base a la expresión facial de las enfermas.

Y, sin embargo, parece reluctante, como si no le pareciese una buena idea, como si estuviera recitando un discurso preparado. Clara piensa que es imaginación suya. No las tiene todas consigo de ser capaz de realizar bien el encargo. Tal vez solo sea eso.

—Debo decir que me han sorprendido las internas —dice Clara—. No parecían…

—¿Enfermas?

—Sí.

—Bueno…, algunas de ellas tan solo necesitan descansar. No aplicamos electrochoques, ni terapias de agua fría, como se hacía antes de que mi familia comprara el sanatorio. Es verdad que algunas oyen voces y tienen delirios, pero son las menos. En realidad, somos más un sanatorio que un manicomio al uso. También tenemos a algunas pacientes graves, pero están cuidadas, aisladas. Señorita Monfort…, ¿se encuentra bien?

—Sí, sí, solo que hace mucho calor aquí…

La señorita Adelaida parece mareada. Es verdad que hace calor en la habitación. Una calefacción pesada está encendida. Pero el día fuera es luminoso.

—Podemos salir si quiere a conocer el centro.

—Se lo agradecería —dice la señorita Adelaida.

Los tres salen del despacho. Una vez fuera, la señorita Adelaida pregunta:

—Así que hay pacientes ricas y pobres… —A Clara le sorprende su pregunta. Parece de pronto recuperada.

—Sí, hay tres tipos de categoría. Esto es como un barco: hay camarotes de primera, segunda y tercera. No crea que solo admitimos a quienes lo pueden pagar. Tenemos un convenio con la Diputación. También admitimos casos de extrema necesidad. Tienen los mismos derechos que el resto de las pacientes, pero sus habitaciones son compartidas y no pueden disponer de servicio propio.

—Pero van vestidas de diferente manera… —comenta la señorita Adelaida.

—Sí…, en el fondo, solo somos un reflejo de la sociedad. Naturalmente intentamos protegerlas. Mi deseo sería que todas pudieran ir vestidas de calle si así lo deseasen, pero hay algunas de ellas que prefieren el uniforme que les facilitamos nosotros.

Desde lejos es difícil diferenciar a las internas de las enfermeras. Las celadoras, como llaman aquí a las enfermeras, van vestidas de blanco, pero su delantal y cofia son azules. Las internas llevan chaqueta. Clara ve que algunas están desarregladas, que las mangas vuelan más de la cuenta o que están descosidas. Lo mejor es fijarse en el cabello. Las celadoras llevan el cabello recogido y cofia.

Se encuentran con un médico joven al que presentan como doctor Llorach.

—Son la señorita Prats y su acompañante. Nos ayudará con las sesiones fotográficas de las internas. Somos un equipo médico pequeño. Hay una secretaria y poco más. El resto son casi todas celadoras.

—¿No hay ningún hombre? —pregunta la señorita Adelaida.

La pregunta suena extraña, demasiado incisiva para provenir de una señorita, ha utilizado la palabra *hombre* en vez de *caballero*, pronunciada de una manera ruda y cortante.

—No, a excepción del equipo médico; antes estaba el jardinero, pero ahora cuidan de esto una masovera y su hija. A veces, en las casitas blancas, que es como llamamos a los chalés, hay porteros que vigilan las casas, pero están separados por una reja. Si quiere podemos ver el taller de fotografía.

—¿Chalés? —pregunta ahora Clara.

—Sí…, mi padre pensó que sería buena idea promover que algunas internas pudieran vivir de forma independiente.

El taller de fotografía es una estancia amplia. Las cámaras son algo anticuadas, de finales del siglo anterior. En las paredes hay rectángulos blanquecinos, como si se hubieran retirado algunas láminas o cuadros. Ve que también hay una pequeña librería en la que apenas hay libros.

—Nos gustaría disponer de medios más modernos. Sé que están en constante evolución. El laboratorio es algo rudimentario, pero cuenta con todo lo necesario. Oh, perdónenme, ¿quieren tomar un refrigerio? Algunas de nuestras internas son verdaderas reposteras. Están esforzándose mucho para la fiesta de mañana.

—No podemos quedarnos más tiempo —dice la señorita Adelaida—. El carruaje… Debemos volver a Barcelona.

—Naturalmente.

—Hubiera preferido quedarme más tiempo —dice Clara—, pero como dice la señorita Adelaida el carruaje nos viene a buscar.

—Las acompañaré a la salida. La familia Monfort es de nuestros patronos más distinguidos. Siempre han acudido. El señor Monfort nos ha ayudado en algunas cuestiones, aunque creo que su especialidad es el derecho nobiliario. Se sabe todas las familias y los linajes de este país, toda la genealogía. Creo que también tiene un cargo protocolario muy antiguo…

—Real archivero de la Corona de Aragón —dice la señorita Adelaida.

El doctor sonríe por fin de una manera abierta y dice:

—Un poco rimbombante a mi parecer y siempre se me olvida. Ya que han visto los preparativos, si quieren vengan mañana. Los pasteles no las defraudarán, se lo aseguro.

El doctor las acompaña a la salida. El carruaje ya las está esperando. Una vez dentro, Clara se fija mejor en la señorita Adelaida y la ve pálida y pensativa y le pregunta, preocupada:

—¿Se encuentra usted bien? Siento que haya tenido que acompañarme.

—No, no se preocupe… Es que no me gustan los manicomios.

—Aquí las pacientes parecen bien cuidadas.

La señorita Adelaida baja la ventanilla. El aire fresco entra en el interior y ella respira hondo.

—El olor es el mismo que en todos. Aquí incluso es peor.

—Sí, hay un olor químico que está por debajo de todo —dice Clara.

—Y solo hemos visto el sanatorio para ricos. Las que llevan el vestido de sarga son las pobres de tercera clase. Las mujeres que van vestidas de calle son las adineradas. No me extrañaría que las pobres hicieran de criadas de las ricas. Todas estas instituciones funcionan así. Seguramente, en algún lugar que no nos han enseñado habrá habitaciones enormes y retumbantes, donde coman y duerman esas mujeres pobres.

A Clara la sorprende su furor. Nunca la ha escuchado hablar de aquella manera, no parece una señorita que lo tenga todo regalado y que no se tenga que preocupar del dinero.

—El doctor Montoliu se ha mostrado muy amable, pero tal vez tenga usted razón —dice Clara—. No hemos visto todo el lugar.

—El doctor Montoliu no parece que esté muy…

La señorita Adelaida busca las palabras adecuadas.

—Contento…

—¿Por qué dice eso?

—Porque cuando nos hemos marchado parecía aliviado.

Clara reconoce en su fuero interior que ella piensa lo mismo.

—Pero fue idea suya la de fotografiar a las internas. Y ¿por qué nos ha invitado mañana?

La señorita Adelaida vuelve la cabeza hacia Clara. La descubre pensativa, reflexionando sobre las palabras que acaba de escuchar.

—La acompañaré mañana a la recepción si no le importa.

—Oh, claro que no me importa —responde Clara.

Vuelven a Barcelona en completo silencio.

21

El carruaje deja a Clara primero frente a su casa. Clara y la señorita Adelaida se despiden de una forma torpe con una confusa idea de acercarse al día siguiente a la fiesta. Al bajar del carruaje descubre que en la puerta de su casa la están esperando los dos acompañantes de Carmelo. Hay algo diferente en ellos, parecen preocupados y cabizbajos, como si se hubiera aposentado algo gris en su carácter alegre. Clara se avergüenza un poco por no recordar sus nombres. ¿Antonio? ¿Manuel?

Los dos se quitan el sombrero al verla acercarse.

—Señorita Clara…

—¡Hola! Qué agradable sorpresa. ¿Vienen a recoger las fotografías?

—Queríamos saber si había venido Carmelo a buscarlas.

—No, no ha venido. Pero si quieren se las puedo dar a ustedes.

—No, no. Carmelo se ha marchado de pronto. Ha dejado todas sus cosas en la pensión.

—¿Marchado?

—Sí. Se ha ido.

—¿Y no les ha dicho nada?

—No. Ha desaparecido sin más.

Clara les hace pasar al interior. En la recepción está el señor Ricard. Ya es tarde, pero aún hay algunas personas que esperan su turno. Hay un pequeño saloncito para que los clientes revisen las fotografías y comprueben si son de su agrado. Todo el mundo se los queda mirando. El señor Ricard tuerce el rostro cuando Clara indica que no es necesario que paguen las fotografías, que son un regalo.

—El señor Monfort debe de saber algo. Carmelo era su protegido.

—Nos han dicho que tampoco él sabe nada.

—Pero ¿cómo saben si no se ha marchado sin más?

—Carmelo nunca abandonaría los recuerdos de su madre y de sus hermanos. Están todas sus cosas allí. Tomó café con nosotros en el Eden Concert. Y luego se fue para la pensión. Quería ir al gimnasio del señor Bricall para entrenar, pero nunca llegó a ir. Sus ropas están intactas.

—Ha desaparecido.

Una idea terrible cruza por la mente de Clara. Sube a su habitación sin detenerse a hablar con nadie. Luisa tiene la tarde libre y no puede ayudarla. Es complicado para una mujer de su posición social salir sola a la calle. Tampoco le puede pedir a una criada que la acompañe. Si su cuñada se enterase, le haría la vida imposible y la dejaría sin referencias, y la chica no podría trabajar en ningún lugar. Se tapa lo mejor que puede con la pañoleta e intenta parecer una vendedora. Se ha echado un mantón viejo que a veces utiliza Luisa los días de frío. Son las últimas horas de la tarde. Los tenderos están recogiendo los toldos y bajando las persianas. La casa Prats también está a punto de bajar la persiana. Sabe que los empleados la estarán observando. Siempre hay alguien mirando, fumando distraídamente en la puerta, es mejor que fumen en la calle, en la casa hay productos inflamables. La han visto bajar del carruaje, luego atender a unos hombres y ahora la ven salir a solas medio disfrazada. Sabe que cuchichean sobre ella. La hija rara. Siempre lo ha sido. Así que es mejor no darle más vueltas. Clara recorre la calle Fernando a paso animado, las calles aún conservan cierta amabilidad del día. Las farolas con luz eléctrica parpadean de pronto al encenderse. Al cruzar las Ramblas, hay un pequeño cambio en la gente, y adentrarse en la calle del Carmen es como entrar en otra ciudad, los edificios se amontonan los unos contra los otros. Hay un barrillo en la calle, mezcla de las bostas de los caballos y de orinales vaciados sin más, y Clara ha de cuidar de que el vestido y los botines no se ensucien.

118

El Hospital de la Santa Creu es un edificio gótico con varios pabellones. En la entrada de los convalecientes pobres de la calle del Carmen encuentra miseria, murmullos de dolor, quejidos, gente malherida; los accidentes de tranvía son habituales, las personas mayores no se han habituado todavía a ellos. Hay algunos que mendigan, o que se hacen los enfermos para poder dormir en una cama. Tres hombres trabajan como porteros y lidian con ellos lo mejor que pueden. Ninguno de ellos es médico o sanitario y simplemente parecen desear guardar un cierto orden. Llevan batas y gorras de un color indefinido, y casi se los podría confundir con cocineros. Clara se dirige a uno de ellos.

—Quería hablar con el doctor Sunyer.

Puede que Elías esté de servicio y pueda atenderla, y si no le encuentra al menos le dejaría recado.

El portero se rasca el cogote y le dice a otro:

—Oye, Sunyer, me suena el nombre… ¿Es cirujano?

—Sí, hombre, el de los muertos.

—¿Podría hablar con él?

Una monja se asoma proveniente de una salita de la que se escuchan murmullos, lleva una aparatosa cofia y un delantal con una gran cruz roja estampada y muestra el semblante de quienes están siempre atareados.

—¿A quién está buscando?

—Al doctor Sunyer.

—El doctor Sunyer no atiende a pacientes de la calle.

La monja la mira de arriba abajo. Clara no entiende su suspicacia.

—Soy Clara Prats. Soy fotógrafa. Ayudo al doctor Sunyer en su trabajo como forense. Antes trabajaba en el gabinete antropométrico. He obtenido información de uno de los casos y me gustaría hablar con él.

La monja deja de pronto de mirarla con suspicacia. Ha tratado con mucha gente y ve la mantilla vieja pero limpia, los botines de cuero de gran calidad, las manos, que no están habituadas a acarrear cubos de agua, unas palabras como *forense* y *antropométrico*, que es la

119

primera vez que ella escucha decir en catalán y que una obrera madre de cinco hijos no sabría a usar.

—Está bien —dice la monja—. Iré a buscarle.

No tarda mucho en aparecer. Elías se muestra agradablemente sorprendido y sonríe. Parece haberse puesto una chaqueta de forma apresurada y, como siempre, lleva el cabello despeinado. A pesar de no llevar bata, una persona mayor con una herida en la pierna que está esperando para ser atendida le agarra la mano. Elías la mira y le dice a la monja:

—Es una apoplejía. Medio rostro paralizado.

A Clara se le hace difícil hablar ahora. Todo el arrojo con el que ha salido de casa se ha desvanecido al ver a la gente pobre y enferma.

—Usted dirá —dice Elías.

—Tengo que hablar con usted. Ha ocurrido algo. Pero preferiría no hacerlo aquí.

—Claro, claro, en el patio se está tranquilo.

Elías Sunyer pide permiso a la monja. Ella dice que sí con la cabeza.

—Es la enfermera jefe, sor Lucía. Ha estado en las guerras de Cuba, así que es mejor que tenga cuidado con ella.

Una vez fuera, Clara gana cierta confianza y dice:

—No sabía cómo ponerme en contacto con usted. Sor Lucía me ha mirado de una forma un tanto extraña.

—Oh, bueno, a veces hay mujeres que contactan con los cirujanos para resolver un embarazo no deseado.

Le sorprende la claridad con la que Elías le habla. De pronto entiende la mirada de la monja y se siente avergonzada. Es consciente de pronto de toda esa pobreza. Ha visto a gente pedir por la calle, mujeres ancianas trabajando, niños arrastrando carromatos de bostas para revenderlas en algún lugar. En el gabinete antropométrico ha entrado en contacto con aquel mundo, pero tan solo era una superficie que encierra otras más profundas.

En el patio hay varios mandarinos bordes y dos pequeñas fuentes. Están rodeados por el edificio medieval, gótico, y sus impresionantes arcadas.

—Carmelo ha desaparecido —dice Clara.

—¿El boxeador?

—Sí, sus amigos han venido a preguntar por él. Querían saber si había vuelto a buscar las fotografías que le hice el otro día. Por cierto, sale usted muy bien en ellas.

Elías sonríe avergonzado y dice:

—Oh, bueno, gracias… ¿Y por qué está usted preocupada?

—Verá…, los tres hombres que han aparecido muertos en el puerto… Los fotografié yo. Y ahora tengo miedo por Carmelo.

Elías se queda pensativo hasta que finalmente dice:

—Usted los fotografió en el gabinete antropométrico. Habían tenido problemas con la ley. Y en el caso de Carmelo no fue así.

—No, también fotografié a Carmelo en el gabinete. Fue a finales del año pasado.

—Lo más probable es que sea todo una casualidad…

—¿Y si de alguna manera mis fotografías los señalaran?

Elías piensa en lo que dice Clara. Carmelo coincide con el patrón de las víctimas. Un joven fuerte y saludable e inmigrante.

—¿Tiene familia aquí?

—No, solo unos amigos. Su familia es de un pueblo de Andalucía.

—¿Quién tiene acceso a los archivos del gabinete?

—Policías y jueces…

Elías no encuentra tan descabellada la teoría de Clara.

—Lo único que se me ocurre es acudir al comisario Martín Prieto —dice Elías—. La comisaría está aquí cerca, en la calle Conde del Asalto. Entro de guardia de aquí a una hora, pero puedo acompañarla si quiere. Antes déjeme ir a buscar mi sombrero.

Clara no había estado nunca a aquellas horas por ese tipo de calles. Es una hora ambigua en la calle Conde del Asalto, ya ha pasado la última hora de la tarde, aún no ha llegado por completo la noche. Queda algún comercio abierto, una sombrerería, un colmado, ya empieza a haber movimiento frente al Eden Concert. Toda aquella parte de la ciudad resulta desconocida para Clara. No es una mujer en exceso rica para realizar el *tour* de los duques, un *tour* en que burgueses deseosos

121

de emociones dan vueltas por las zonas más canallas de la ciudad tras una gala en el Liceo, ni tampoco lo suficientemente pobre para verse en la necesidad de acudir allí a buscar un lugar barato en el que comprar, cenar o dormir.

La comisaría tiene un aspecto que Clara encuentra descorazonador. En la entrada hay un par de borrachos y unos marineros, cabizbajos, avergonzados de haber sido engañados por dos pilluelos de la calle que les han desplumado todo lo que tenían.

En cuanto sabe de su llegada, el comisario los recibe sin más preámbulos.

—Doctor Sunyer, señorita Prats.

Martín Prieto está intrigado por lo que quiere explicarle la pareja. No hace ascos a ningún tipo de información por nimia que sea. Y aquellas dos personas son tranquilas e inteligentes, no vendrían a molestarle por ninguna tontería. Lo importante es saber discernir entre lo falso, lo posible y lo verdadero.

—Siento presentarme de improviso —dice Clara—. He ido a ver al doctor Sunyer por algo que me han explicado y ha pensado que era buena idea hablar con usted.

Prieto asiente. Hay algo en Clara que le recuerda a su mujer. La dura voluntariedad de hacer lo correcto. Al mirarla siente el puño apretado de la nostalgia. Su mujer se casó con él en contra de los deseos de su familia. Era una familia burguesa, catalana y biempensante. Y él era un militar que estaba a punto de convertirse en policía, algo que consideraban lo más bajo socialmente, casi al mismo nivel que un verdugo. Tuvieron un único hijo y estaba enfermo. Y aquella familia tan cristiana, tan biempensante, dijo abiertamente que era una pena y se preguntó si merecía tantos esfuerzos cuidarle si, total, no iba a servir para nada.

—Verá… El otro día hubo un combate de boxeo. Fotografié a uno de los boxeadores.

Clara titubea, pero decide no recordarle que ellos dos se encontraron cara a cara.

—Se llama Carmelo. Era el que perdió o se dejó ganar. Ha desaparecido. Sus amigos están preocupados por él. Yo le fotografié en el estudio días más tarde de hacerlo en el combate. Ha desaparecido de pronto y ha dejado todas sus pertenencias. No se las ha llevado consigo. Y, verá…, los otros cadáveres que han aparecido son de personas a las que también he fotografiado. Y a él lo fotografié el año pasado en el gabinete.

—Pero usted fotografía a muchas personas, tanto en el estudio como en el gabinete antropométrico.

—Sí, sí…

Clara junta las manos en el regazo, baja la mirada. Ahora todo le parece un absurdo.

—¿Y cree usted que no es casual?

La voz de Martín Prieto es paternal sin excesos y agradable.

—No lo sé…

—Carmelo es el protegido de una persona a la que conozco. Hablaré con él.

—Sus amigos ya han hablado con Carlos Monfort y dice no saber nada de él.

—¿Conoce usted a Carlos Monfort? —El comisario está genuinamente sorprendido.

—Sí, se presentó hace poco en el gabinete. No sé cómo, pero sabía de mi trabajo. Fue él quien me pidió que acudiera a la velada de boxeo.

—Comisario… —interviene Elías—, Carmelo coincide con el patrón de los otros.

Manuel Martín Prieto asiente y dice:

—Pediré permiso para acceder a las fotografías del archivo. ¿A cuántos hombres fotografió usted?

—Al principio solo fotografiaba a mujeres, pero con el tiempo el señor Andreu me dejó también fotografiar hombres. Tal vez hayan sido unas decenas, no se lo sabría decir. Al principio eran muchachos, vagabundos… y con el tiempo anarquistas, alborotadores, según ellos…, nunca nadie con delitos de sangre, porque van directamente a la cárcel Modelo y las fichas se las hacen allí.

—De acuerdo. Mañana intentaré ver quién tiene acceso al gabinete. Espero no ponerla en un compromiso.

—No, ya no trabajo allí. Me despidieron… Al jefe de policía no le pareció bien que estuviera en la velada de boxeo.

—Millán Astray…

—¿Tiene todo esto algún sentido para usted? —pregunta Elías.

—No lo sé…, pero es una de las pocas pistas de que disponemos hasta ahora. Una última pregunta: ¿por qué la contrataron a usted? No es normal que contraten a una mujer. Su habilidad técnica es magnífica, aun así, es un poco extraño.

—Sí, nunca me lo dijeron con claridad, pero por conversaciones cazadas al vuelo, creo entender que quien fotografiaba a las mujeres tuvo un comportamiento poco apropiado. Era el mismo que hacía los retratos de la cartilla higiénica de la prostitución.

—Comprendo.

El comisario ve que no es fácil para Clara hablar en esos términos.

—Ya es tarde. Pediré a uno de los agentes que la acompañe hasta casa. Cualquier cosa que necesite, avíseme, por favor, aunque usted piense que es una tontería.

Elías Sunyer se despide de Clara con tristeza. El agente que la escolta carraspea: tiene cosas más importantes que hacer que acompañar a una buena chica a su casa.

—Empiezo en diez minutos mi guardia —dice Elías—. Es una pena que no sea yo quien la acompañe de vuelta a su casa.

Martín Prieto los está mirando desde arriba. Los ve caminando juntos, la torpe despedida. Es una mujer inteligente, piensa. Y seguramente virgen. De pronto, no le gusta pensar en ella de esa manera, y se sorprende a sí mismo.

Así que Carlos Monfort y la señorita Prats se conocen. Sobre la mesa de su despacho tiene el informe de la autopsia de Rodrigo Montoya. Y a un lado su ficha policial.

Quien hizo todo aquello debía ser alguien rico y poderoso. Carlos Monfort tuvo acceso a las fotografías y a las fichas policiales. Sin embargo, se mostró genuinamente conmovido al ver las fotografías forenses de Santiago de la Rosa. Aunque tal vez fuera porque supo quién había realizado las fotografías. Y por eso invitó a Clara Prats a la velada.

Y su pupilo ha desaparecido. Pero ha sido él quien lo ha entrenado.

Puede que sea una coartada.

¿Podría Carlos Monfort disfrutar abusando de otras personas? Martín Prieto no lo cree. Pero tal vez sí si fuera un espectador. ¿Tan poderoso es? Su padre es el juez Monfort. ¿Dónde permanecen secuestrados?

Ordena que Carlos Monfort sea vigilado e investigado.

Si fuera él el culpable…, ¿por qué los abandona en el puerto?

Es su fuente de ingresos.

¿Una *boutade*? ¿Una coartada?

22

Clara ha decidido llevar un traje mejor de lo habitual a la recepción del sanatorio. Normalmente prefiere los trajes lisos, azules, grises, sencillos, confortables, pero hoy lleva uno blanco con algunos encajes. También le gustan los sombreros y a veces le gustaría ser tan audaz como algunas de las clientas a las que fotografía, cuyos sombreros grandes, voluminosos, rozan lo estrambótico, pero al verse en el espejo se siente una impostora. Se decanta por uno sencillo, con unas pequeñas flores blancas. Luisa se lo arregla. Le ahueca el cabello.

—Me dio una alegría cuando me dijo que ya no trabajaba en Gobernación. Pero la alegría dura poco en casa del pobre. Al menos ya no tiene que salir de noche a fotografiar cadáveres. Aunque, la verdad, no sabría decirle, pero casi prefiero a los muertos que a los locos.

Luisa se la queda mirando de manera apreciativa.

—Tendría usted que arreglarse más. —Luego murmura algo para sí misma y pregunta—: ¿Irá con la tal señorita Adelaida?

—Sí, es muy amable. Vendrá a recogerme con el carruaje de los Monfort.

Clara se da los últimos toques frente al espejo. A pesar de interesarse por las imágenes, por las formas y los colores, su imagen le interesa más bien poco. Lo atribuye a tener que llevar trajes simples, algodón recio tanto en el estudio como en el taller, de manera que se pueda manchar y lavarse a menudo.

—Esa chica parece rusa —dice Luisa.

—¿Rusa? ¿Por qué lo dice?

—Me recuerda a las hijas del zar. Es tan guapa como ellas.

Clara tiene que reconocer que se les da un aire. Ha visto unas fotos en el periódico. Luisa se queda callada. Clara sabe que algo le ronda por la cabeza y no se sorprende cuando le dice:

—Me han dicho que ayer salió usted sola y que volvió tarde.

—Quería hablar con el doctor Sunyer. Me acordé de algo que era importante para una de las investigaciones que está llevando. Tenía que comunicárselo con rapidez y en persona.

—No debería salir a la calle tan a lo loco. La gente murmura.

—Sí, lo sé. Pero no podía hacerlo de otra manera. Creo que ya es la hora.

Clara se asoma a la ventana y ve que el carruaje de los Monfort la está esperando. A pesar de la renuencia del día anterior, la señorita Adelaida y Clara han decidido ir. Se hacen respectivos cumplidos de sus vestidos. Clara se fija en el manguito ruso. Y también en su sombrero, pequeño y de nuevo de estilo ochocentista.

—¿Hoy no lleva su cámara? —pregunta la señorita Adelaida.

—No, hoy no.

La señorita Adelaida sonríe y pregunta:

—¿Siempre siente curiosidad por fotografiar las cosas?

—Bueno, es lo que he visto siempre hacer en casa. Cuando era una niña, mi padre me dejaba entrar en el estudio. Los tiempos de exposición en aquella época eran más largos. Pensaba que mi padre tenía un poder mágico sobre la gente. A una voz suya, toda la gente se quedaba completamente quieta.

—Me ha dicho mi primo que también fotografía crímenes.

—No exactamente. Fotografiaba la escena del crimen para ayudar a resolverlo. Pero ya no lo hago.

—¿Por qué?

Clara le explica que el motivo ha sido ser descubierta en el combate de boxeo. La señorita Adelaida asiente. Parece escucharla con atención.

—Y ahora, aquí me ve. Fotografiando mujeres mentalmente enfermas. No sé, a veces resulta un poco extraño. Las mejores fotografías las hago de gente que desearía que no se las hiciera. Alguien detenido en el gabinete, cadáveres, mujeres que han perdido la razón…

La señorita Adelaida parpadea y dice:

—Sí, es curioso.

El carruaje se adentra en el sanatorio. Hay muchos más haciendo cola en la explanada central que da al edificio principal. La señorita Adelaida de pronto parece animada al ver la fiesta. Hay un gran número de personas en el jardín. Es grande y extenso, y han dispuesto varios entoldados. Todo sería normal si no fuera porque está rodeado de grandes muros y no se pueden dejar de advertir las puntas de hierro que los rematan. Clara piensa que el día de hoy podría ser una buena oportunidad para escaparse para cualquier interna. Hay bancos, pequeños bosquecillos y caminos y ramblas. El día es luminoso y agradable. Es el primer día oficial de la primavera y hay una fiesta, y nada parece poder estropearlo. La guerra de los grandes sombreros entre las mujeres ha pasado de los salones del Liceo a aquel jardín. Las internas han sido escogidas con sumo cuidado. Parecen chicas dóciles y recuerdan más a jóvenes criadas inexpertas que a las internas de un sanatorio.

La señorita Adelaida se muestra nerviosa y animada a la vez y va nombrando a los asistentes.

—Oh, esa es la marquesa de Desvalls, y los de Sentmenat, los Fabra i Puig…

Clara se da cuenta de que lo dice con una mezcla de admiración y desdén.

—¿Los conoces por tu familia?

—Oh, no, no. —Ella niega con una risa y acto seguido añade—: A mi familia no le gustan las fiestas sociales. Los conozco por sus fotos en *La Ilustració Catalana*.

Hay una orquestina formada por internos. Es la única ocasión en que las mujeres del sanatorio mental Nova Betlem y los hombres del de la Santa Creu hacen algo juntos. Algunos de ellos tienen verdadero talento. Clara incluso duda de que sean internos, bien podrían ser músicos contratados exprofeso. Sin embargo, puede escuchar *sotto voce* ciertas conversaciones. Alguien murmura: la orquesta de los locos.

¿No estaba Beethoven loco?

No, era sordo, no loco.

Risas.

Clara se da cuenta de que a la mayoría de los asistentes no les importa en absoluto la salud mental de los pacientes. Es un acto social, como podría ser una exposición o una obra de teatro. A pesar de que hay multitud de personas, no hay nadie de su círculo social. No hay nadie que sea dueño de tiendas o pequeños negocios. De repente, el sonido de una campanilla avisa de que el bufet ya está listo, y al unísono todo el mundo se dirige hacia las mesas. Varias internas compiten por haber hecho el mejor postre. Simples tartas de arándanos junto a otras que son varios pisos de merengue. En una de esas mesas descubren al doctor Montoliu. Se encuentra muy ocupado. Da la mano y sonríe a varios patronos. Lleva un traje de lana oscura que, al contrario de lo que se podría esperar, le hace parecer todavía más joven.

De repente, un rostro llama la atención de Clara. Es el joven rubio al que vio en el combate de boxeo. Recuerda de pronto que se llama Rafel. Va acompañado de una mujer mayor y, por el parecido, Clara deduce que debe de ser su madre, a pesar de que la redecilla del sombrero le cubre el rostro. El vestido de ella es blanco, de encaje primoroso. Lleva una sombrilla plegada. Han hecho caso omiso del bufet y las dos parejas caminan una en dirección a la otra. Es imposible no encontrarse. Ambos se miran. Rafel sonríe. Es muy joven. Casi parece un adolescente. El cabello es muy rubio y le cae sobre la frente. Se detiene ante ellas y realiza una pequeña reverencia.

—Vaya, nos encontramos en los sitios más inesperados.

Clara sabe cómo se llama él, pero no sabe nada más. Cuando están a punto de presentarse de una manera más formal, escuchan una voz que se dirige a ellos:

—Tú, tú eres mi marido.

Es una chica pelirroja quien grita. Es una mujer de cierta edad. El rubor le sube por oleadas a la cara. El rostro sería hermoso si no fuera porque sus ojos son incoloros. Se acerca con ímpetu a Rafel. Le sujeta del brazo. Al principio, la reacción de Rafel es de una amabilidad

129

desconcertada, no desea agitar aún más a la interna. La señorita Adelaida empieza a temblar.

—¡Mi marido!

La madre de Rafel muestra su sorpresa, pero abraza a su hijo como si deseara protegerlo. Todas las miradas están de pronto vueltas hacia ellos. A Clara, la chica pelirroja le recuerda a algún personaje trágico, una Casandra madura, y siente pena por ella y decide intervenir, y como ha aprendido a hacer con su abuela le habla con una mezcla de dulzura y firmeza y le dice:

—Cariño, él no es tu marido, tranquila.

—Vamos a tener un hijo…

Discretas mujeres de cuerpo recio se acercan hasta ella. Un médico de mediana edad va detrás de ellas. Tiene las gafas sucias, las manos son blandas y húmedas, lleva una bata blanca, desabrochada, que más bien parece una capa.

—Ya sabía yo que no era buena idea… —dice el médico—. No me hacen caso y, claro, luego pasa lo que pasa.

Clara no sabe de dónde han salido. Las otras internas se muestran afectadas, como si algo se hubiera destensado y las emociones empezaran a correr sueltas, algunas empiezan a realizar movimientos espasmódicos, otras ríen por lo bajo y una empieza a bailar consigo misma. Entre los invitados se oye un murmullo nervioso y excitado a la vez. El médico mayor con un gesto rápido le coloca sobre la boca un pañuelo embebido en éter. La mujer se hubiese desplomado si no fuera por las celadoras.

—Llevadla a mi consulta… —dice el médico.

Las celadoras asienten. La señora Amparo las mira con recelo e incomodidad. El rostro de la señorita Adelaida cambia de color. El doctor Montoliu se acerca hasta ellos y se disculpa.

—Lo siento… Se ha descompensado.

Está preocupado, nervioso, como un niño al que han pillado en falta. Rafel y su madre sonríen. La madre dice:

—Demasiado sol…

Las familias observan, la escena se desvanece dejando una

marejada de incomodidad y las internas vuelven a sus quehaceres y a mostrarse dóciles.

El doctor Montoliu sigue con la mirada a la chica a la que se han llevado en volandas. Vuelve a mirar a Clara. Y ella no le entiende, pero es como si pidiera ayuda, como si estuviera arrepentido. Está sudando bajo el sombrero. Mira a Rafel y tiene un momento de duda y a pesar de todo dice:

—Es la señorita Prats y su acompañante, la señorita Monfort. La señorita Prats nos ayudará a tomar fotografías de las internas. —Y dirigiéndose a la mujer—: Y ellos son la señora Daurell y su hijo Rafel. Son unos de los grandes patronos.

—¿Es usted familia de Carlos Monfort? —pregunta a la señorita Adelaida.

—Es mi primo.

—Qué curioso…, él es mi padrino y no había oído hablar de ninguna prima, al menos de ninguna que fuera tan encantadora como usted.

Clara tiene cierta idea de la vida social de Barcelona. Tienen palco en el Liceo. La familia es famosa por su fábrica de galletas cuyos productos toman todos los niños para desayunar y merendar. La caja de cartón en la que se comercializan la tiene todo el mundo en casa llena de botones y retales.

La señorita Adelaida baja la mirada.

—En realidad somos familia lejana, primos segundos.

—Ya veo… Y dígame, ¿cómo es que va a trabajar aquí? —pregunta dirigiéndose a Clara.

—El señor Monfort me informó del proyecto del doctor Montoliu.

Clara decide no hablar de su trabajo como forense.

—Si me disculpan —dice el doctor Montoliu.

—Sí, naturalmente —dice Rafel.

El doctor se marcha. Parece aliviado. Busca refugio bajo las sombras de uno de los árboles. Suspira y cierra los ojos como si su mente estuviera muy lejos de allí.

—Rafel…, allí está Isabel… —dice la madre.

La señora Daurell se vuelve hacia Clara y la señorita Adelaida y dice:

—Si nos disculpan, tenemos que saludar a unos conocidos.

Rafel se despide, hace una reverencia, se muestra divertidamente apenado. Él y su madre se acercan hasta un matrimonio mayor acompañado de una chica joven. Una chica con un vestido blanco y cabello muy oscuro, suelto pero adornado con una cascada de flores.

—¿Sabe usted quién es? —pregunta Clara.

—Isabel Fabra i Puig.

—¿La conoce?

—He visto fotografías de ella en *La Ilustració.* Sus padres son los marqueses de Alella.

—Es muy guapa.

—Sí, ¿no le recuerda a Sissi, la emperatriz? Se ve que se ha opuesto a los designios de su familia trabajando como enfermera en el Hospital Clínico. Dispone de una gran dote. La heredera de la gran industria textil de los Fabra i Puig.

Rafel y ella se saludan con un casto beso en la mejilla. Las dos familias parecen orbitar la una hacia la otra. Clara siente por primera vez cierta sensación de exclusión, pero no le resulta molesta. Si tuviera su pequeña Kodak a mano la utilizaría. Todo el grupo vestido de blanco, que parece que estén a punto de ponerse a jugar al tenis. La señorita Adelaida sujeta de pronto a Clara del brazo. Rafel, antes de internarse por los jardines, se vuelve hacia Clara, sonriendo, como disculpándose.

—Creo que usted le gusta —dice la señorita Adelaida.

—Oh, no diga eso…

Clara enrojece. Por primera vez disfruta de la amistad de una amiga.

23

Carlos Monfort vive con su familia en uno de los palacios más antiguos de la ciudad. El edificio se alza al final de un estrecho callejón que nace de la plaza de Sant Just i Pastor. Protegido por una pequeña reja, resulta sorprendente descubrir tras ella un magnífico patio y una gran escalinata que da acceso a la primera planta del palacio, cuyos muros son restos de la antigua muralla romana.

Lirio desciende del carruaje una vez atravesada la verja y detenido en el patio. Roberto sabe que hoy no le puede dar lo que se merece. Las criadas siguen mostrando su curiosidad por la nueva protegida del señor Monfort. Desde que se marchó de la casa de madame Blanxart acude a veces a cenar al saloncito. La madre de Carlos padece jaquecas constantes y se ha refugiado en el piso superior y apenas se deja ver en la casa. Lirio no puede dormir allí; Carlos, a pesar de su desprecio por las costumbres sociales, sabe que no debe hacerlo. Lirio está hospedada en una pensión, aunque a veces Carlos la deje pasear a sus anchas por el palacete cuando está de buen humor.

Lirio entra en el salón. Los cuadros son oscuros, marcos pesados, los muebles son de caoba, tienen ralladuras en algunas partes. El salón muestra el espesor del tiempo en cada esquina, en cada rincón.

—No quiero seguir haciendo este papel —dice Lirio—. No quiero ir a ese manicomio ni una sola vez más.

Carlos está fumando. Lo hace de forma concentrada. Cuando

fuma no puede hacer nada más, ni leer, ni caminar, ni tan solo moverse. Solo puede concentrarse en una sola cosa al mismo tiempo.

—Señorita Adelaida, cómo puede hablar así. ¿No se lo ha pasado bien? Creo que hoy había una fiesta para recaudar fondos para el sanatorio.

—No quiero seguir con la farsa.

—¿Por qué? Te gustaba la idea. Solo tenías que fingir y sé que eso se te da muy bien. Quédate con ese vestido. No hace falta que lo devuelvas. Pero tendrás que acompañar un par de días más a la señorita Prats. Anda, sé buena y déjame fumar con tranquilidad.

Lirio se acerca y le quita el cigarro a Carlos. Él se la queda mirando entre sorprendido y hastiado. Odia ciertas escenas, sobre todo aquellas en las que las protagonistas son las mujeres. Ahora ella le recuerda demasiado a su madre, y no le gusta cuando no es él quien lo ha decidido. Le hace ponerse los vestidos de ella. Los bonitos sombreros guardados en una habitación del palacio dedicada únicamente a ellos.

—No quiero volver allí.

—Vuelve con madame Blanxart si así lo deseas.

—Sabe que no puedo hacerlo.

—¿Entonces, querida mía?

—No me importaría ir a cualquier otro sitio. Incluso el Cotolengo estaría muchísimo mejor, pero ese lugar me pone nerviosa.

—Nerviosa ¿por qué? —Carlos sonríe. Ha averiguado muchas cosas sobre Lirio en los últimos días—. Creía que te habías hecho amiga de la señorita Prats.

Lirio baja la mirada. Al principio no le importaba engañar a una señorita de buena familia. Pero ve que no es como se la había imaginado. No es soberbia, ni altanera, no se preocupa por sus vestidos ni por su peinado, y además siente una verdadera simpatía por los desfavorecidos como ella misma lo ha sido. Y ahora la aprecia y la admira, ve que siente pasión por su trabajo. Ojalá ella pudiera sentir pasión por algo así.

—Oh, vaya, vaya…, así que en realidad te has hecho amiga de ella. Querida, eso no estaba en nuestros planes.

—Tampoco estaba que usted me llevara al manicomio.

—Sé que no te gusta… —Carlos tantea el terreno y añade—: Lo vi en tu mirada a medida que nos acercábamos al sanatorio. Cuando eras una niña y llorabas de noche en la oscuridad ¿quién acudía a consolarte?

—¿No encuentra mezquino atacar la debilidad ajena?

Carlos Monfort enciende otro cigarrillo. Sonríe. Da cierto miedo cuando lo hace.

—Querida…, ¿dónde has aprendido a hablar así?

—De usted.

Carlos Monfort se ríe esta vez de una forma abierta.

—Oh, mi pequeña, por muy rápido que se muevan las alas de un colibrí no pueden imitar las fauces de un caimán.

Carlos encuentra divertida su obstinación y hace mucho tiempo que no se divierte. No le importa jugar al gran juego con ella. Se la queda mirando y dice:

—De acuerdo… Quedarás libre. Te extenderé un pagaré con el que tendrás dinero suficiente para poder vivir tranquila algunos años. No muchos, no quiero que te adocenes y que te pongas a engordar, pero sí lo suficiente para que vayas averiguando cómo funciona esta sociedad, qué le gusta, qué le conmueve y qué es lo que puede destruirla. Y entonces, querida, volverás a mí, y será maravilloso. Pero antes…, antes tendrás que hacer una última cosa por mí.

El juez Monfort está adormilado en el salón al que llaman la sala de dibujo, aunque nunca nadie haya dibujado nada allí. Un perezoso fuego chisporrotea en la chimenea. Carlos entra en el salón seguido de Lirio. Las maderas del suelo, vieja caoba combada, crujen de una manera agradable. El juez abre los ojos con una viveza premonitoria. Un disco que ha acabado da vueltas sin fin en un gramófono. La aguja emite un crujido abrupto a cada vuelta. El juez se llama Eugenio, y hasta que se retiró conservó el aura de juez terrible. El hermano mayor de Carlos heredará el título, pero es militar y está destinado en la capitanía de las islas Baleares. La madre se encuentra refugiada en los pisos superiores. Aquel hombre ahora está solo. Carlos ve la incomodidad en su padre. Ha perdido facultades. Una embolia le ha dejado paralizado el brazo derecho y una mueca extraña en un lado de la cara. Las piernas tampoco le rigen y necesita ayuda para levantarse y caminar. Aun así, se puede manejar para leer el periódico, pero ya no puede acercarse hasta el Ateneo. No quiere que vean al otrora poderoso juez Monfort de aquella manera. Muchos se sienten incómodos ante su presencia y sabe que, en el fondo, se alegran de su situación. Eugenio Monfort mandó deliberadamente a la muerte a ciudadanos a sabiendas de que eran inocentes, anarquistas que no habían cometido ningún crimen, pero que estaban en el peor momento en el peor lugar.

Hay un cuadro de los miembros de la familia sobre la chimenea. La señora Monfort sonriendo, muy atractiva y joven, un vestido gris, el juez más serio, pero también atractivo con un bigote fino, y los dos niños, uno de aspecto saludable, el otro pensativo. En cualquier caso, una familia joven y respetable. El salón da un jardincito delicioso. Una fuente, una estatua de algún dios griego menor. El palacio está construido sobre los rescoldos de una villa romana, y el jardincito es heredero directo del antiguo peristilo.

El juez mira con desesperación si hay alguna criada. Se conoce de memoria los horarios de las criadas. Tiene escondida una campanita bajo la manta que le cubre las piernas para pedir ayuda en caso necesario.

Carlos se acerca. Sonríe y se sienta delante de él. Carlos ha decidido que las criadas más descuidadas atiendan al anciano. A veces lo dejan sin cambiar un par de días, o se olvidan de darle de comer otros dos. La chica que acompaña a su hijo parece una aparición. Es idéntica a su mujer de joven, si no fuera porque su cabello es más rubio, y su aspecto, más decidido y resuelto. Lleva incluso el vestido y el manguito ruso que le regaló para su décimo aniversario de casados. Es maravillosa. El juez balbucea. Desde que se quedó paralítico no duerme con su mujer, ella no soporta que él no pueda controlar sus necesidades y tenga que llevar pañales. Su mujer ha aprovechado para apartarse de él, quedarse en su cuarto aduciendo terribles jaquecas.

Carlos de pronto le sujeta de la cara por la mandíbula. Tiene los dedos largos y fríos y algo enrojecidos y los aprieta como si quisiera romperle la quijada.

—Hola, papá —dice Carlos—. Quiero que conozcas a Lirio. ¿No te recuerda a mamá? Pues es una puta. A ti te gustaba enviarlas a la cárcel, ¿te acuerdas? Al principio, cuando ejercías en un pequeño juzgado en Manresa. Luego preferías obreros y anarquistas. Todo por el honor del país y la patria. Y luego…, bueno, tú ya sabes que tenías ciertos negocios con tus más ilustres amigos. Y Lirio, si tú supieras, Lirio tiene que ver mucho con todo ello…

Lirio observa al juez. Al principio piensa que está sentado en una posición incómoda hasta que descubre la asimetría de su cuerpo. Tiene la cabeza ladeada. Y Lirio detecta algo en él que no se espera. Ve un miedo atroz.

Carlos le dice a Lirio:

—Quiero que le abofetees. En el lado izquierdo. Y quiero que lo hagas con fuerza. A cambio serás recompensada.

Carlos se acerca hasta una vieja librería de caoba, retira una botella de coñac esmerilada. Descorre un panel de madera tras el que aparece una caja fuerte. Rápidamente encuentra lo que busca. Un cuadernillo de documentos todos iguales. Lo retira de la caja fuerte. Se acerca a una de las mesas. Escribe algo con rapidez, arranca la hoja y se la enseña a Lirio. Es una cifra abultada. Ve el escudo familiar arriba, una firma preciosista abajo.

—Es tuyo si haces lo que te pido. Tanto Roberto como Luis son muy brutos y le dejarían más marcas de las necesarias, pero tus puñitos deliciosos sé que pueden infligir igualmente daño.

Lirio se acerca al juez Monfort. Le huele el aliento a algo medicinal. Tiene los ojos vidriosos, el miedo es auténtico pavor, pero no hacia ella, sino a Carlos. Lirio se vuelve hacia Carlos y le pregunta:

—¿Cómo sé que no me está engañando?

—Es perfectamente legal.

Carlos se acerca a su padre, sujeta el papel y se lo planta frente a la cara.

—¿Es legal?

Su padre gira la cara. Carlos le agarra de la mandíbula y le obliga a mirar el pagaré.

—Lee el pagaré.

Lirio está avezada en identificar las miradas. El juez baja los ojos y afirma con la cabeza. El rostro lleno de arrugas, la cara es más blanda en un lado, una comisura de la boca cae.

—Pensabas que te iba a pedir algo sexual, ¿verdad que sí? No te preocupes. A mi padre ya no se le levanta. Ya no puede introducirse en medio de la noche en la cama de nadie, ¿verdad, papá? Las pisadas blandas hasta mi habitación. Yo pensaba que lo hacía para evitar las sospechas de mi madre, pero luego supe que ella también lo sabía. ¿Cuánto tiempo estuviste? Creo que hasta que empezó a crecerme el vello púbico. Ya dejó de gustarte, era ya todo un hombrecito, la mano que firmaba sentencias de muerte era la misma a la que le gustaba menear la polluela de su hijo por las noches.

Carlos levanta el brazo inerte de su padre y empieza a abofetearle con él. Aunque la mano cae blanda de un lado, su padre intenta resistirse, pero Carlos se lo impide.

—Soy tonto, soy tonto —se burla Carlos imitando su voz—. El juez más tonto del mundo.

Pero el placer de la burla es pasajero y deja a Carlos asqueado. El juez quiere esconder la cara, se revuelve en el sillón. Carlos da unos pasos hacia atrás y, como si estuviera observando un cuadro, dice:

—Pégale, ahora, hazlo.

—Quiero ver de nuevo el pagaré.

—Por el amor de Dios. Eres una puta, a qué vienen tantos remilgos. No pusiste ningún reparo cuando te ordené que lamieras los pies sucios de Roberto después de quitarse las botas. Sé quién eres. Sí, tu cartilla higiénica sanitaria es una falsificación, bien hecha, por cierto, pero averigüé la verdad. Y supe que estuviste en el orfanato Casas, y fui a investigar allí. Soy el archivero de la Corona de Aragón, tengo bula para buscar papeles en cualquier institución, y supe que de allí te enviaron a trabajar a los talleres Rocamora. Pero lo mejor de todo es que supe que habías nacido precisamente en el sanatorio de Belén cuando todavía era un viejo caserón, aunque ahora lo hayan modernizado, sí, y entonces…, y entonces pensé en matar dos pájaros de un tiro. La señorita Prats todavía no sabe cuál es su verdadero destino allí, pero apareció todo rodado. Allí donde vi tu cara descompuesta, tu madre debe de estar allí, en la fosa común, sí, antes hacían las cosas según la vieja escuela. La vieja loquería era para señoritas adineradas, una casa de reposo, chicas jóvenes descarriadas, para cualquiera que molestase. Sé quién era tu madre. Sé quién es tu familia. Pasaste tres años allí, con tu madre la loca, hasta que alguien se cansó de ella, porque se volvió aburrida, ya no quería estar allí, y tuvieron que eliminarla, porque en realidad ella no estaba loca, la ingresaron por ser un juguetito sucio, oh, si tú supieras lo que me voy a reír cuando ellos sepan lo puta que eres, lo que te gusta que te la metan por todos los orificios de tu…

El movimiento de Lirio es rápido. Hay un destello de un objeto afilado y brillante proveniente del manguito ruso. Carlos Monfort no entiende lo que ha pasado. Estaba hablando y de pronto con una maniobra certera han introducido un objeto duro en su vientre y se ha clavado en la aorta abdominal, la arteria más grande del cuerpo, lo han girado a un lado y al otro y lo han sacado con rapidez. Carlos tan solo acierta a mirar la herida del abdomen. Ni siquiera le da tiempo a llevarse las manos a la herida.

—Si tú supieras… —murmura Carlos.

La presión sanguínea baja de golpe, la hemorragia interna es irremediable, el corazón colapsa, deja de latir de manera inmediata. El cuerpo de Carlos Monfort cae a peso hacia un lado. Lirio se aparta. La herida es limpia y la hemorragia es interna. No se ha manchado el vestido y la alfombra aún tardará en ensuciarse.

Una vez alguien le dio el estilete a Lirio para que se defendiera, apenas un abrecartas más afilado de lo normal. Y le enseñó dónde clavarlo en caso necesario.

Lirio mira hacia el juez Monfort. Piensa encontrar una cara de horror, pero lo que encuentra es… ¿alivio? Entonces cree tener la

139

oportunidad. Con cierto esfuerzo arrastra el cuerpo de Carlos hasta la silla del juez. Es más pesado de lo que imaginaba. Y lo deja a un lado.

Lirio y el juez se miran. Hay una especie de reconocimiento entre los dos. Lirio ve que tiene una campanilla en la mano buena. Si el juez Monfort agita la campanilla, no le dará tiempo a alcanzar la puerta. Una parte de ella teme escuchar el sonido de la campanilla y otra parte sabe que no lo hará. Lirio retira la campanilla de la mano del juez, quien no opone resistencia, y pretende dejar el estilete a cambio. Sabe que es absurdo, pero eso le permitiría ganar tiempo.

El juez balbucea algo:

—Límpialo antes. Huellas…

Lirio no entiende a lo que se refiere, pero le hace caso y lo limpia con un pañuelo de seda que también guarda en su bolsito. El juez, a pesar de su enfermedad, ha seguido recibiendo la gaceta judicial y está al tanto de los nuevos métodos de investigación, como la dactiloscopia. Le deja el estilete en la mano y el juez Monfort lo aprehende con sorprendente fuerza. Lirio da dos pasos atrás, se dispone a marcharse cuando el brillo de la botella de licor reclama su atención. El pagaré puede que sea falso, pero lo que hay dentro de la caja fuerte sabe que no lo es. Se dirige a la vieja librería de caoba. La caja fuerte está abierta. Se da cuenta entonces de que los pagarés en blanco siguen sobre la mesa. Se guarda los pagarés en el manguito. Se acerca a la caja fuerte. Hay varias joyas. Es especialmente hermosa una gargantilla de diamantes. Por un momento se queda obnubilada. Pero no se deja atraer por el brillo tan fácilmente. Sabe que muchas veces lo que tiene más valor tiene una apariencia anodina. Una carpeta de piel granate. Varios cuadernillos y sobres. Algo le dice que es lo más valioso de la casa.

Carlos le ha obligado a ponerse un vestido ochocentista de su madre, de manera que la falda tiene cierto vuelo y está ahuecada. Lirio se arremanga la falda y se guarda como puede los documentos entre los faldones, las joyas en el manguito ruso, los pagarés en blanco y el firmado en el bolsito. Con un pañuelo en la mano, cierra la caja fuerte, gira la combinación. Se dirige hacia la puerta y cuando está a punto de salir se vuelve a mirar al juez. Y entonces el juez… ¿sonríe? Lirio no espera a descubrirlo y sale del salón y cierra la puerta con cuidado para no hacer ruido.

Todo el mundo sabe que ha estado en la casa. Los cocheros y las viejas criadas. Ha de bajar con naturalidad las escaleras de piedra que llegan al patio, puede que haya alguien mirando. Cruza el patio con tranquilidad. La reja de la entrada que conduce al callejón de salida está siempre cerrada y tiene que pedir que alguien venga a abrirla. Tira de la centenaria cadena. El tiempo que pasa hasta que una vieja criada se acerca rezongante se hace eterno.

—Señorita…

Lirio se esfuerza en sonreír.

—Siento molestarla. Tener que acercarse a la puerta cada vez que alguien entra o sale de aquí debe de ser muy ser engorroso para usted.

La mujer se encoge de hombros. Si está sorprendida por que alguien se preocupe de su bienestar no lo demuestra. Lirio se gira ostentosamente para mirar de nuevo a la casa y pone cara de pena.

—No soporto cuando la gente empieza a discutir.

Parece que lo dice para sí misma, aunque el tono de voz está modulado para que la vieja criada lo oiga.

La puerta de la reja está abierta. Lirio recorre el callejón hasta llegar a la plaza de San Just. Las campanas de la vieja iglesia de los Santos Justo y Pastor repican.

24

El inspector Guillo somete a vigilancia a Carlos Monfort siguiendo las órdenes de Martín Prieto. Para hacerse valer delante de sus hombres, el inspector también se dedica a las tareas de vigilancia. Gracias a su aspecto, pasa completamente desapercibido. Nadie cae en aquel señor de hombros estrechos y bigotito fino que parece que no acabe de saber en qué lugar se encuentra, como si estuviera a punto de mirar un mapa. Al inspector le gusta pasar las horas de aquella manera. Una parte de él está atenta a su entorno, otra parte, más antigua, se deja llevar por sus ensoñaciones con los Portabella. La técnica de vigilancia la perfeccionó en su infancia. Siempre estaba atento a cualquier movimiento de los Portabella. Conocía a la perfección sus costumbres por la hora a la que se iluminaban las ventanas de sus habitaciones, incluso se había probado la ropa de ellos dejada para lavar. Fue así como descubrió uno de los mayores secretos de los hermanos.

Algo llama su atención. Ve salir a una chica rubia. Ve su mirada febril, los andares de que esconde algo entre las faldas. Su instinto le dice que tiene que seguirla, y de manera silenciosa sigue sus pasos por la calle de la Dagueria. La chica dobla la esquina y, cuando lo hace el inspector, ella ha desaparecido. Le ha dado esquinazo. El inspector mira a uno y otro lado. Aunque esté molesto en su fuero interno, sonríe. Vaya, es más espabilada de lo que parece.

Horas más tarde se encuentra frente a Martín Prieto en su despacho y le informa del encuentro.

—¿Qué has podido averiguar? —pregunta Prieto.

—Por el poco tiempo que llevamos tras él no le puedo decir gran cosa. Hemos averiguado que acude de vez en cuando al Ateneo. Patrocina a un grupo de boxeadores en el gimnasio Bricall. Antes de ayer acudió al sanatorio Nova Betlem. Tal vez le pueda interesar, pero acudió, además de con alguien que parece ser un familiar, con la chica que fotografía muertos.

A Martín Prieto le interesa esa información. Clara Prats ha sido la que le ha puesto sobre la pista. ¿Por qué iba a acudir con él al sanatorio? Le resulta difícil creer que haya alguna doblez en ella. Su rostro perfectamente regular, nada destaca, nada molesta, cabellos y ojos marrones, dentadura sana. Sin embargo, ha fotografiado criminales, cadáveres y ahora locas.

—¿Has conseguido introducirte en el servicio?

Hay un policía al que llaman Dientes Bonitos que se encarga de seducir a las criadas cuando es necesario.

—Dientes Bonitos necesita tiempo. Las chicas solo tienen una tarde libre a la semana. Además, los dos chóferes están ojo avizor. Son en realidad quienes controlan la casa. No hemos encontrado nada rebuscando en su basura.

—Si hay alguna novedad, hágamelo saber.

Martín Prieto está inquieto. No ha recibido más información de ninguno de sus confidentes. Los confidentes pueden trabajar para dos o tres comisarios a la vez, y algunas veces exageran ciertas informaciones que apenas son retazos de algo importante. Y no ha habido nadie que haya intentado venderle ninguna confidencia. Nadie sabe nada.

Sin embargo, Martín Prieto tiene la sensación de que la investigación está estancada y, a la vez, de que algo va a ocurrir.

El señor Francisco, el cochero de la familia Prats, llama a un coche de punto. Paga por adelantado. Sabe lo que debería cobrarle y es de su confianza. No puede acompañar a Clara, ya que Elisenda necesita el carruaje esa misma tarde para visitar a unas primas. De camino al sanatorio, Clara echa de menos a la señorita Adelaida. Parecía verdaderamente interesada en su trabajo de fotógrafa. Pero cuando tras la recepción se despidieron algo extraño quedó pendiente entre ellas dos, como si nunca fueran a volver a encontrarse o fueran a hacerlo en extrañas circunstancias.

El doctor Montoliu ha dispuesto una primera sesión fotográfica. Clara ha decidido llevar un par de sus cámaras. La Kodak y otra con trípode, un tanto vieja, pero que es sumamente fiable y fácil de acarrear.

Las celadoras y las internas tratan al doctor Montoliu con gran respeto y admiración. Nova Betlem es su personal empeño en que un viejo sanatorio tradicional se transforme en una institución mental moderna.

—No quiero que usted se vea influida por la enfermedad. Así que no sabrá nada de la paciente. Naturalmente, todo lo que escuche aquí no ha de ser revelado.

Una de las celadoras hace entrar a la paciente. Clara ha insistido en que el lugar sea cómodo, y que la tela utilizada como fondo sea una simple cortina blanca. El doctor indica a la paciente que se siente. La luz ilumina la estancia proveniente de un gran ventanal.

—¿Cómo se llama usted? —pregunta el doctor Montoliu.

—Blanca Dulce.

Es una mujer joven. Tiene un rostro agradable pero no hermoso. Se muestra seria y prudente. Tiene un rosario entre las manos.

—¿Por qué está en este sanatorio? —pregunta el doctor.

—Porque creo en los ángeles.

—Bueno, todos los católicos creemos en ellos, ¿no? —El doctor habla con ella en un tono agradable, sin condescendencia, sino como si deseara utilizar la lógica—. Pero usted además los ve.

Ella baja la mirada. No es vergüenza, sino simple humildad.

—¿Hay alguno en esta habitación en este momento? —pregunta, como si no le diera importancia.

Ella dice en voz baja:

—No.

—Parece que está usted especialmente triste hoy.

—Julia se ha marchado.

El doctor Montoliu calla un momento. Y añade con cierta prisa nerviosa:

—Sí, a veces pasa que tenemos que marcharnos repentinamente.

—No me dijo nada. Hoy han venido a recoger sus cosas. Julia tenía miedo de que se enfadara usted con ella por lo del otro día en la fiesta.

Clara se da cuenta de que está hablando de la chica pelirroja. Es entonces cuando realiza un par de fotografías.

—A ella también le sucedía lo mismo que a mí. Esas lagunas…, de repente despiertas y no sabes dónde has estado, qué has estado haciendo las últimas doce horas.

—Ya lo hemos hablado antes. La medicación que toman ustedes para conciliar el sueño puede provocar esas lagunas.

—A veces yo misma no sé dónde he estado. Pierdo la noción del tiempo. Pero es como si hubiera estado en otra parte, en otro lugar, y la ropa no es con la que me he acostado…

La mirada de la mujer, que hasta entonces parece normal, empieza a moverse de un lado a otro como una mariposa asustada.

—Señorita, los ángeles me dicen que tenga usted cuidado.

Clara asiente. Aprovecha ese momento para intentar captar su mirada. Pero Blanca Dulce se repliega, temerosa de haber hablado demasiado, consciente de la cámara.

—No se preocupe —dice Clara.

—Ya ha sido suficiente por hoy —dice el doctor Montoliu con cierto alivio.

Llama a un pequeño timbre y una celadora acude a por Blanca Dulce. Una vez a solas, el doctor pregunta sin mucho interés:

—¿Qué tal ha ido la sesión?

—No sabría decirle… En mi trabajo, algunas veces, los clientes me hablan de su vida. Están nerviosos y preguntan si saldrán bien. Algunas veces, en retratos familiares vislumbro algo de sus vidas.

—Blanca Dulce desarrolló una obsesión enfermiza por un sacerdote. El sacerdote murió en extrañas circunstancias. Ella creía que era un ángel, un ángel en vida. En fin…

Clara se siente algo defraudada por la actitud del doctor Montoliu y decide hablarle abiertamente:

—Parece como si usted no estuviera interesado… Pensaba que podría tomar fotos en completa libertad…

El doctor Montoliu baja la mirada y dice:

—Sí, lo siento…, lo siento, de verdad. Hasta hace poco… las fotografías eran muy importantes para mí. La forma del rostro y las formas del cráneo…

—¿Y ahora?

—Y ahora…, ahora nada tiene sentido —dice en voz baja.

—¿Qué le ha pasado?

—A veces…, la ciencia… Creemos fervientemente en algo y luego… los hechos dan la razón a otros.

Se recompone, incluso estira un poco la espalda y añade:

—Su trabajo está muy bien. Tal vez podamos enfocarlo, tal vez en una crisis, no, no, eso no estaría bien. No podemos provocar una crisis de forma deliberada para…

—No, eso sería horrible.

—Claro, claro.

—¿Por qué pidió entonces que viniera aquí?

Él parece dudar.

—El señor Monfort ha contribuido de manera muy generosa para que usted esté aquí. Y usted está aquí.

—Quiere decir que él ha pagado para que yo…

El doctor Montoliu asiente. Clara se levanta atónita de la banqueta.

—¿Por qué?

—Oh, no, no. —Él hace un gesto apaciguador con la mano—. No se lo tome a mal. Usted realiza un trabajo magnífico. Y será de gran ayuda. Pero no estaba en mi ánimo contratar a nadie.

—Dejaré entonces de venir.

—¡No! No, por favor.

Parece de pronto alarmado.

—No me he expresado bien. Por favor, siga aquí. Su trabajo es magnífico. Podrá impartir un taller para las internas. La dejaré a usted a su aire. Creo que será lo mejor. Usted misma podrá decidir qué pacientes. Tal vez yo aquí dentro no sea de ayuda y sea una mala influencia…, un elemento perturbador. Soy el médico de las pacientes. No…, no debería dejar que les pasara nada malo.

Hay cierta tristeza, cierta desesperación que pone en alerta a Clara, quien sin embargo dice:

—De acuerdo.

26

Ya es de noche cuando Martín Prieto recibe una llamada de teléfono en su casa. Manuel tiene un único hijo de su matrimonio con Mercè. Sabe que tiene otros dos naturales, uno está en Cuba y otro aquí, pero desconoce su paradero. Su único heredero se llama Javier. Es paralítico cerebral por culpa de una meningitis vírica cuando apenas tenía unos meses de edad. Ya no pudieron tener más hijos y Mercè cayó en una depresión por no poder dar un heredero natural a su marido. Viven en un gran piso en la Rambla de Cataluña. Dispone de una terraza magnífica que da a la iglesia de Sant Ramon de Penyafort en la que Javier puede tomar el sol. A veces, Martín Prieto se miente a sí mismo y se dice que empezó a corromperse para dar una mejor vida a su hijo cuando él faltara, pero sabe que no es cierto. Su atracción por el mundo empezó ya en Cuba siendo soldado y es así como medró en el ejército.

Martín Prieto está dando de cenar a su hijo. Javi se ríe cuando su padre le da de comer. Tiene un cabello negro y espeso, las pestañas rizadas. Han contratado a un maestro que enseña a niños con grandes dificultades. Javi no puede hablar correctamente. Un parloteo inconexo que nadie entiende excepto Martín Prieto.

La criada no sabe qué hacer. Le han dicho que es urgentísimo. Decide comentárselo a la señora Mercè antes de interrumpir al señor. Sabe que lo último que debe hacer en la casa es interrumpir al señor cuando está con su hijo.

Mercè es una mujer de clase alta. Se casó en contra de los deseos de su familia con Martín Prieto. Un policía para la clase alta barcelonesa entraba en la misma categoría que un carnicero o un barrendero.

—Manuel, te llaman al teléfono —dice su mujer—. Es importante.

No quiere mostrarse arisco delante de su hijo. Pero en cuanto sale de la habitación maldice y jura.

—Perdone que le moleste —dice la voz del inspector Guillo—. Ha aparecido muerto Carlos Monfort en su casa. Le han apuñalado.

—¿Qué?

Martín Prieto no puede evitar mostrar su extrañeza.

—¿Sabe qué ha sucedido?

—Parece ser que ha sido su padre.

—Pero si su padre es hemipléjico.

Hay un momento en que piensa que le está tomando el pelo, pero sabe que es imposible. Nadie haría eso con él. Y el inspector Guillo carece de ese tipo de humor.

—Creo que la información es de su interés.

Martín Prieto se calma. Reconoce que el inspector está en lo cierto.

—Sí, sí, gracias. ¿Tiene más información?

—Estábamos recopilando información sobre el servicio. Íbamos a untar a alguien, porque lo de Dientes Bonitos no acababa de funcionar, pero no hemos llegado a tiempo. No obstante, casi lo hemos averiguado al mismo tiempo que ellos, después de reunirme con usted en su despacho.

—¿Quién lleva el caso?

—El inspector Requesens.

El inspector Requesens trabaja en la comisaría del distrito de la Universidad, que forma parte del Ensanche. No le correspondería llevar el caso de alguien muerto en la ciudad vieja, muy cerca del Ayuntamiento y del palacio de la Diputación. Es el inspector estrella del cuerpo.

—Millán Astray, el jefe, está encima. Parece ser que han sido órdenes directas suyas. No sabemos quién es el juez encargado del caso.

Nuestro hombre en Jefatura nos ha dicho que está todo el mundo conmocionado.

—De acuerdo. Si sabe algo más, llámeme.

Martín Prieto cuelga el teléfono. Decide aislar su mente durante al menos media hora. Quiere estar con su hijo. Cuando vuelve, Javi se le queda mirando. Tiene los ojos negros, hermosísimos. Solo puede estar echado o medio sentado encima de alguien. Martín Prieto le acaricia la cabeza. Nunca ha ido a una peluquería. Una de las criadas le corta el cabello con la mejor intención, pero hay algún que otro trasquilón. Martín Prieto le afeita el bigote un par de veces a la semana. Es todo un hombre ya. Se sienta a su lado. Quiere acabar de darle la cena. Es un puré con trocitos tiernos de la mejor carne. Javi no traga muy bien y hay peligro de que se ahogue. Pero el caso vuelve a la mente de Martín Prieto.

Muerto Carlos Monfort se queda sin sospechosos. Y sus negocios también se ven afectados.

Javi parece darse cuenta. Parpadea. Su padre le sujeta la cabeza con cariño para que pueda tragar mejor.

—Apa…

Es su manera de decir papá.

27

Madame Blanxart sabe que su negocio se basa en la discreción. Hoy se retira a sus habitaciones especialmente satisfecha consigo misma. Una de las cualidades de las que se enorgullece es la de ser experta en los vericuetos del deseo. Uno de sus clientes es abogado, trabaja en la empresa textil de su padre. Tiene apenas treinta años. Es de buena familia. Es un hombre muy atractivo, bigote cuidado y cara agradable. Hoy madame Blanxart ha conseguido por fin satisfacer sus gustos. Un ama de crianza corpulenta. Cara redonda. Pechos enormes. El hombre le chupa los pezones mientras el ama le masturba con lentitud. Madame Blanxart se puede imaginar el motivo.

Entra en su dormitorio de forma despreocupada. Se sienta frente a su tocador. Lleva una bata de seda negra bordada con motivos japoneses. Se queda mirando al espejo. Las cortinas de la habitación se reflejan de forma tenue en él. Le gusta que su habitación dé a la calle, escuchar el repiqueteo de los cascos de los caballos, el crujido de los carromatos bajo el peso de las mercaderías, el chirrido de los rieles del tranvía; el sonido de la vida al otro lado la ayuda a adormecerse. Si hubiera seguido su ritual de antes de acostarse, madame Blanxart habría procedido a retirarse la peluca. Sin embargo, pregunta en voz alta:

—¿Vas a permanecer mucho tiempo en ese rincón a oscuras?

—¿Cómo sabe que estaba aquí? —La pregunta muestra resquemor y sorpresa a partes iguales.

—Estoy acostumbrada a releer entre los repliegues de las sombras.

Lirio avanza dos pasos y una luz tenue la ilumina.

—Ese vestido es muy bonito —dice madame de forma apreciativa—. Un poco ochocentista quizá. Pero con unos retoques quedaría perfecto.

—He asesinado a Carlos Monfort —dice Lirio sin preámbulos.

Madame Blanxart aleja el rostro del espejo. Ahora tiene mayor profundidad de campo y puede observar mejor la imagen de Lirio. Está de pie, con las manos introducidas en un manguito de visón. El cabello es perfectamente simétrico bajo su bonito sombrero. El rostro ovalado refleja una mezcla de obstinación y dulzura.

—¿Qué te hizo? —pregunta madame en voz baja.

—Quería que hiciera algo.

Lirio levanta la barbilla, orgullosa. Madame repasa la imagen de Lirio en el espejo. No hay rastro de violencia ni de sangre.

—¿Cuándo ha sucedido?

—Hace casi dos días. La policía ya debe estar detrás de mí. He abandonado la pensión donde estaba.

Calla un instante antes de añadir:

—Necesitaría pasar unos días aquí.

Por primera vez, un ligerísimo temblor en la voz.

—Aquí será el primer lugar donde la policía venga a buscarte.

—Allí era la señorita Adelaida Monfort, la prima segunda de Carlos.

—Querida, el día que escapaste de aquí te fuiste en su carruaje. A pocas preguntas que hagan sabrán la verdad.

—El juez Monfort me ayudará.

—¿El juez?

—Su padre.

Madame Blanxart se cansa de hablar a través del espejo y vuelve el rostro para encontrarse cara a cara con Lirio. Es extrañamente simétrica. No hay ninguna diferencia entre ella y el reflejo.

—¿Por qué iba a hacerlo?

—Le tenía miedo a su hijo. Yo le salvé.

Madame Blanxart mueve la cabeza con un gesto que tanto puede indicar condescendencia como incredulidad.

—El juez Monfort es uno de los hombres más estrictos de esta ciudad.

—Ahora está enfermo.

—Pareces conocer bien a esa familia.

—También sé el secreto de usted —dice Lirio.

—Querida, tengo varios. Supongo que si eres capaz de entrar en mi casa y quedarte en mi habitación sin que yo me entere debes de conocer al menos dos o tres.

—Es usted un hombre.

Madame Blanxart sonríe.

—Oh, querida, me habías asustado. Quizá te sorprenda, pero ese secreto no es de los más importantes. Y, ya que lo sabes, deja entonces que me quite la peluca.

Madame Blanxart se retira la peluca y muestra un cabello cortísimo, grisáceo, con entradas y coronilla. Coloca con cuidado la peluca encima de un maniquí y empieza a cepillarla.

—Es pelo natural, completamente liso, pagué una pequeña fortuna por ella. El otro día una de las chicas me dijo que lo llevaba cada día más largo, que ella antes era peluquera y que si quería me lo podía arreglar. La verdad es que no sé si es muy astuta o tonta. Pero perdóname…, estábamos hablando de ti. Lo siento. No te puedes quedar aquí. No te preocupes, no te echaré a la calle. Te quedarás tan solo esta noche. Pero por la mañana te tendrás que marchar. Hay una salida discreta. Supongo que por la que has entrado. No te preguntaré cómo has conseguido la llave, claro que ahora que lo pienso, tú acostumbrabas a abrir cerraduras antes de que te conociera. No te guardo rencor. Aunque quiero que sepas que me has traicionado, no es culpa tuya, sino mía. Y soy mayor y debería haberme dado cuenta antes. En fin. Hay alguien que me debe un favor y te podrá ayudar. Y no te preocupes, sea lo que sea que lleves escondido en ese manguito no me interesa saberlo, no sé si es un puñal o un revólver. No obstante, deberías aprender a disimularlo mejor, no levantes tanto los codos, la caída de los brazos ha de ser natural. Y si no tienes nada más que pedirme, voy a quitarme también la dentadura.

Lirio deja el manguito sobre la cama. Se retira el sombrero. Al ser pequeño, se lo tiene que ajustar con pequeñas horquillas que le tiran del cabello y ahora resulta un descanso sentirlo libre. Empieza a desnudarse mirando fijamente a madame Blanxart. Lleva el vestido que perteneció a la madre de Carlos. Es complicado de quitar. Se ha introducido los documentos lo mejor posible entre la doble tela. El sonido del papel es disimulado por el susurro de la seda. Se vuelve de espaldas. No puede sola.

—¿Me ayuda?

Madame Blanxart observa el nacimiento del cabello en la nuca, las líneas exquisitas del cuello. Ella retira el cabello a un lado girando con suavidad la espalda.

Madame Blanxart se acerca hasta ella. La ayuda a desvestirse, dejando caer la ropa al suelo. La camisola interior está bordada. Los pechos de Lirio tienen la medida perfecta para las manos de un hombre. Madame Blanxart los acaricia. Los pezones, sonrosados, se endurecen.

Lirio se vuelve. Y besa con pasión la boca desdentada de madame Blanxart.

28

Madame Blanxart ha presentado a Lirio a una mujer de mediana edad que se llama Montse. Están las tres sentadas en un agradable salón, en un piso con vistas al puerto, en concreto, al muelle de la madera. Lirio tuvo un momento de pánico cuando vio que se detenían frente a la Jefatura de Policía, en el paseo de Isabel II. Llegó a pensar por un instante que madame la había traicionado, pero el lugar al que se dirigieron estaba detrás de Jefatura, en uno de los antiquísimos edificios que daban a la muralla del mar antes de que esta fuera derribada.

—¿Qué tal están tus hijos? —pregunta madame.

—Bien —responde Montse—. Laura cada vez más gorda; Sergi, el pequeño, quiere estudiar, y Jordi…, bueno, cada vez más hombre.

Montse lleva una raya de ojos alargada y muy marcada. Lirio no la ha visto así en ninguna otra mujer, luego sabrá que la llaman «de venado». Calcula que su edad ronda la cincuentena. Tiene el cabello espeso y oscuro, peinado de tal manera que parece que el moño hueco que es la moda imperante del momento esté a punto de deshacerse. Lleva una bata de seda bordada, muy parecida a la que llevaba en casa la propia madame Blanxart. Fuma. Lirio piensa en un primer momento que es una exprostituta, pero no reconoce el poso de resignación ni las marcas de amargura en el rostro que deja la profesión en las mujeres mayores que han sobrevivido a ella.

—A menudo he pensado cuándo me pedirías que te devolviera el favor que le hiciste a Jose —dice Montse.

Lirio intenta adivinar a qué se puede dedicar la familia. El edificio es antiguo. Los muros son espesos, enraizados en la Edad Media. Los muebles son sobrios, elegantes, aunque disparejos, maderas oscuras de un gusto discreto. El interior es cálido y cercano, lámparas de pantallas de color crema, un escritorio, un gramófono. Huele agradablemente a algo que se está cocinando a fuego lento en la cocina.

—Y, dime, ¿cómo te llamas? —le pregunta de pronto directamente sacándola de su ensimismamiento.

—Lirio.

—Qué bonito…

A Lirio, por primera vez en mucho tiempo, le cuesta saber si la mujer se está burlando de ella o realmente le gusta el nombre.

—¿Madre? —La pregunta procede de una voz masculina y tiene un punto de curiosidad y otro de advertencia.

—Jordi…, tenemos una invitada —dice Montse al ver entrar a su hijo en el salón.

Es un hombre joven, pero tiene una hechura densa y compacta que llama la atención de Lirio. Jordi se parece a su madre, tiene su mismo cabello oscuro y espeso. La camisa, arremangada, deja ver los tatuajes de los brazos. Lleva un chaleco muy bonito, quizá demasiado. Los zapatos son elegantes y brillan con el lustre de la piel de un animal.

—Ella es Lirio, será nuestra invitada durante unos cuantos días. Él es mi hijo Jordi.

—Todo el mundo me llama Roma —dice Jordi con una voz más ronca y varias octavas más baja que cuando llamó a su madre.

—Somos los Romagosa —dice Montse—. Aunque todo el mundo nos conoce como los cheroquis. ¿Le has hablado de nosotros?

Madame Blanxart dice:

—No, solo le he dicho que este es un lugar en el que podrá estar tranquila durante unos días.

Acto seguido, madame Blanxart se levanta.

—He de marcharme —le dice a Lirio—. Aquí estarás segura. Por tu bien y por el mío es mejor que no nos volvamos a ver.

Lirio también se levanta. Ambas mujeres se quedan mirándose. Madame Blanxart no es dada a sentimentalismos y le ofrece la mano. Lirio, sin embargo, la abraza.

Lirio, al volverse, ve una mirada que no logra identificar en Montse.

—Te enseñaré tu habitación. Jordi, sé un buen chico y llévale su bolso al cuarto de Nona.

Roma mira a su madre como si quisiera cerciorarse de que ha escuchado bien.

—Vamos. No tenemos todo el día —dice Montse.

Es una habitación amplia y luminosa, de techos altos. Está decorada con buen gusto, la cama está hecha con primor, pero hay en ella el eco de una presencia lejana. Sobre el tocador hay un frasco de perfume medio lleno. Hay varios cepillos de nácar puestos de una manera no casual, como si alguien los hubiera dejado así porque pensaba usarlos más tarde.

—Es muy bonita.

Roma se ha quedado bajo el quicio de la puerta, tiene el rostro en la penumbra. Montse descorre la cortina y abre las ventanas. La casa da al puerto. Hay una plaza con los arcos de un antiguo convento derruido. A un lado se ve el inicio de la avenida de la Reforma, la avenida que ha de unir el viejo puerto con el centro de la ciudad arrasando casuchas y viejos palacios de la ciudad antigua. La escultura del esclavista pero respetado Antonio López preside la plaza.

—Antes daba a un convento. Cuando abrieron la avenida de la Reforma pensamos que la casa iría abajo. Ese edificio que tienes ahí al lado es la parte trasera de la Jefatura de Policía. A veces vemos cómo dan unas cuantas palizas a algún desgraciado, no se molestan ni en correr las cortinas.

—Son unos cabrones —dice Roma.

—La cena es a las seis —dice Montse.

—Siento ponerles en un compromiso.

—No es la primera vez que una chica metida en líos cena con nosotros, ¿verdad, hijo?

—¿De quién era esta habitación?

—De mi hija.

—¿Ya no vive aquí?

—Murió.

Roma deja salir primero a su madre y aparentemente se queda mirando la habitación antes de salir él mismo y cerrar la puerta.

—¿Por qué está aquí? —pregunta Roma cuando vuelven al salón.

—No lo sé.

—¿Y por cuánto tiempo?

—No tengo ni idea.

—Supongo que le debes un gran favor a esa madame.

—Es mejor que no preguntes y no tendré que contestarte.

—¿Es una madame de verdad?

—Madame Blanxart es una respetable señora que regenta una encantadora pensión de señoritas.

—Madre, por favor.

—¿Por qué no dejas de hacer preguntas y le dices a tu hermano que se prepare para cenar? Espero que Leo haya acabado de hacer la cena.

Lirio abre la bolsa en la que están sus pertenencias. Madame Blanxart le ha prestado una bolsa de viaje. Es de un cuero terso y agradable al tacto. Recuerda sus palabras. No sé lo que llevas ahí, no quiero saberlo, pero lo mejor es que actúes con naturalidad. Ha envuelto en papel de estraza la gargantilla de diamantes. El pagaré lo guarda en un sobre junto a su cartilla higiénica. Lo mira cada dos por tres, como si quisiera cerciorarse de que es de verdad. Desdobla el pagaré. Lirio conoce los números y lee correctamente la fecha de vencimiento. Es de aquí a diez días. Comprende más por intuición que por conocimiento que hasta ese día no podrá cobrarlo y que ha de permanecer oculta hasta entonces.

Las libretas. Hay un cuaderno de tapas granate. Conoce las letras. Le gusta la forma de la W. Puede deletrear las palabras, pero no leerlas de corrido. Quiso aprender a leer, sabía que era algo que necesitaría algún día, pero tuvo que dejarlo porque en el orfanato

158

preferían que trabajara. Lirio no sabe muy bien su edad. Cree que aún no tiene los veinte años, pero no lo puede asegurar con certeza.

Se sienta sobre la cama. La colcha tiene unos dobles perfectos en las esquinas. La deben de hacer con regularidad. Es extraño que hagan la cama de una chica muerta. Pero todo ha resultado extraño en las últimas horas. Ha matado a un hombre, pero no siente remordimiento alguno. Se dice a sí misma que eso no es normal, que tendría que estar ahogada en culpabilidad; sin embargo, se encuentra tranquila y lo sucedido el día anterior no amenaza con impedir que duerma por la noche. Extraña de pronto a madame Blanxart. Hacer el amor con ella. Tenía el cuerpo muy fibroso y cicatrices cosidas rudamente como si fueran de bala. Ella la salvó cuando estaba medio muerta en la Ciudadela, cuando había decidido darse por vencida, y a cambio ella la ha traicionado, aunque se dice a sí misma que no fue exactamente así. Comenzaba a sentirse ahogada en casa de madame, y si antes nada le repugnaba ni le daba vergüenza, empezó a asquearle la sensación siempre desconcertante de alguien derramando un fluido en su interior. Durante mucho tiempo no sintió apego por sí misma. ¿Qué le había ofrecido Carlos Monfort? Conocimiento. Pero no uno luminoso, sino uno oscuro, negro. Ella vio las profundidades de Carlos, el agua abisal, oscura de su alma, la reconoció y la quiso beber. Había sido una huérfana, una niña criada en un orfanato que fue enviada a trabajar a un telar para ganarse el sustento, pero antes... Carlos dijo que sabía quién había sido su madre. Y él parecía tenerlo todo preparado. Porque en el sanatorio, el manicomio, como lo llamaba ella, allí había pasado sus primeros años de vida, de los que ella tenía un recuerdo vago e inconsistente. Y era allí a donde la iba a ver el señor elegante, pero un día su madre desapareció y ella fue enviada al orfanato del padre Casas. Lirio no tiene ningún recuerdo consciente de su madre, tan solo un tacto que percibe cuando está a punto de dormirse, pero en cambio recuerda a un señor bien arreglado que venía a verla. Por el contrario, el orfanato Casas y el telar de la fábrica de los señores Rocamora los podría revivir cada día. Hasta que se escapó del telar y cayó en las redes de la señorita Esther, un

159

lugar que no era más que una academia de ladrones. Después de que los matones de la señorita Esther la apalizaran, porque Lirio sabía doblar el cuerpo para meterse en los sitios más inverosímiles, podía convencer con un inocente inclinar de cabeza a cualquier hombre de que la acompañara a cualquier lugar y luego birlarle el reloj, se había decidido a marcharse. Era difícil escaparse de ella y de su gabinete de curiosidades, como llamaba a sus niños.

Es la hora de cenar. Viene a buscarla la chica joven y sorda que ayuda en la casa. Se llama Leocadia. Todo el mundo la llama Leo. Lleva un moño apretado en lo alto. Leo apenas tiene diecisiete años, pero tiene el rictus de una mujer mayor. Una especie de toquilla le cubre los hombros, tiene el cuerpo vencido para delante, como si quisiera llegar cuanto antes a hacer algo.

La familia cena toda junta en una habitación no muy grande, recogida y hogareña, al calor de la cocina.

—Tenemos una invitada —anuncia Montse.

Todo el mundo se queda mirando a Lirio al verla entrar. No es la primera vez que cenan con desconocidos, gente que necesita desaparecer unos días o que va camino de la frontera.

Montse tiene tres hijos. La hija se llama Laura. Es la mayor. Está casada con el señor Prenafeta, que trabaja de contable en Can Girona, la gran siderúrgica de Pueblo Nuevo, que da trabajo a miles de obreros. Es bajito, delgado y con bigote y no parece casar en absoluto con Laura, que es una mujer corpulenta y de formas rotundas. Pero es un as de las finanzas y consigue convertir todos los trapicheos de los Romagosa en respetables negocios, como la joyería del señor Colomer o los colmados Fábregas, aunque ni el señor Colomer ni el señor Fábregas existan. Tienen dos hijos que se han empeñado en llevar a un colegio de jesuitas. Laura lo tiene claro. Me importa una mierda lo de la religión, pero allí hacen contactos que les vendrán requetebién en un futuro. Laura también lleva la sombra de venado, aunque cuando va al colegio se lava la cara, no vaya a ser que las otras madres se piensen que les va a pegar. Se ríe constantemente. Cuando lo hace se le mueven las carnes de una forma agradable. El hijo menor se llama Sergi. Es una versión más joven y estilizada de Roma. Sus tatuajes no son tan impresionantes como los de su hermano, apenas le cubren un antebrazo. Lirio cena con todos ellos. Hablan en catalán, pero a Lirio se dirigen en castellano, como hace mucha gente con los extraños, hasta que Lirio lanza un reniego en catalán al probar la comida demasiado caliente. Por primera vez que ella recuerde se encuentra en un ambiente familiar.

Cenan abundantemente, ríen y comentan lo que ha sucedido durante el día. Lirio entiende que trapichean en el puerto, compra de aceite, apuestas de boxeo, en el canódromo y la hípica de Can Tunis, pero eso es terreno de un grande, del que hablan con respeto.

Alguien le pasa el porrón a Lirio.

—No sé.

—¿Cómo no vas a saber? —dice Laura.

Roma sonríe. Lo hace de forma franca. Y a Lirio le gusta el espacio entre los incisivos centrales. No sabe el motivo, pero cree que en alguien con los dientes así se puede confiar.

Le enseñan, pero se atraganta. No ayuda que el vino sea fuerte y áspero, que se le quede pegada la lengua al paladar debido a lo recio que es. Leo cena con ellos, aunque sea la encargada de llevar y traer los platos y se tenga que levantar cada dos por tres de la mesa. Y es la primera vez que ríe en toda la cena al ver sus intentos de beber del porrón. Leo cena con la mirada puesta en ella. No entiende ciertas convenciones sociales, como que no ha de mirar tan abiertamente a alguien. Sin embargo, está atenta a las necesidades de todo el mundo. Los niños están más quietos que de costumbre.

—¿Por qué los llaman cheroquis? —pregunta Lirio.

—Es una historia muy larga… —dice Laura.

—Antes de la Exposición del 88 vino Buffalo Bill —dice Montse—. Sí, el mismo. Montaba un espectáculo en el que había indios de verdad. A los pocos días de estar aquí, muchos de los indios enfermaron y tenían unas diarreas que los dejaron postrados. Los indios representaban la historia de la conquista del Oeste como si fuera un teatrillo. Pero no iban disfrazados, iban con sus ropas de verdad.

Mi marido siempre estaba dando vueltas por la calle buscando qué hacer. Acababa de venir de Cuba, le había tocado ir allí de reemplazo, había salvado la vida de milagro. Un día se topó con ellos, que estaban ensayando para el espectáculo, y le contrataron. Mi marido era andaluz, moreno, medio gitano, medio moro, como siempre le decía yo, vamos, lo mejor de cada casa, aunque vino aquí de pequeño a trabajar en una joyería. Y alguien al verle le preguntó si quería hacer de indio, solo tenía que ponerse las ropas. Les faltaban unos cuantos por lo de las diarreas. Ellos le tenían mucho aprecio. Y allí nos conocimos. Yo ayudaba a mi madre a prepararles las comidas. Y así empezaron a llamarle el Cheroqui. Cuando se marcharon a París, le propusieron que se fuera con ellos, pero él dijo que no. En cambio se fue haciendo unos tatuajes como los que les había visto a los indios de verdad. Al final nos casamos. Jose Sánchez, el Cheroqui, pero siempre decía que quedaba mejor llamarse señor Romagosa, mi apellido, más respetable, y, bueno, ya sabes cómo se burlan aquí de la gente que se apellida Sánchez, los *sanxa*, así que cuando mi marido hacía sus negocios prefería el Romagosa. Y a mi hijo ese que ves ahí, el que no para de comer, le llaman Roma por eso.

Los Romagosa están perplejos. Hacía tiempo que no escuchaban a su madre hablar tanto. La niña, que está harta de escuchar la historia, se ha quedado mirando a Lirio. Cuando acaban de cenar, Montse y su hija se van a la cocina. Lirio tendría que haberse ofrecido a ayudar, aunque su ayuda hubiera sido rechazada, era eso lo que se esperaba de ella. Como Lirio nunca ha vivido con una familia normal, desconoce ese código social. Así que se queda sentada y le pregunta a la niña que se le ha quedado mirando:

—¿Cómo te llamas?

—Núria.

—Tienes el cabello muy bonito.

—No tanto como el tuyo.

—¿Quieres que te haga una trenza?

La niña se gira encantada. Va vestida un poco repipi, como hacen todas las familias trabajadoras con sus hijos cuando disponen de dinero. Lirio trenza el cabello de la niña. Que alguien cuide de ti, cenar con tu familia, que tus padres se preocupen por ti, que te lleven a un colegio. Siente una congoja que nunca ha sentido antes, la de una vida normal no vivida.

—¿Por qué estás triste? —pregunta Núria.

Lirio se encoge de hombros. Mira a su alrededor, se siente observada, un punto de vulnerabilidad que rechaza mostrar, y da un pequeño tirón a la trenza para que la niña se queje y vuelva a ser el centro de atención.

Laura ayuda a Leo y a Montse en la cocina.

—Ni siquiera se ha ofrecido a ayudarte a recoger la mesa —dice Laura.

—Es una invitada.

—No, si se da unos aires de duquesa…

—Tal vez lo sea… —dice Montse con voz extraña.

Su hija se calla. Es la primera vez que escucha hablar a su madre en ese tono.

—¿Cuánto tiempo va a estar aquí?

—No lo sé.

—¿Has visto cómo la mira tu hijo?

—Lo he visto. Al menos no pensará tanto en su amigo muerto.

Laura concede el tanto a su madre.

—A ti también parece gustarte.

—Eso es asunto mío.

—Hasta le has dado la habitación de la niña…

—Te repito que es asunto mío.

—Pero nosotros también vivimos aquí.

—Vives en el piso de abajo, que es mucho más grande que este. Y, ahora, si quieres ayudar recogiendo la mesa, ayudas, pero no me marees.

—¿Por qué se tiene que esconder?

Montse deja el trapo a un lado de la cocina.

—No lo sé y cuanto menos sepamos mejor. Ver, oír y callar.

—Prefiero ver, oír y golpear. Eso me enseñaste tú.

—Será mejor que volvamos al salón.

Cuando vuelven, el ambiente ha cambiado ligeramente. Los hombres están fumando. Todo parece más distendido, a pesar de que Lirio está callada, más seria, si cabe.

—Iros a fumar al balcón y a ver qué hacen los farolas.

Las mujeres se sientan. Sacan una baraja. Fuman.

—¿Sabes jugar al guiñote? —pregunta Montse.

—Sin hacer trampas no.

Montse y su hija sonríen.

29

El Teatro Anatómico Forense se encuentra en el Real Colegio de Cirugía, un edificio gótico a la entrada del Hospital de la Santa Creu. Un grupo de jóvenes estudiantes de Medicina andan alborotados. Se escuchan risas nerviosas, susurros que se convierten en repentinas risotadas. Todos van vestidos con traje y corbata, sus sombreros han quedado amontonados en el guardarropa del vestíbulo. Abunda la raya del cabello a un lado, el bigotito fino y a veces la perilla.

El teatro es una gran sala ovalada y tiene una acústica especial y los sonidos reverberan. Las gradas, empinadas, de madera oscura que cruje al mínimo contacto, llegan hasta los reservados superiores, que, como confesionarios laicos, permiten a quien pueda pagarlo observar la gran sala sin ser visto.

Varias hileras de elegantes sillas de madera tallada tapizadas con terciopelo rojo se alzan como palcos en torno a la mesa central, donde se llevan a cabo las clases médicas. La mesa es de un mármol con un tinte rosado en algunas partes, que es atribuible a la sangre. Hay un agujero en el centro que sirve para canalizar la sangre derramada y, por un conducto, evacuarla. Recuerda el altar de un sacrificio romano. Y es aquí donde el doctor Guaita, como un sumo pontífice, imparte sus magníficas clases a los estudiantes de segundo año de Medicina.

La Facultad de Medicina se ha desplazado al nuevo Hospital Clínico hace tan solo un par de años. Sin embargo, las prácticas de los estudiantes con cadáveres aún se realizan en el antiguo Colegio de Cirugía. Los cadáveres son más abundantes en el distrito V que en el Ensanche, el índice de muertes violentas quintuplica al del resto de la ciudad. La gente sigue siendo más pobre allí, hay más muertes por violencia o por desesperación.

Los estudiantes lanzan discretas miradas al centro del teatro. La gran mesa de disecciones está cubierta por una gran sábana con la forma de un cadáver. Son estudiantes del segundo año de carrera y no han realizado prácticas todavía, tal vez muchos no hayan visto un cadáver en su vida. La primera sesión es una disección por unos cirujanos experimentados, en la que irán explicando con detalle el procedimiento.

El doctor Guaita y Elías Sunyer entran por la puerta central del anfiteatro observados desde lo alto por los bustos de varios prohombres de la ciencia catalana.

Sin excesivo ceremonial, el doctor Guaita y Elías deslizan la sábana. En medio descansa el cuerpo pálido de una mujer. Un cabello pelirrojo, que en vida hubiera llamado la atención, se ve ahora de un óxido desvaído. Tiene los pezones sonrosados. El vello púbico es rojizo mate. Ante la visión del cuerpo, los estudiantes aguantan la respiración como un solo ser.

La lámpara que ilumina la escena es enorme, majestuosa y teatral. Una luz eléctrica ha sustituido la de cientos de velas. Han desaparecido el polvillo negro y las sombras y ahora la luz es diáfana e ilumina cualquier recoveco.

El doctor Guaita sabe que ha de hacer cierto teatro. Se enfunda los guantes. Señala los bustos de los prohombres y los va presentando uno a uno. Habla sobre un moderno prohombre, el doctor Lister, y cómo ha ayudado a evitar las infecciones en los quirófanos. Intercala algunas anécdotas en la explicación, la vez que un muerto se levantó de la mesa debido a los gases, la vez que un sargento de policía muerto en acto de servicio llevaba ropa interior femenina; la presencia de la muerte en aquel acto académico y aséptico se hace demasiado presente y los chascarrillos ayudan a reír y liberar tensiones.

No es extraordinario que alguno de aquellos hombres que desean ser médicos llegue a desmayarse.

El doctor Guaita y Elías cuentan con un par de ayudantes, viejos celadores que han visto de todo y que aguantan todo lo que se les eche encima. Van provistos de una manguera de agua con la que van limpiando algunos detritus que no logran introducirse a la primera en los sumideros. A veces también ayuda sor Lucía, quien, con su alta cofia, impone su presencia, siendo la única mujer en el anfiteatro.

El doctor Guaita abre la cavidad abdominal con una incisión novedosa, una versión del método Virchow. Elías no suele preguntar por el origen de los cadáveres. Pero en esta ocasión a la mujer se la ve lozana y saludable a pesar del *rigor mortis*. La mayoría de las veces son ancianos de carne revenida a los que es difícil incluso introducir la hoja de un bisturí afilado y la piel es un mar de manchas y pelos largos y grises que crecen en lugares inverosímiles.

Elías Sunyer sigue con la disección mientras el doctor Guaita habla a los alumnos dándose la vuelta poco a poco. Retiran las vísceras a un lado, mostrándolas a los estudiantes. Al llegar al útero se llevan una sorpresa. La mujer está embarazada.

¿Embarazada?

Hay entre el doctor Guaita y Elías un ligero intercambio de miradas. No es la primera vez que encuentran algo extraño durante una autopsia, alguien se traga a la desesperada un anillo de oro, monedas, mujeres y también hombres respetables aparecen con objetos metálicos introducidos en vagina y ano que provocan una sepsis.

El doctor Guaita, por lo bajo, dice:

—No diga nada. Lo trataremos como si fuera un tumor.

Se deshace del minúsculo cuerpo. Para que no sea reconocible, aunque sea tan solo un feto, lo trocea con rapidez y lo arroja a un lado para que, de un manguerazo, caiga en el sumidero. No se sabe quién puede estar observando, a veces cirujanos experimentados, con ojo avizor, se apostan en los palcos anónimos. Y es procedente de allí que Elías detecta una pequeña nota de perfume. Y mira hacia los palcos y, a pesar de ser un hombre de ciencia, cree notar que alguien está disfrutando de todo aquello.

Cuando todo ha acabado, el rumor de las voces se eleva en un *crescendo*. A veces algún estudiante incauto llega a aplaudir, cosechando la reprobación del doctor Guaita. Esto no es un circo. Aunque él antes haya dado un espectáculo en el que ha mezclado ciencia, drama y comedia.

En una habitación próxima se cambian de ropa y se desinfectan las manos, una relativa novedad, pues, hasta hace apenas unos años, cirujanos que realizaban autopsias pasaban a atender a pacientes con heridas abiertas sin lavarse las manos, y con el mismo delantal con manchas terribles.

—Estaba embarazada… —dice Elías.

Elías está acostumbrado a realizar autopsias de mujeres que han muerto con el útero destrozado por perforaciones realizadas por médicos, barberos o parteras corruptas. A pesar de ser una persona de costumbres conservadoras, Elías ha ayudado a algunas mujeres desesperadas a abortar cuando alguien le ha pedido el favor.

—El cadáver viene de Nova Betlem —dice el doctor Guaita—. Dios sabe lo que sucede en esos lugares.

—¿Sabe cuál era la causa de la muerte?

—Nunca lo pregunto, no es mi trabajo esclarecer la muerte. Hay una especie de convenio con el sanatorio. Nos ofrecen cuerpos que nadie reclama. A cambio, si necesitan algún cirujano para cerrar heridas o huesos fracturados, acuden algunos recién licenciados. A algunas mujeres las esterilizan. Parece ser que mejora su estado mental. El trabajo es fácil y lo pagan aparte.

—¿Esterilizarlas? ¿Por qué?

—Algunos afirman que la falta de relaciones sexuales provoca podredumbre del útero y que es mejor extirparlo. Algunas de ellas son ninfómanas. La corteza cerebral se ha replegado y prima el sistema límbico. Conocí al doctor Montoliu padre. Estudiamos Medicina juntos, pero no nos hicimos amigos. Él prefirió dedicarse a la neurología. Su hijo ha seguido sus pasos, pero se ha dedicado a la frenología. Los cirujanos sabemos de la diversidad humana, no hay dos cuerpos iguales, ¿cómo a alguien se le puede ocurrir determinar el carácter según los huesos del cráneo? Es de ilusos y además peligroso. Heredó el sanatorio de su padre, pero también a los viejos psiquiatras y a algunas enfermeras atroces, que estarían mejor retorciendo ropa en un lavadero que atendiendo enfermos. Además de las realmente enfermas, es una especie de aparcadero para mujeres de buena familia.

—¿Y qué podemos hacer?

—Estimado Elías, a escasos metros de aquí tiene usted a los enfermos mentales de nuestro propio hospital. Están en los sótanos, algunos encadenados a la pared. ¿No ha escuchado sus aullidos? No es el viento. Muchos de nosotros luchamos para que fueran sacados de este hospital y se les diera un trato digno, queríamos aire fresco, un lugar fuera de los muros de esta ciudad. Y esa mujer estaba embarazada, sí, pero su aspecto era saludable, como usted dice, y estaba bien alimentada, y no hay muestras de que se haya pasado todo el día amarrada a la pared envuelta en sus propias heces.

30

Es primera hora de la mañana en la casa Prats. Como de costumbre desayunan en el comedor de invierno. La luz entra de manera oblicua e ilumina la mantelería, las tazas y las pequeñas cucharillas, que brillan con fiereza. Elisenda ha pedido que los niños desayunen en sus habitaciones. Sin sus juegos a la hora del desayuno hay una extraña tranquilidad. Enrique se muestra reservado y remueve su taza de café con leche. El café humea, han traído cruasanes de la pastelería suiza. Apenas unos años atrás, a la hora del desayuno, Clara contaba con la presencia de Abel, su padre y su abuela. Pero cada uno de ellos se ha ido desgajando de las horas de comida familiares. Su padre vive en un horario inverso y se acuesta de madrugada y duerme casi toda la mañana. Abel no desayuna con ellos. Lo encuentra un suplicio. No hay nada que hacer. Le han dado por imposible. Se mantenía sentado, sin decir nada, mirando la taza de café.

A Abel no se le pudo llevar a ningún colegio, lo expulsaban a las pocas semanas. Clara había sido la única capaz de enseñarle a leer y escribir, con paciencia y cambiando constantemente de tarea. Su abuela Amalia también parecía entenderle, pero no tenía tanta paciencia como Clara.

—Hemos pensado que podríamos acompañarte esta tarde al sanatorio —dice Elisenda de pronto—. Porque es esta tarde cuando tienes que ir, ¿verdad, querida?

—Sí —contesta Clara con cierta sorpresa, y le dice a Enrique—: Pensaba que tenías mucha gente que atender hoy.

—He decidido tomarme el día libre. Siempre estoy encerrado aquí. Iré al Ateneo un poco más tarde. Hace tiempo que no voy.

Enrique da vueltas al café con leche. Clara no se acuerda de que él lo toma sin azúcar. Las criadas parecen haber detectado también un ánimo especial y revolotean alrededor de la mesa como palomas nerviosas. Es el día libre de Luisa.

El carruaje está preparado a primera hora de la tarde. El señor Francisco, el chófer, que lleva años en la familia, y una criada cabizbaja esperan con cautela en el vestíbulo.

—¿No te quieres despedir de Abel? —pregunta Enrique antes de que suban al carruaje.

—¿Despedir?

—Decir adiós.

Enrique no la mira y parece titubear.

—Te encuentro extraño —dice Clara.

—Será el invierno. Que haya tan poca luz me deprime. No soy como tú, que le saca provecho a esa dificultad.

—Hace casi una semana que es primavera.

Enrique parpadea.

—Ni me he dado cuenta.

Los tres suben al carruaje. El recorrido es tranquilo. Elisenda se ha traído labor para ir haciendo. Enrique apoya la cabeza en el cristal y mira las calles pasar.

La verja de la entrada del sanatorio está cerrada. Han de esperar a que una vieja portera les abra. Una vez dentro, Enrique dice:

—El jardín es muy grande y precioso. Cualquiera podría pensar que está en un parque.

El carruaje se detiene en la puerta del sanatorio. El señor Francisco abre las puertas del carruaje. Ayuda a bajar a Clara y su mano parece retener más de la cuenta la de ella. La señora Amparo pareciera que los espera en la entrada, mira a Clara de una forma diferente esta vez. Clara se dispone a enseñarles el lugar. Pero la señora Amparo, con cierto temor, dice:

—No, no… Hay alguien que desea hablar con usted y… ya de paso conocer a su familia, ya que están aquí.

La señora Amparo los conduce a un despacho que Clara no ha visto nunca, cerca de la entrada de admisiones. Un médico, uno de los ayudantes del doctor Montoliu, los está esperando, es un médico joven, quien se muestra nervioso a pesar de su amabilidad y tampoco parece mirarla de forma abierta.

Enrique y el doctor se saludan.

—Está todo preparado —dice el médico.

Clara, como a veces sucede con los inocentes, es la última persona en darse cuenta. Enrique mira a su hermana por primera vez a la cara en todo el día y dice:

—Te quedarás aquí. Creemos de verdad que es lo más adecuado para ti.

Clara le mira sin entender.

—Soy tu tutor legal.

Para evitar que su padre dilapidara el dinero. Para poder llevar los negocios familiares. «Tú misma estuviste de acuerdo», parece decirle su hermano.

—Aquí podrás seguir haciendo fotografías. Podrás vivir bien. Tendrás una de las mejores habitaciones. Necesitas descansar. Solo será por un tiempo.

Clara permanece aturdida unos instantes como entre el espacio del golpe y el dolor hasta que, como una oleada, entiende lo que está pasando.

—Quieres… ¿internarme? ¿Crees que estoy loca?

—Fotografiar te ha enfermado, Clara, tú antes no eras así.

—¡No!

—Yo soy mediocre y tú eres la que tienes el talento, lo sé, pero en tu caso el arte ha logrado envenenarte.

—¡No, no, no!

—Has heredado el genio creativo de la abuela y de papá, pero también su locura… No podrías ser normal, aunque quisieras.

—Y tú pareces conocerlo todo de mí.

—No lo hagas más difícil.

—Pero ¿por qué?, ¿qué he hecho?

Elisenda, envalentonada, triunfante, dice:

—¿Que qué has hecho, Clara? Haces fotografías a criminales. Gitanos te vienen a esperar a la puerta de nuestra casa. Le robas el chal a una de las criadas y te lanzas a la calle al anochecer y vuelves a casa escoltada por la policía. Y lo peor de todo…, lo de la señorita Adelaida… Eso no tiene nombre.

—¿Qué quieres decir?

—Es una puta —dice Elisenda.

—¿Qué?

Clara está tan perpleja ante la respuesta como ante el lenguaje crudo de su cuñada.

—Ha venido la policía —dice Enrique—. Carlos Monfort ha aparecido muerto. Parece ser que su padre y él discutieron. Y han empezado a investigar. Y ellos no tienen ninguna prima o sobrina que se llame así. Y la policía quiere hablar contigo, interrogarte. Y te hemos protegido. Les hemos dicho que estabas en un balneario descansando. Han descubierto que Adelaida trabajaba en un lupanar. Y eso no podemos permitirlo. Tenemos que salvaguardar el buen nombre de la casa.

—Te atreviste a traerla a casa —sigue Elisenda—. A disfrazarla de persona respetable. Te vas paseando en el carruaje de una madame. ¡Me la presentaste a mí!

—No… no lo sabía —dice Clara, conmocionada.

—Esto lo hacemos por tu bien. Aquí ya conoces a las locas, así que tanto te dará.

—Carlos Monfort me la presentó. Vosotros lo visteis.

—No.

No, tienen razón, nunca la habían visto junto a Carlos Monfort.

—Claro que no —dice Elisenda. Y entonces se dirige a su marido—: Eso es lo que aprendió en el gabinete de criminales. Allí es donde conoció a esa mujerzuela, tú dejaste que trabajara allí. Y mira que te lo advertí.

—Cállate.

—Me lo figuro como si lo estuviera viendo. Si tu santa madre…

—¡Cállate! ¿Me has oído?

La única muestra de carácter de su hermano. Enrique dice entonces:

—Hemos pagado para que te tengan en una de las mejores habitaciones. Es una habitación individual, casi como si estuvieras en un balneario. No podrá decir la policía que les hemos mentido.

—Como si lo estuvieras, por el precio que nos va a costar al mes.

—Papá no sabe nada y es mejor que no lo sepa.

—¿Y Abel? ¿Qué va a ser de Abel?

—Cuidaré de él.

—Tú no sabes hacerlo. Dios mío…, pensará que le he abandonado.

—Ese zoquete lo que necesita son unas buenas duchas frías. Y ponerse a trabajar como un hombre. Doce horas trabajando en un torno y ya verás qué rápido se le va la tontería que lleva encima.

—Nos vamos, Clara.

—Dios mío…

31

Martín Prieto siente que ha tenido un golpe de suerte. Elías Sunyer es el encargado de realizar la autopsia de Carlos Monfort. Sabe que tiene ascendiente sobre él y que podrá obtener la información que le interesa. El caso lo lleva Requesens, un inspector obsesionado con las técnicas de investigación modernas y a quien le gusta estar presente durante las autopsias. Martín Prieto espera sin ser visto a que el inspector salga del depósito de cadáveres. Tiene que ir rápido. Dispone de unos pocos minutos antes de que Elías Sunyer recoja. Se adentra en el depósito. Tiene la autoridad suficiente para hacerlo sin problemas.

Aparece detrás de Elías, entre las sombras, descorriendo una de las cortinas, de una manera un tanto teatral.

—Comisario… —dice Elías Sunyer, quien enrojece ligeramente al verle.

—Espero no haberle asustado.

—No, pero no debería estar usted aquí. El inspector Requesens acaba de marcharse. Es él quien se encarga de llevar la investigación.

—Sí, lo sé. Pero ya sabe que tengo un especial interés en este caso.

Martín Prieto hace una señal con la cabeza y dice:

—Le estábamos investigando.

El cuerpo de Carlos Monfort reposa en la mesa de mármol. El comisario tarda un tiempo en mirar abiertamente el cuerpo. Durante la guerra de Cuba había visto cuerpos desmembrados, abiertos en canal como reses, oficiales con los que apenas unas horas antes había estado charlando del bien y del mal mientras tomaban café bajo una tienda de campaña. Sin embargo, el cuerpo exangüe de aquel hombre, bajo aquella luz tan cruel, resulta extraño y desconcertante, incluso acusador.

—¿Qué ha descubierto?

—No debería…

—No se preocupe. Le deberé un favor.

Elías suspira. Por primera vez en su vida va a hacer algo en contra de sus principios.

—La muerte fue por la incisión de un estilete de manera muy certera, debo decir. Seccionó la aorta abdominal limpiamente. Encontraron el estilete en la mano de su padre. Parece ser que quiere que creamos que lo hizo él. Pero la trayectoria del arma no es en absoluto compatible. El padre estaba sentado. La trayectoria tendría que ser ascendente. Había restos de sangre que indicaban que fue arrastrado. Es verdad que el padre tenía el estilete en la mano, pero el mango fue limpiado antes, porque hay una parte en la que la sangre se ve arrastrada. Además, se necesita cierta fuerza para clavar un estilete y el padre tiene medio cuerpo paralizado por una apoplejía. Cuando entró la criada, encontró el cadáver en el suelo.

—¿Cree que lo asesinó otra persona?

—La probabilidad de que fuera el padre es casi inexistente. No obstante, una prima dijo a una de las criadas que estaban discutiendo momentos antes de que el cuerpo fuera encontrado.

—¿Una prima?

—Sí, es lo que dice el servicio. La madre, sin embargo, dice que no tiene ninguna sobrina, pero el servicio dice que una chica rubia empezó a frecuentar la casa hace un par de semanas. Toda esta información es confidencial, por supuesto. Me la ha contado el inspector Requesens. Ha estado presente durante la autopsia, como usted bien debe de saber. Es un hombre inteligente. Le estoy contando todo esto porque está usted ayudando a la señorita Prats.

—¿Y qué dice el juez Monfort?

—Se ha negado a declarar.

Martín Prieto recuerda al juez. Su primer año de policía en la ciudad coincidió con el primer año del juez en el juzgado n.º 13, el encargado de la represión del anarquismo. Recuerda el porte casi militar, la rectitud, la inflexibilidad. Había ordenado con dureza la represión después del atentado del Corpus Christi.

—Entra alguien en casa. Asesina a su hijo delante de él. Y se autoinculpa. ¿Le estaban amenazando?

—El inspector Requesens no cree que sea alguien de fuera. Ningún anarquista que odie al juez y matara al hijo. Tiene que ser alguien de dentro.

—¿Quién vive con ellos?

—Creo que solo ellos. Los padres y el hijo. El hijo mayor está casado y vive fuera. La madre apenas se deja ver.

—¿Y la prima?

—Ella es lo más extraño. Podría no ser su prima. Podría ser amante del padre o del hijo. Creo que el inspector ha obtenido más información sobre ella, pero no la ha compartido conmigo.

Elías cubre el cadáver con una sábana.

—No hubo fotógrafo forense. El juez dijo que había que respetar su intimidad. Parece ser que solo los ricos pueden disponer de ella. Pero aquí está él. Han despedido a la señorita Prats. No sé nada de ella desde hace unos días.

En otra ocasión, la torpeza colegial le hubiera molestado o provocado indiferencia, pero Manuel descubre a su pesar que le gustaría que a Elías le fueran bien las cosas con Clara Prats.

—¿Ya sabe la señorita Prats que usted siente algo por ella?

Elías Sunyer enrojece.

—No quiero importunarla.

Martín Prieto no quiere meterse en líos sentimentales, pero se siente en deuda con Elías, todavía existe un poso de camaradería en el comisario que los momentos finales de la guerra no lograron borrar del todo.

—Ella estaba preocupada por Carmelo. ¿Sabe algo de él? —pregunta Elías.

—No.

—Carlos Monfort era su protector.

—Sí, lo sé.

—¿Cree que están relacionadas las dos cosas? La muerte de uno, la desaparición del otro.

—Usted se basa en el método científico, no en creencias. Igual sucede a la hora de esclarecer un crimen. ¿Le ha comentado lo de Carmelo al inspector Requesens?

—No.

—Supongo que acabará sabiéndolo. Es el inspector estrella de Jefatura.

—¿No se lleva bien con el inspector?

—Apenas he cruzado palabra con él.

—¿Cree que todo esto tiene relación con los crímenes del puerto? Es así como empiezan a llamarlos, ¿no? ¿Ha investigado lo de las fotografías en el gabinete antropométrico?

—El otro día fue uno de mis oficiales de confianza haciendo ver que quería obtener información de un sujeto. Muchas personas tienen acceso a ese dichoso archivo de sospechosos. He pedido una copia del libro a Gobernación, pero el encargado se ha mostrado reticente a que salga de allí. He tenido que pedir permiso a Jefatura con una explicación plausible. Me lo darán en dos o tres días. Ellos nunca te conceden las cosas así como así. Tienen que demostrar que son ellos quienes controlan la situación y te están haciendo un favor.

—¿Por qué no se lo pide al juez De la Lastra?

—El juez hace demasiadas preguntas y lo enreda todo.

—Quien asesinó a Carlos Monfort no es el de los otros casos del puerto. No parece que lo hiciera de una forma premeditada. Demasiado riesgo.

—En cuanto tenga el libro en mi poder le pediré a la señorita Prats que identifique a los hombres que ella fotografió. ¿Sabe qué está haciendo ahora?

—No, supongo que debe de estar trabajando con su hermano.

32

Es una vieja costumbre que los pacientes internados por la familia pasen la primera noche en una habitación aislada. Se hace así para evitar la transmisión de posibles enfermedades infecciosas, aunque con tan solo una o dos noches no serviría de mucho. A ese periodo de tiempo y lugar lo llaman el purgatorio. El procedimiento es el mismo tanto para ella como para cualquier otra, aunque ella sea una paciente de primera clase. El primer día ha de estar bajo vigilancia médica, a pesar de que todavía no la ha visto ningún médico.

La habitación está limpia, dispone de un pequeño lavabo. Le han dado dos mudas de ropa interior y un vestido de sarga azul y un camisón para dormir. La ropa está limpia, huele a jabón, el algodón es basto y resistente, tiene que durar. Clara no puede dejar de pensar en cómo ha cambiado su vida en un momento. Ha empezado el día en su antigua vida y lo termina en esta. No consigue dormir. Tiene ganas de llorar, pero tampoco lo consigue, porque está enrabietada más que triste, desconcertada por la crueldad de su hermano. Y con todo ello se mezcla la noticia de que Carlos Monfort ha muerto y la señorita Adelaida es una prostituta. Piensa y vuelve a pensar en lo que ha sucedido como si fuera una broma de mal gusto que de repente tendrá una explicación. Como muchas veces le pasa ante el infortunio sueña con su madre enferma, con el último verano que pasó en la casa, cada día más delgada, los cuidados amorosos que le prodigaba Luisa, mientras ella cuidaba de Abel. La almohada es dura, las sábanas, algo rasposas. No logra conciliar el sueño hasta entrada la madrugada.

Al día siguiente la llevan a un despacho. Clara se aferra a la idea de que si puede hablar con el doctor Montoliu se dará cuenta de que está cuerda, de que todo es un inmenso error, un malentendido que quedará resuelto en cuanto la dejen hablar. Una de las celadoras que tan solo ayer le sonreía con amabilidad lo hace ahora con cautela. La hacen entrar en un despacho que no es el del doctor Montoliu, es más pequeño y funcional, no hay libro alguno y parece un estricto consultorio médico. Hay un hombre de mediana edad sentado tras una mesa que no se levanta al verla entrar. Lo reconoce por haberlo visto el día de la fiesta.

—Tome asiento, por favor.

Clara se sienta. El vestido de sarga le va estrecho en algunos lados y ancho en otros, y le tira de aquí y de allá al sentarse. La habitación huele a desinfectante y a algo químico y volátil.

—El doctor Montoliu no la atenderá. Se ha marchado a una conferencia en Berlín. Además, la conoce a usted previamente y podría contaminar todo el proceso. Soy el doctor Benjamín. Además de neurólogo soy farmacéutico. —El doctor Benjamín mira unos papeles y añade—: Antes que nada, tengo que realizar un reconocimiento médico para descartar cualquier otra enfermedad. Por favor, siéntese en la camilla.

Clara obedece. El doctor Benjamín se levanta y procede a reconocerla. Tiene las gafas sucias, empañadas por una mezcla de sudor y caspa proveniente de las cejas. Clara baja la mirada. Se fija en sus manos. Los nudillos están cubiertos de duros pelos negros, sus dedos son gordezuelos y a la vez hiperlaxos, se curvan extrañamente hacia arriba, mostrando unas uñas blandas.

El doctor Benjamín le pide que abra la boca. Le palpa el cuello. La ausculta sin demasiada gracia. Se separa de ella. Se la queda mirando pensativo.

—Por lo que he leído en su historial tiene usted tendencia a ciertos comportamientos excéntricos.

Clara se queda lo más quieta posible. No le gusta el doctor Benjamín. Tiene la mirada especulativa que ha visto en algunos hombres, en algunos comerciantes, dueños de tiendas, políticos y militares, cuando no saben que es una mujer quien los va a fotografiar en el estudio Prats.

—¿Tiene usted prometido? —pregunta de pronto.

—No, ¿por qué quiere saberlo?

Una parte de ella anticipa el peligro. Otra parte se niega a reconocerlo.

—Oh, las mujeres solteras de su edad están sometidas a lo que se llama presión ovárica. El útero, si no es activado, va, digámoslo así, mordiéndole por dentro y es por eso por lo que activa ese tipo de comportamiento. Tendré que hacerle un reconocimiento más exhaustivo.

—No me va a realizar ningún reconocimiento.

—Es de vital importancia. Procuraré que sea lo menos molesto posible, se lo aseguro. Túmbese, por favor.

—De ninguna de las maneras.

La rabia difusa que ha sentido hasta el momento cristaliza en algo concreto y la empuja a actuar. Se propone levantarse, pero el doctor Benjamín, con un movimiento rápido, saca una botellita de éter recubierta de un pañuelo empapado. Aunque Clara quiere evitarle, el doctor Benjamín lo ha hecho con multitud de mujeres y es rápido. La bata, ancha, mal abotonada, parece ahora una capa gris. Conoce el rechazo de las mujeres, sobre todo las de cierto nivel social, a sus exploraciones, no así de las mujeres pobres, más acostumbradas al abuso. Es un buen farmacéutico y la dosis ha sido ponderada para que la pérdida de conciencia no sea total. El doctor Benjamín lo prefiere así. Hay un adormecimiento, una negativa de su cuerpo a obedecer, pero no una pérdida de conciencia extrema.

Clara se ha quedado echada hacia un lado. Lucha contra la sensación de cansancio que le ha invadido los miembros y una especie de pesada duermevela. No siente nada, a pesar de ello su corazón late con fuerza impulsado por un instinto de supervivencia. Siente rabia, pero la rabia es como un perro ahogándose que quiere salir a flote y que al ladrar no hace más que tragar agua y hundirse aún más. Le han subido las piernas a la camilla, que, en realidad, siempre se ha tratado de un caballete ginecológico estirado. Se las atan a los estribos del caballete. Le suben la falda y las enaguas, que tienen una abertura para poder ir al lavabo con comodidad, le bajan las bragas largas. Está completamente expuesta. Nota una presión en el bajo vientre. Los dedos se introducen, hurgan, presionan, exploran a sus anchas. El doctor Benjamín murmura para sí mismo y asiente.

—Virgen. Me lo figuraba. Un útero mordiente de manual que ha conducido sin reservas a ese tipo de comportamiento.

El doctor Benjamín se sienta a la mesa a realizar anotaciones mientras habla en voz alta como un niño dibujando. Al poco rato, Clara nota que es llevada de nuevo a la habitación, puede que en una silla de ruedas. Alguien la acuesta en la cama.

33

Lirio se mira en el espejo sentada en una banqueta de terciopelo rojo. Se ha desnudado por completo. La cómoda es preciosa. Sobre ella hay un espejo de tres cuerpos, con molduras florales, que le devuelve su imagen por triplicado en diferentes ángulos. Acerca su cara al espejo. ¿Quién eres? Ni ella misma lo sabe. Siempre han decidido por ella. A pesar de eso, ha intentado rebelarse en varias ocasiones, aunque ninguna de ellas haya llegado a buen puerto. Pasa los dedos por los contornos del mueble. Abre los cajones y en uno de ellos encuentra peines, rizadores, instrumentos de manicura, alineados a la perfección, y hay en todo ello el eco de una presencia que los abandonó no por voluntad propia. Uno de los cepillos es precioso. Al sujetarlo nota el agradable peso del mango de carey. No hay ningún cabello enredado en las púas y Lirio tiene la sensación de que fue limpiado con delicadeza antes de guardarlo allí para siempre. Decide peinarse con el cepillo. Al principio lo hace con suavidad, pero poco a poco lo va haciendo con más fuerza. Hay algo agradable en el dolor del tironeo, como si ese dolor físico apaciguara el de su interior. Su mirada recae en el brillo punzante de unas tijeras en el cajón que ha quedado entreabierto. Deja de cepillarse y sujeta las tijeras y las coloca frente a su rostro, triplicándose en el espejo. El brillo es afilado. Empieza a cortarse las puntas del cabello.

Carlos le habló de su madre. Sabía quién era. Sabía dónde estaba enterrada.

Y su madre un día murió y a ella se la llevaron a un orfanato.

Y escapó y volvió a escapar…

Leo ha llamado a la puerta de una forma característica para que sepan que es ella. Todo el mundo está acostumbrado a contestar dando dos golpes en el suelo de madera para darle permiso para entrar. Leo se queda quieta a la espera de la vibración del suelo hasta que se da cuenta de que Lirio es una invitada y no conoce el sistema. Leo se ríe de manera silenciosa de sí misma y se decide a abrir la puerta, aunque con cautela. Y encuentra a la chica hermosa pero un poco rara con la mirada fija en el espejo. Está desnuda y eso la tira para atrás en un primer momento, pero no puede evitar ver el cabello desmochado en la cabeza y el cortado amontonándose en el suelo. Se siente desfallecer. Todo ese cabello en el suelo alrededor de ella. Y rubio, además. Si lo hubiera querido vender, habría ganado una fortuna. Pero es la mirada de ella lo que la pone nerviosa.

La mirada de los que no están aquí, sino viendo algo en otro lugar.

Sabe que ha de avisar rápido a la jefa.

Montse está haciendo un solitario en la cocina, fuma tranquilamente. Se ha preparado una bebida con algo de ginebra. No hay nadie más en la casa. Roma y Sergi se han ido a atender los negocios. Laura vive en el piso de abajo. Leo se asoma a la puerta. Montse comprende de inmediato que algo sucede, ha aprendido a leer las expresiones corporales de Leo, y la sigue sin preguntar hasta el cuarto de Lirio.

La descubre con la mirada fija en el espejo. El cabello cortísimo. Hay en el aire un eco de la furia de los tijeretazos. Lirio tiene la boca entreabierta. Su imagen tiene algo de religioso, algo que no ha pasado por alto Leo, que incluso ha empezado a santiguarse. Montse se acerca despacio. Sabe que ha de actuar con cuidado. Cualquier movimiento en falso podría desatar algo que hiciera que la chica estallara en añicos. Con un amor que Montse pensaba que ya no era capaz de ofrecer la sujeta por los hombros, desliza su mano por el brazo hasta encontrar la de ella y despacio le quita las tijeras. Lirio no la rechaza, pero tampoco reacciona. Leo sigue en la puerta. Si le hubieran dicho que era una santa, no lo habría dudado y se habría puesto sin duda a rezar.

Lo más importante es alejarla de su imagen en el espejo. El cabello no tiene arreglo, pero al menos no se ha rapado como una pelona del Cotolengo. Montse consigue que se levante y que quede en medio de la habitación de espaldas al espejo, que devuelve la hermosa curvatura de sus hombros.

—Quiero ser un cheroqui —dice Lirio de pronto.

El cuerpo es blanco, luminoso. El rosa delicado de sus labios choca con las aristas de la palabra *cheroqui*.

—Está bien —dice Montse.

Montse se las apaña para que Leo entienda que ha de traer una de las mudas de Sergi que ya no usa. Leo corretea por los antiguos pasillos de la casa y la trae de inmediato.

Montse canturrea con suavidad una canción que tiene algo de nana. Arregla el cabello de Lirio lo mejor que puede. Le hace la raya a un lado, y aparece una línea blanca de cuero cabelludo hasta ahora virginal. La viste con las ropas de Sergi. Una ropa que se le había quedado pequeña a él, pero que a ella le va un poco grande. En cambio, el cuello de la camisa de celofán le queda perfecto. El chaleco, la chaqueta. Leo se ha olvidado de traer zapatos. Está entretenida en barrer el cabello del suelo. Cuando algo la pone nerviosa, hacer algo manual la tranquiliza. Le da una pena tremenda.

Montse da un paso atrás. Lirio tiene ahora aspecto de un chico joven, rubio, guapísimo. El chaleco disimula los pechos. Leo la mira medio aterrada, medio encantada.

Un par de horas más tarde, Roma encuentra a su madre sentada en el salón junto a un muchacho que le resulta extrañamente familiar. La confusión aumenta al reconocer que lleva las ropas de Sergi.

—Hola —dice el chico con un gesto tímido.

Roma la reconoce entonces. El gesto que en Lirio resulta ser desabrido ha transmutado en timidez en el chico.

—¿Qué coño pasa aquí?

—Bueno, hemos pensado que sería mejor despistar a la gente. ¿Crees que lo hemos conseguido? Por la cara que has puesto creemos que sí.

—¿Despistar? Vamos, no me jodas.

—Hasta tú te lo has tenido que pensar. ¿Qué te parece?

—A mí no me tiene que parecer nada. Pero si estáis de acuerdo en esos jueguecitos, por mí estupendo.

Roma mide sus palabras. Su madre sigue siendo la matriarca y es ella quien da el visto bueno a cualquier operación de cierta envergadura. Hace tiempo que no la ve tan animada. Y Roma la quiere con locura.

Montse, conocedora de las costumbres de su hijo, le pregunta:

—¿Por qué no la llevas a dar una vuelta?

—¿Una vuelta? ¿Por qué? ¿Ahora no tiene motivo para no andar por ahí fuera?

—Lirio, cariño, levántate.

Lirio se levanta. Las ropas le bailan ligeramente.

—Tiene que acostumbrarse a utilizar las ropas.

Roma mira a su madre. Hay en ella algo que hacía tiempo que no veía, algo desafiante que él siempre había adorado y que había perdido tras la muerte de Nona.

—Está bien. Puedes venir conmigo si quieres. Voy a boxear.

Lirio sabe que Roma la está poniendo a prueba. ¿No te has vestido ahora de chico? ¿Qué hay más masculino que boxear? Montse parece comprender también la situación y le dice a Lirio:

—Ve con él.

Caminan uno al lado del otro. A Lirio le gusta el balanceo retador de Roma al caminar y de una forma inconsciente empieza a imitarle. Se ha calado la gorra como lo hace él. Suben por la avenida de la Reforma, ven las cicatrices que han dejado los antiguos edificios derruidos, cruzan la plaza del Ángel, ve el enorme cartel que anuncia el estudio Prats y se pregunta qué estará haciendo la señorita Prats.

Reconoce en su fuero interior que ha sido lo más parecido que ha tenido a una amiga.

Le resulta desconcertante caminar con pantalones y botas. La libertad de movimientos de las piernas es extraña, antinatural y liberadora a un mismo tiempo, no tener que remangarse la orilla de la falda para subir un escalón, ni vigilar el barrillo de las calles, la sensación de avanzar las piernas sin apenas tela que las frene. Podría correr si quisiera. Y entonces piensa que nadie se lo puede impedir y echa a correr, y ríe y se vuelve para mirar a Roma y ríe de nuevo. Roma no parece hacerle caso en un primer momento. Pero tampoco quiere perderla de vista, y se ve obligado a ir detrás de ella y un cheroqui no debe ir corriendo de un lado para el otro. Roma no está para jueguecitos y le da alcance y la detiene.

—¿Estás loca? —le pregunta obligándola a darse la vuelta y mirarle a la cara.

—Tal vez sí.

Roma la ha sujetado de los brazos. Si Lirio llevara un vestido estarían en una situación comprometida. Los rostros están muy cerca uno del otro. Ambos se miran. Lirio no piensa apartar la mirada. Roma tiene los ojos grandes, los párpados gruesos y hay cierta voluptuosidad en sus rasgos que a Lirio le atrae sobremanera.

—Estás loca —dice al fin Roma apartándose de ella.

—¿Y qué si lo estuviera?

—Sí, es verdad. No es asunto mío.

El gimnasio Bricall está en la calle Canuda, cerca del portal del Ángel. Se anuncia como un lugar higiénico ortopédico. Hay numerosos anuncios que ofrecen masajes, aparatos de ortopedia, sales minerales reconfortantes. En cuanto Roma entra empieza a ser saludado por los clientes habituales. Lirio ha conocido a los hombres en toda su intimidad, todo tipo de fluidos masculinos se han introducido en su cuerpo y resbalado por su piel y mucosas, pero nunca ha conocido un ambiente masculino en el que los hombres hablen libremente. Al gimnasio también acuden mujeres, pero tienen un horario especial para ellas. Roma se encuentra con varios miembros de su banda y se saludan de una manera que es a la vez un chocar de manos y un abrazo. Es su grupo. Llevan los brazos tatuados y los dibujos intrincados alcanzan en muchos casos la cordillera del cuello.

—¿Quién es? —pregunta uno de ellos.

Roma y Lirio se miran. Ninguno de los dos ha caído en pensar que alguien pudiera preguntarles.

—Es mi primo —dice Roma—. Se llama…

—Martí…

—Pues no os parecéis en nada —dice alguien entre risas.

Sus risas son amplias, las carcajadas saludables, no hay doblez alguna en sus intenciones. Varios de ellos llevan guantes de boxeo.

—Es familia de mi padre.

José Sánchez, el Cheroqui, era el hombre más respetado y nadie dice nada.

—¿Vienes a boxear con nosotros? —le pregunta uno de ellos abiertamente. Lleva el torso al aire. Apenas tiene tatuajes y parece ser el más joven.

—No, yo… —Martí sonríe y dice—: No he traído ropa.

—Es un buen chico —dice Roma—. Quiere estudiar. Quiere ser abogado, ¿verdad? Solo ha venido a vernos, a estos chicos tatuados, a los cheroquis.

—Oh, sí, somos muy malotes.

Se ríen. Bromean entre ellos. Le dejan tranquilo.

—Voy a cambiarme, quédate aquí.

Martí mete las manos en los bolsillos del pantalón. Es una nueva sensación de la cual no se cansaría nunca. No necesita ahora el manguito ruso que le hacía llevar Carlos Monfort porque así lo llevaba su madre.

—Eh, tú, qué haces vestido así aquí.

Martí se gira. Es un hombre corpulento quien le ha hablado. Es el señor Bricall, el dueño del gimnasio. Su hija se encarga de la sección de señoritas. El señor Bricall da clases de gimnasia en algunos colegios. Martí se queda mudo y no sabe dónde meterse. Uno de los cheroquis sale en su auxilio.

—Eh, jefe. Es un primo de Roma. Ha venido a conocer el lugar.

La expresión del señor Bricall se relaja. Es de todos sabido que admira a Roma. Le gusta tener a los muchachos por allí. Sabe de buena tinta que llaman la atención, y que a pesar de su aspecto son educados y no se meten en problemas, y que los otros socios los aprecian por sus consejos sobre boxeo y lucha.

—Soy el señor Bricall. —El hombre le tiende la mano.

Martí le estrecha la mano. Es la primera vez que saluda a un hombre de esa manera y no sabe si ha resultado del todo convincente.

Dejan a Martí a su aire. La sala es grande, hay anillas y potros, cuerdas de las que suben y bajan hombres sudorosos. El olor del sudor de un hombre haciendo ejercicio es diferente al del sexo, es más mineral y seco. Martí se sienta en uno de los bancos alrededor del *ring*. Observa. A pesar de su intimidad con los hombres, es la primera vez que los puede observar a sus anchas, sudando, hablando libremente entre ellos. ¿Bromean siempre así? Los encuentra un poco infantiles. Se llevan la mano a menudo a sus partes para recolocárselas mientras hablan con otros. Ve a Roma acercarse desde el vestuario. Lleva un pantalón corto y el torso desnudo. Martí siente debilidad por la corpulencia masculina y le corta el aliento verlo así. Los tatuajes del pecho son espectaculares.

—¿Cómo está, jefe? —saluda Roma al señor Bricall.

—¿Te has enterado? Carlos Monfort ha muerto. Dicen que de una embolia. Es una pena, tan joven. Primero se marchó Carmelo y ahora esto. Me pagaba una pequeña fortuna por entrenarle.

—El mundo es una mierda.

—Ya te digo.

Roma se acerca con discreción a Martí y le dice:

—No puedes estar aquí no haciendo nada. Quítate la chaqueta al menos. Dame de beber cuando boxee y las toallas. Voy a entrenar.

Entrenan. A Martí le resulta todo agradable. El olor a cuero. La camaradería. El hecho de acercar el agua para que Roma beba. Se queda mirando cómo Roma le da unos cuantos golpes a un saco. Luego ve cómo montan unas peleíllas, como dicen entre ellos. Martí le seca el sudor a Roma un par de veces y este le lanza un amable gruñido de agradecimiento. Y Martí encuentra que estar allí, junto a él, es maravilloso. Pasan un par de horas. Roma y sus amigos se alejan del *ring*, ríen entre ellos, recuerdan una anécdota de una pelea con unos del sindicato, y Martí los sigue sin pensar. No se da cuenta hasta que es demasiado tarde de que ha entrado con ellos al vestuario. No tiene mucho margen de maniobra.

Roma se quita el pantalón corto junto con la ropa interior, todo de golpe, sonríe y se lo tira a Martí.

—Guárdamelo, ¿quieres?

Martí no sabe muy bien a dónde mirar. Hay cuerpos de todo tipo, hombres altos y delgados, pero también gruesos y forzudos, jóvenes y viejos. De una de las salas sale una vaharada de vapor. Hay una sauna, baños fríos y calientes. El aire es desinhibido, no como las casetas de la playa, sino resuelto y sin complejos. Roma vuelve de las duchas. Tiene el cabello húmedo. La voz baja pero resonante. Roma se queda delante de Martí. Sonríe. Se seca con cuidado mirándole. El vapor de las saunas. Su sexo es rotundo y carnoso. Y Martí se avergüenza de golpe, porque él nunca se ha acostado con nadie y se muere de deseo por Roma.

La cena resulta extraña. Algunos Romagosa no pueden entender qué ha pasado. Son alegres y les gusta el chismorreo que no hace daño. Se sienten cohibidos ante la presencia de Lirio, ahora con el cabello corto, peinado a un lado, y vistiendo una camisa azul de hombre. Roma muestra un compadreo solícito con ella. Moja pan en la salsa y se lo ofrece a Lirio. Leo se muestra más atenta con ella que con ningún miembro de la familia. Montse habla animadamente. Hasta Sergi dice:

—Mi ropa te queda mejor a ti que a mí.

34

Clara se despierta en la habitación. El éter le ha dejado un sabor extraño en la boca. Las paredes son muy blancas. La puerta es de hierro pintado también de blanco. Tiene miedo de deslizar las manos hasta su sexo. Ningún hombre la había tocado allí. Siempre pensó que cuando eso ocurriera estaría enamorada y recién casada. Y todo ha sido de aquella cruel manera. Se incorpora en la cama. Se acerca tambaleándose hasta el lavabo. Deja correr el agua fría. La pastilla de jabón carbólico es nueva. La sujeta entre las manos y le da vueltas y vueltas bajo el grifo. No hay espejo y no puede ver su rostro, pero tiene la mirada fija en un punto frente a ella, en la cenefa azul que recorre los azulejos. Se lleva las manos a sus partes íntimas. Se lava una y otra vez.

Cuando deja la pastilla de jabón en la jabonera descubre que casi la ha gastado. No acierta a saber cuánto tiempo ha estado lavándose. Siente dolor. Pero ese dolor físico es preferible al dolor que padece en lo más profundo de su ser. Está cansada, mareada y rabiosa a un mismo tiempo. Cuando va a sentarse a la cama abren la puerta sin llamar.

—Vístase, tiene usted visita.

Es como si de pronto se le volcara el corazón. Se aferra a la idea de que su hermano se lo haya pensado mejor, piensa en que su padre y su abuela le hayan podido hacer recapacitar. Tal vez le hayan convencido.

Se arregla lo mejor que puede. Le cuesta andar. Sufre un escozor que irradia desde sus partes íntimas a la zona interior de los muslos. Una celadora la conduce a un saloncito.

Un hombre está mirando el jardín a través de uno de los ventanales y de espaldas no le reconoce. Como si la intuyera, se vuelve y sonríe de una manera tímida y agradable. Es Rafel. Clara, al verle, siente una mezcla de extrañeza y vergüenza. Apenas le conoce. ¿Por qué ha venido a verla? Tienen a una de las celadoras vigilando. Es una de las más jóvenes. La celadora no puede apartar la mirada de Rafel. A Clara le sucede lo mismo. Rafel parece de otro mundo, uno que hay al otro lado, sin barrotes ni camas estrechas.

—Señorita Prats.

—Señor Daurell.

—Puede llamarme Rafel, si quiere.

Clara no desea hablar con él. Siente vergüenza de que él sepa de su situación. Pero, por otra parte, tal vez él pueda comprenderla y ayudarla.

—Pueden ustedes pasear por el jardín —dice la celadora.

Una de las puertas que da acceso al jardín tiene varios vidrios y de forma inesperada les devuelve su reflejo. Clara ve su cabello recogido de una manera tirante, y que hay algo nuevo en su rostro, dos líneas marcadas en la comisura de la boca que tan solo un día antes no estaban. No se dicen nada durante varios minutos. Se cruzan con algunas internas, con quienes a veces se saludan. Una de ellas le hace una mueca. Podría ser graciosa si no fuera porque es horrible.

—Siento que se encuentre usted en esta situación. Lo he sabido de casualidad. Mi madre visita habitualmente a una de las internas. Ella le ha comentado algo así como que la fotógrafa también es una de las nuestras.

—Mi hermano ha querido deshacerse de mí. Dice que ensucio el buen nombre de la familia. Su simple palabra ha hecho que me encierren aquí.

—Pero… ¿no tienen que hacerle un reconocimiento? ¿Qué ha dicho el doctor Montoliu? Es uno de los mejores alienistas del país.

—No me ha atendido él.

Se van encontrando con varias mujeres. Varias de ellas caminan en pareja, cogidas del brazo.

—Me han dicho que el señor Monfort ha muerto —dice Clara.

—Sí, es algo terrible. Todo el mundo está conmocionado.

—¿Sabe qué le ha sucedido?

—Dicen que tuvo un colapso. Tal vez una embolia. Su padre se había quedado hemipléjico a causa de una, pero en realidad no se sabe muy bien qué ha sucedido.

Clara intenta encontrarle un sentido a la situación. Le presentó a la señorita Adelaida como si fuera su prima, cuando en realidad era una prostituta, y la engañó. Al menos eso es lo que su familia le ha dicho, y por el tono de su cuñada está segura de que no se lo ha inventado, algo que hubiera sido difícil, pues era una mujer sin imaginación. Se pregunta si Rafel está al tanto de su estado.

Él parece tímido cuando dice:

—Tiene usted las manos enrojecidas.

Clara es de pronto consciente de ellas. Le escuecen. Y tiene que caminar despacio porque también tiene enrojecidas sus partes íntimas. Entre la congoja se abre paso cierta esperanza.

—Sí…, me lavo las manos a menudo, después de tocar los productos químicos para el revelado de las placas de fotografía.

—Al menos aquí podrá seguir ejerciendo su profesión.

—No es una profesión cuando estás aquí dentro.

Clara suspira. Parece que Rafel tiene buenas intenciones.

—Necesitaría que me hiciera un favor —dice Clara.

Él asiente con gravedad.

—Hay un médico forense. Se llama Elías Sunyer. Trabaja en el Hospital de la Santa Creu. Dígale que estoy aquí.

No quiere hablar como una mujer amargada, no quiere que piense que se ha rendido, no todavía, no.

—Claro, haré todo lo que esté en mi mano.

—No sabe cuánto se lo agradezco.

—He de marcharme. Tendrá noticias mías muy pronto, se lo aseguro.

Al volver le comunican que esa será su última noche en el purgatorio. Mañana ya dispondrá de una habitación propia.

35

Madame Blanxart llama a Martín Prieto a comisaría.

—Tengo que hablarte de Lirio. Tarde o temprano te vas a enterar, así que prefiero ser yo misma quien te lo cuente. Apenas dos días después de que trajeras a Carlos Monfort, Lirio se marchó sin despedirse. Incluso vino a buscarla un carruaje. Era el mismo que os trajo a ti y a Carlos. Tú tienes en nómina a tus confidentes y yo tengo a la portera de enfrente, quien a cambio de un sobresueldo me informa de esas cosas. No sé por qué no vinisteis en uno de punto. Pero eso no es asunto mío. Creo que Lirio se hizo pasar por un miembro de la familia Monfort a instancias de Carlos. Y estoy segura de que la policía encontrará esto muy interesante ahora que ha aparecido muerto.

Martín Prieto guarda silencio. Que sea Lirio la supuesta prima de Carlos Monfort le ha dejado desconcertado. Que madame Blanxart sepa de su muerte también.

—¿Cómo sabes todo eso?

—No hablo de mis fuentes, al igual que tú no hablas de las tuyas.

—¿La estás protegiendo?

—Lo hice y se marchó.

—¿Sabes dónde está ahora?

—Cuanta menos información tenga, menos podré decir a la policía. Porque la policía vendrá y lo hará en uno o dos días. Y necesito tu protección.

—Ya sabes que puedes contar con ello. Lirio…, ¿es ese su verdadero nombre?

—Es el que aparece en su cédula y también en la cartilla de higiene. No obstante, siempre he sospechado que no era su nombre real, no conozco ninguna santa con ese nombre.

—¿Tenía familia?

—La encontré en la Ciudadela.

En la Ciudadela, los niños vagabundean entre los pabellones abandonados de la Exposición del 88. Viven allí repartidores de periódicos, limpiabotas, huérfanos y niños de la calle. También hay chicas que se han escapado de sus casas, en las que eran maltratadas, o jóvenes criadas. Tienen un mundo pequeño y propio y se defienden los unos a los otros. A pesar de ello, es un lugar en el que buscar niños y niñas con los que satisfacer ciertos deseos sexuales. Madame Blanxart intuye los pensamientos de Martín Prieto.

—No, no es lo que te imaginas, Manuel. Había estado viviendo en las calles, robando, había caído en las manos de una embaucadora, la señorita Esther. Tiene una especie de academia de señoritas. Está en tu zona. ¿La conoces?

—Sí. Es una mujer un tanto excéntrica.

Martín Prieto conoce a la mujer e incluso se presentó en su academia en un par de ocasiones. Los niños eran huérfanos. Parecían estar bien atendidos. Luego supo que era una falsificadora y que les enseñaba a robar. Siempre a gente rica en la puerta del Liceo, algunos hurtos en tiendas, pero el comisario poca cosa podía hacer, nunca había sido pillada in fraganti.

—Después de un tiempo trabajando para ella consiguió escaparse. Y volvió a la Ciudadela. Ese fue el primer sitio donde fue a parar cuando se marchó de una dé las fábricas textiles de los Rocamora. Volvió a los orígenes. Y allí la encontré yo.

—Y te apiadaste de ella.

Martín Prieto quiere darle un tono neutro a su voz, pero no puede evitar sonar sarcástico.

—Lo que hice fue ser honesta con ella desde un primer momento.

No era consciente de su clase de belleza. Le dije lo que quería de ella. Le enseñé a comportarse como una chica buena, dulce y cariñosa, y un poco tímida, virginal incluso. Y ella le ha sacado partido a eso.

La confesión resulta cruda y demasiado personal y Martín Prieto sabe cuándo ha de replegarse y pregunta:

—¿Tienes alguna fotografía de ella?

—No, pero tenía su cartilla higiénica al corriente. Así que supongo que puedes encontrar una copia en el Gobierno Civil.

El comisario dispone ahora de más información que el propio inspector Requesens, lo que le sitúa en cierta ventaja.

—De acuerdo. No te preocupes por la visita de la policía. Sabré cuándo va a suceder y te avisaré con tiempo.

No le gusta hablar por teléfono. Teme con razón que las conversaciones sean escuchadas. Cuelga, aliviado. Nada más hacerlo, el inspector Guillo aparece con una noticia facilitada por uno de sus topos en la Jefatura de Policía.

—Tengo noticias nuevas sobre lo de Monfort. La señora Monfort afirma que le han robado las joyas de la caja fuerte. Estaba en el mismo salón en el que se produjo el crimen. La caja fuerte no estaba forzada.

Y Lirio estaba en la casa cuando todo aquello sucedió. Y Martín Prieto tiene la sensación de que de alguna manera está implicada en todo aquello.

—Otra cosa… La señora Monfort dice que faltan también algunos documentos importantes de su familia.

Y entre esos documentos seguramente estarán el registro de los contactos de Carlos Monfort con el cónsul alemán, con el que Martín Prieto no habla directamente para evitar levantar cualquier tipo de sospecha.

Y Lirio ha estado allí. Y antes de trabajar para madame Blanxart fue una de las pupilas de la señorita Esther. ¿Sería capaz de abrir una caja fuerte? Martín Prieto no lo sabe a ciencia cierta, pero todo parece encajar en espacio y tiempo.

36

Roma lee la información deportiva del periódico. Lirio se sienta frente a él. Le mira. Lo hace de una manera concentrada.

—¿Qué quieres? —pregunta Roma con brusquedad.

—Enséñame a leer.

La respuesta le sorprende sobremanera. Roma sonríe, aunque una parte de él no acaba de encontrarlo gracioso. En la mirada de ella hay una fiereza, como un pozo de agua clara en cuyo fondo se remueve algo peligroso. Le gustaría decir algo sarcástico, rotundo, pero solo logra decir:

—No soy maestro.

Lirio baja la mirada. Ahora parece concentrada en sí misma. A Roma le pone nervioso. Lleva el cabello corto, pero no va vestida con las ropas de Sergi, sino con un simple blusón de hombre y unos pantalones de sarga que le dan el aire de un príncipe caído en desgracia. Los ojos son azules o grises según cómo se refleje la luz. Y su aspecto es cada día más hermoso.

—¿A quién le tengo que enseñar a leer, a Martí o a Lirio?

—A los dos.

—Está bien.

Al entrar en el salón, Montse ve las anchas espaldas de su hijo junto al blusón de chico de Lirio. Montse ama a su hijo y está preocupada por la tristeza que siente por la muerte de su amigo. Ella no llegó a conocerle, pero sabe que era especial para su hijo. Y ahora se alegra de verle así, entretenido en enseñar a leer a alguien en vez de estar a punto de liarse a puñetazos con la pared por el placer de sentir un dolor físico que calme el de su alma. Lirio repasa los tatuajes del antebrazo de Roma con el dedo.

—¿No te dolió cuando te los hicieron? —pregunta.

Roma tiene la barba cerrada, no se ha afeitado durante unos cuantos días, pero lleva el pecho y los brazos afeitados para que luzcan mejor los tatuajes.

—¿Qué has hecho, Lirio?

—He asesinado a un hombre.

Roma se la queda mirando. Al principio cree que está bromeando, pero al ver su aspecto serio se da cuenta de que no es así. El perfil de ella es maravilloso y Roma lo recorre con un dedo desde el nacimiento del cabello, bajando por la suave depresión de la frente al encontrarse con la nariz y descendiendo suave por los labios.

—¿Intentó hacerte daño?

—No de la manera que te estás imaginando.

—¿Entonces?

—Soy puta.

—Lo supuse cuando te vi con madame Blanxart.

—¿Es amiga de la familia?

—Es amiga de mi madre.

—Tu madre es una gran mujer.

Roma la mira y ella se sincera de golpe.

—Maté a Carlos Monfort. No sabía que le conocías hasta que antes de ayer lo nombraron en el gimnasio.

—¿Por qué lo hiciste?

—Es complicado…

—Estás triste.

—Tú también. Te vi entrar en el combate de boxeo. Yo estaba en un carruaje, esperando a una amiga. Cuando te vi, pensé que algún día te conocería.

Montse hace notar su presencia en el salón.

—Te he comprado unos zapatos —le dice a Lirio.

Los zapatos son de hombre, de puro cuero inglés. Son de cordones, elegantes, de un estilo que se ha puesto de moda en Oxford, aunque ninguno de los tres lo sepa.

37

Clara ha podido conciliar el sueño aferrándose a la idea de que Rafel hablará con Elías Sunyer. Pero entrada la noche alguien la despierta. No ha escuchado entrar a nadie. Sobresaltada, se da cuenta de que es una de las celadoras quien la ha despertado, aunque no puede verle bien el rostro. Lleva una mascarilla de tela como la que se utiliza para tratar con infecciosos. La habitación está apenas iluminada por la escasa luz que se difunde procedente del pasillo.

—Te ayudaré a escapar. No hace falta que recojas tus cosas. No deben sospechar nada.

El corazón se le desboca. La voz de la celadora es urgente.

—No te pongas los botines ahora. Póntelos luego. Así harás menos ruido. Te pondré esto.

La mujer le echa una capa por encima y la insta a mantener silencio. Salen a oscuras de la habitación. La luz eléctrica del pasillo es mortecina a pesar de que las instalaciones son modernas. Todo el mundo parece dormir. Bajan escaleras. Recorren un largo pasillo. Hay un empedrado. La idea de huir ha entrado en su cuerpo y parece que solo sea consciente de ello. Una parte de ella la empujaría a quedarse, a creer que todo puede solucionarse, pero otra más libre la empuja hacia delante.

Cruzan lo que parece un patio interior. Hay muros gruesos alrededor. Clara no logra ubicarse. Parece una parte del edificio más antigua. Nota el frío del empedrado en los pies. De repente, la celadora le quita la capa. Un escalofrío la recorre. Apenas va vestida con un camisón.

Numerosas luces de linternas enfocan su rostro. Cegada por la luz no intuye que a cierta distancia un grupo de celadoras se ha reunido en torno a ella. Las risas son brutales. Abren una manguera. El agua está helada. Apuntan deliberadamente al vientre. El frío, el horror, la vergüenza de haber sido engañada tan fácilmente. El camisón se le pega al cuerpo.

—Te crees muy lista, ¿eh, pequeña zorra?

El agua de la manguera sale con fuerza. La golpea. Clara se tapa los ojos un momento para evitar ser deslumbrada, pero a la vez quiere ver. Necesita saber quién le está haciendo esto. Las voces son más viejas, los cuerpos son más gruesos que los de las celadoras que la atienden habitualmente. Quiere ver, quiere saber, hasta que no le queda más remedio que bajar las manos al vientre. El agua está congelada y le hace daño.

—No eres más que una guarra.

—Te querías convertir en la putita del doctor Montoliu, ¿verdad?

Apagan las linternas al unísono y cierran el agua de la manguera. Y todo vuelve a la oscuridad y al silencio. Hay un movimiento subrepticio alrededor suyo. Se escuchan las respiraciones pesadas.

—Mañana te llevarán a una buena habitación…, demasiado pronto para nuestro gusto.

—Pero nosotras siempre estaremos aquí…

Sueltan la manguera de nuevo, pero esta vez el agua le golpea las espaldas. La fuerza del chorro la hace caerse hacia delante. Clara no puede evitar soltar un grito. Se escucha a sí misma y le da miedo.

El chorro cesa. Unos brazos fuertes la sujetan en volandas.

—Si piensas que esto es lo peor que te puede pasar, es que no los conoces a ellos.

—Oh, sí que los conoce, la muy guarra.

Risas, pequeñas y frías. La dejan en su habitación. Echada en la cama. El frío parece haberse convertido en la única realidad de su existencia, despótica e insaciable. Tiene el cabello mojado. Tirita. No puede parar de hacerlo. Se ha tapado con una de las mantas, pero ahora estas también están mojadas.

Algo dentro de ella ha despertado, la supervivencia animal. Intenta recordar el rostro de las celadoras. Pero ninguna de ellas era visible. Estaban a contraluz.

¿Por qué le están haciendo esto a ella?

Han dejado dormir a Clara toda la mañana. Se despierta notando en el cuerpo el frío remanente de la noche anterior. No tiene hambre, y en realidad no siente nada. La rabia que sentía el día anterior ha sido quebrantada. Solo quiere sobrevivir. Está acurrucada en la cama. Las imágenes de lo sucedido anoche van y vienen. Si no fuera por el frío que aún siente, pensaría que se ha tratado de un sueño. La han dejado dormir hasta tarde y eso implica que no tendrá desayuno. Una de las celadoras abre de pronto la puerta.

—Señorita Prats, tendría que ir preparando sus cosas.

Ha dejado de ser Prats para volver a ser una señorita. La celadora no la mira directamente a la cara. Clara intuye que no ha tenido nada que ver con lo de anoche, pero que lo sabe. ¿Hay cierta incomodidad en ella? Puede que tan solo se lo imagine.

El pasillo que de noche era tenebroso es ahora anodino. Acompañada de la celadora se dirige a una de las alas del edificio nuevo. La habitación es amplia, luminosa y los muebles son como los que podría encontrar en un hotel balneario. Es todo un descanso. Dispone de una cama de aspecto cómodo. Y un lavabo con una bañera. Y hay un espejo sobre un bonito lavamanos. Como es una paciente de primera clase le dejan ponerse su propia ropa. No obstante, solo tiene un vestido, el mismo con el que vino.

Piensa de repente en Abel. No ha pensado en él durante estos días y es algo que se recrimina a sí misma. De repente, el hecho de que todas las placas fotográficas que eran su devoción puedan ser destruidas ha dejado de importarle. Piensa en su abuela y en su madre, piensa en su padre alcoholizado, aunque nunca llegue a estar borracho del todo. Piensa en su familia extraña, pero que al fin y al cabo es la suya.

Una celadora llama a la puerta e interrumpe sus pensamientos. La informa de que tiene visita con el doctor Benjamín. Clara siente una oleada de miedo y desespero y una especie de náusea le sube a la boca. No quiere que la vuelva a tocar. Se muere de asco al pensar en ello. Clara intenta pensar qué hacer. La idea de enfrentarse al doctor Benjamín la paraliza. No quiere mostrarse sumisa ni tampoco estúpidamente desafiante. Necesita fuerzas para marcharse de allí. Está segura de que si la toca, gritará y se defenderá y entonces sí que les dará una excusa para ser tratada como una loca.

Clara entra en el despacho del doctor Benjamín intentando parecer tranquila, aunque ha de sujetarse una mano con la otra para evitar que tiemblen. Le encuentra sentado tras la mesa de su despacho. Comprueba con horror que están a solas. Clara está agarrotada. Tiene miedo, pero también le ha vuelto la rabia, y esa es una combinación que tanto puede ser poderosa como invalidante.

—Siéntese, por favor —dice el doctor Benjamín.

Clara lo hace. Intenta no mostrar su miedo, aunque sabe que es imposible. Le tiembla una de las piernas.

—¿Cómo se encuentra hoy?

Tiene que morderse las mejillas por dentro para evitar decir lo que siente a pesar de que no le conviene.

—Espero que hoy no me drogue.

Se sorprende a sí misma al hablar de esa manera. Todo el cuidado que deseaba darle a la conversación se ha esfumado.

—Ayer estaba usted muy alterada. Solo cumplí con mi obligación de realizar una exploración médica de la forma más correcta posible.

—Yo no le di permiso, no quiero que usted me toque.

—Creo que negarse a eso no está en sus manos. Recuerde que su familia la ha internado aquí por su exaltación nerviosa y una conducta errante que la llevaba a relacionarse con individuos sospechosos.

—Sospechosos ¿de qué?

—Sospechosos de comportamientos no adecuados.

—Y por ese motivo puede usted hacer conmigo lo que quiera.

—Soy una persona católica y con valores cristianos y solo miro por su bien.

—¿Y eso le da derecho a manosearme?

No le conviene hablar así. Sabe que puede ser utilizado en su contra. Una histérica.

—No..., ¿cómo puede...? —El doctor Benjamín enrojece. Parece titubear antes de decir—: Simplemente me ceñí a mi objetivo de una exploración.

Clara se obliga a sí misma a pensar en Abel, en su abuela, en la posibilidad de que venga Elías a visitarla, a que gracias a él consiga ayuda médica, sabe que él hará todo lo posible para que ella salga de allí. Se sujeta ambas manos en el regazo. Observa las manos ahora enrojecidas, pero que son las manos de una artista. Tiene que disimular, aguantar, resistir, golpea cuando seas fuerte, cuando se pueda ganar, no ahora, no ahora. Tiene la mirada baja. Cálmate. Sé buena, sé dócil, sé obediente. Sobrevive.

—Lo comprendo.

El doctor Benjamín parece dudar de su cambio de comportamiento. Clara tiene la terrible idea de que tal vez sea un error. ¿No es eso lo que hacen las histéricas? Primero gritan y luego se calman, pasando de un estado a otro sin más.

—Le explicaré las nuevas condiciones —dice el doctor Benjamín—. Es usted una paciente de primera categoría, así que puede disponer usted de una criada personal. Puede cuidarla a usted, cuidar de su ropa.

—¿Sería de mi elección?

—Consensuada como es natural con su familia.

Clara piensa en Luisa. Aceptaría sin ninguna duda. Pero lo más seguro es que su cuñada no la dejaría. Sabe que Luisa le tiene cariño. Siente una especie de alivio, pero a la vez tiene la sensación de que es una idea remota y que no llegará a buen puerto.

—Podrá también proseguir con el taller de fotografía, aunque soy totalmente contrario a ello. Eso solo consigue excitar su talante en vez de apaciguarlo. Pero son órdenes dejadas por escrito por el doctor Montoliu a las que no me puedo negar.

—¿Ha vuelto el doctor Montoliu?

—El doctor volverá en un par de días.

Tendrá que resistir hasta entonces.

El comedor de las internas de primera clase es amplio y luminoso. Los techos son altos, la monotonía blanca de las paredes se ve rota por algunos azulejos que forman un mosaico.

Hay dos turnos para las comensales de primera. El primer día, una celadora la acompaña y la presenta al resto de sus compañeras. No hace mención alguna a la posibilidad de que resultara conocida por su trabajo previo allí. La mesa es amplia y está bien puesta. Un par de chicas jóvenes, con delantal de criadas, la atienden. Doce comensales, el mantel limpio, iluminado por la luz que entra por los ventanales que dan al jardín y que se pierde entre jarras de agua y botellas de sifón esmeriladas.

—Este será tu sitio.

Como en un colegio, piensa Clara. La sientan entre Blanca Dulce y una mujer mayor. Blanca Dulce la saluda con educación, tiene un librito de oraciones a un lado, pero no hace ningún comentario sobre el hecho de que ahora ella sea una interna. La mujer mayor no le dirige ninguna mirada. Una gotita de la nariz está a punto de caer. Mira el plato durante largo tiempo y come de pronto de forma muy rápida hasta que se detiene de nuevo.

Frente a ella hay otras tres mujeres mayores, casi con el mismo peinado y rostro, que deben de ser hermanas y tienen aspecto de rentistas.

A pesar del apetitoso olor a comida, sigue habiendo una nota discordante que no encajaría con un balneario, una nota punzante que le recuerda que está aquí internada por loca.

—Nuestro chef se esfuerza mucho para que todo sea de su agrado.

Verduritas, lubina y pastel de queso. No puede quejarse, admite Clara. Apenas nadie habla. No pueden tomar café, pues excita los nervios. Los cuchillos son romos, no están afilados.

Blanca Dulce se levanta. Se queda mirando a Clara. Titubea y finalmente dice:

—¿Le apetece dar un paseo?

—Sí, claro, con mucho gusto.

Las dos mujeres salen al jardín bajo la mirada aprobatoria de las celadoras. La temperatura es agradable, el jardín está en plena floración.

—¿Quién cuida todo esto? —pregunta Clara.

—Una masovera y su hija. Algunas de nosotras las ayudamos. Hay incluso un huerto. Supongo que lo deben de considerar terapéutico. Nunca he tenido mano para la cocina ni para las labores, así que me pondría más nerviosa de lo que soy. ¿Se ha aburrido mucho en el almuerzo? La verdad es que el turno de después es más animado. Pero yo pedí que me cambiaran a este. La cháchara intrascendente del otro turno me marea. En cambio, en este…, las señoras Barrachina yo creo que están perfectamente cuerdas.

—Supongo que debe de preguntarse qué hago aquí.

—Al principio, cuando me ingresaron, cada vez que veía un rostro nuevo, me hacía esa misma pregunta. Pero con el tiempo descubrí que en nuestro caso siempre hay alguien que ha tomado la decisión por nosotras.

—¿Cuánto tiempo lleva aquí?

—Casi un año.

Un reflejo gris en unas gafas metálicas las pone sobre aviso. Ven de lejos al doctor Benjamín. Lleva un sobretodo a pesar del buen tiempo, parece más una capa que una prenda de abrigo. Ambas mujeres tiemblan al verlo. Y ambas, sin hablar, entienden el estado de la otra.

—Vayamos por otro lado —dice Blanca.

Se dirigen a un costado del jardín, el que está tocando la avenida del Tibidabo. Hay unas casas parecidas a chalés y, cerca de ellas, un edificio redondo rodeado por un gran muro. Los edificios parecen torres residenciales, alguno incluso recuerda a un chalé suizo. No pueden llegar libremente hasta allí, pues una verja de hierro los separa.

—¿Estos edificios de aquí pertenecen al sanatorio?

—Cuando el doctor Montoliu padre lo compró quería que las internas pudieran llevar una vida normal cuidando de su propia casa. Al menos, eso es lo que dicen, pero nunca he visto a nadie allí, nadie de los de aquí. Lo curioso es que tengo la sensación de que conozco los edificios sin haber estado nunca allí. A Julia también le pasaba.

—¿Qué edificio es aquel, el que está junto a los chalés?

—El de las furiosas. No todas las internas son como nosotras, que no gritamos y nos dejan a nuestro aire. Hay algunas que realmente no están bien. A mí ese lugar me da mala espina.

Tiene altos muros rodeándolo. Un carruaje sale de allí. Por la ventanilla se vislumbra a un matrimonio mayor. Clara supone que han visitado con discreción a un familiar violento.

—Es extraño que construyeran el edificio de las furiosas tan cerca de las casitas.

—Las casitas blancas se construyeron más tarde, es lo que dicen.

—Hay una casa mayor que las otras.

—Es allí donde vivía la familia Montoliu. Pero ahora no vive nadie.

Blanca Dulce se queda mirando el lugar. Clara, con gran tacto, le pregunta:

—¿Ve algún ángel por aquí?

—A veces veo ángeles…, pero lo que no le he dicho a nadie es que también veo demonios. Y están aquí, entre nosotras, pero su forma no es la de íncubos que se sientan en nuestro pecho, no, no, tienen aspecto más hermoso si cabe. Recuerde que Lucifer era el más bello de los ángeles.

38

Tras acabar la cena, Clara está jugando al *bridge* con las tres hermanas rentistas. Jugar con ellas es fascinante porque sabe que de alguna manera se intercambian cartas entre ellas, pero a pesar de que está atenta no consigue averiguar cómo. Entre el vaivén emocional, descubre que una acción trivial como jugar a las cartas logra que por momentos se olvide del hecho de estar encerrada allí. Una parte de su mente se ha adaptado a la idea de estar allí y a sus ritmos. Incluso ha empezado a darle vueltas a la posibilidad de tener una criada. Le gustaría que fuera Luisa, pero seguramente su familia no aceptaría y su cuñada le pondría a alguna mujer seca, religiosa. Empieza a pensar a menudo en su familia. Le preocupan su abuela y su padre. No se despidió de ellos y no sabe si ellos saben de su situación. Pero quien más la preocupa es Abel. ¿Qué estará haciendo? No se adapta muy bien a los cambios. ¿Pensará que le ha abandonado? Eso la acongoja y a la vez es lo único que la hace salir a flote.

La señora Amparo se acerca por detrás, aprovechando que han acabado una partida, y le dice:

—El doctor Montoliu ha vuelto y desea hablar con usted. La está esperando en el taller de fotografía.

Siente un conato de alegría que reprime al momento. Las tres hermanas rentistas la miran como a una traidora.

Al entrar en el taller lo encuentra de perfil, observando algunas láminas de vidrio.

—Ha vuelto —dice Clara.

El doctor se vuelve a mirarla. Tiene ojeras, muestra cierta incomodidad al verla, aunque sea él quien la ha llamado.

—No me informaron de que iban a ingresarla a usted —dice en voz baja.

—Está usted mintiendo.

—No, es verdad... Carlos me dijo que tan solo iba a ayudar en el taller. Pero ahora él ha muerto y usted está aquí ingresada por su familia...

Clara se acerca hasta él. Se da cuenta de que el doctor está mirando las fotografías de Blanca Dulce.

—Tiene usted un gran talento —dice el doctor.

—A veces el talento es también una maldición.

—Sí, lo sé.

—Tenía la sensación de que podría descubrir un ángel cuando las revelara.

El doctor Montoliu sonríe, pero no dice nada.

—¿Cree usted que estoy loca?

—No.

—Déjeme marchar entonces.

Los dos hablan en voz baja, confidencial, como dos amantes que temen ser sorprendidos. El doctor Montoliu cierra los ojos. Parece ahora un atormentado poeta extranjero.

—No puedo.

—¿Por qué? ¿Por qué el doctor Benjamín hace aquí todo lo que quiere y le da la gana? ¿Qué hace él aquí?

—El antiguo sanatorio era propiedad de la familia del doctor Benjamín. Cuando mi padre lo compró para reformarlo una de las cláusulas era que él debía seguir trabajando aquí. Todo esto pertenecía a su familia. Y mire en lo que se ha convertido.

Hablar con ella parece resultarle doloroso.

—Me han dicho que ha estado usted en Berlín.

—No, he estado en el sanatorio de hombres en Sant Boi. A veces también trabajo allí. —El doctor la mira, baja la vista y dice—:

Tiene usted que acompañarme a un lugar. Está cerca del pabellón de las furiosas. Ha de tomar unas fotografías.

Habla como si hubiera soltado un gran peso.

—¿Ahora?

—Sí, ahora.

Clara mira las cámaras.

—No, no es necesario. Todo está preparado.

—Es un poco tarde.

—Es cuando hay más tranquilidad.

Salen al jardín. Los días son más largos, y hacia las ocho de la noche como máximo las celadoras van pidiendo a las internas que se recojan, y ahora el jardín está vacío, iluminado apenas por la luz de algunas farolas eléctricas que parpadean al encenderse. El doctor Montoliu camina cabizbajo. Clara quisiera hablarle de las prácticas del doctor Benjamín, de las celadoras que la maltrataron apenas un par de días antes, pero hay algo en él que le impide hacerlo, porque verle la desarma, siente como si sostuviera una carga inmensa sobre sus hombros. Decide hablarle de alguna otra cosa, algo trivial, algo que no sea peligroso para los dos.

—Hay una cosa que no entiendo. ¿Cómo es que las internas no deciden esconderse aquí, en el jardín? Muchas de ellas podrían escapar.

—¿Escapar a dónde? La mayoría no tienen hogar. Otras lo tienen, pero les resulta doloroso que las vean en el estado en el que se encuentran.

Siguen un camino que se va acercando hasta el pabellón de las furiosas. El doctor Montoliu abre una verja con una llave. Los chalés tienen un aspecto residencial. Las paredes son blancas. Hay un olor agradable, resinoso, a coníferas. Frente a uno de los chalés, el más grande y que tiene apariencia de una casa familiar, hay varios carruajes y los chóferes hacen un corrillo hablando y fumando. Se quitan el sombrero al verlos llegar, pero siguen hablando sin más.

Clara no puede evitar decir:

—Parece como si estuviéramos en otro lugar, no en el sanatorio. ¿Qué hacen todos estos cocheros? No acabo de comprender.

—Esta casa de delante era la casa familiar. Aquí me crie yo. Aunque ahora se usa para…, se alquila a quien desee hacerlo. La avenida del Tibidabo está aquí al lado. Seguramente acabaremos vendiendo toda esta parte. Yo aún me resisto a hacerlo.

—Y el pabellón de las furiosas está al lado.

—Sí. Mi padre decía que debía tenerlas cerca, porque eran quienes más le necesitaban. Eso es lo que decía en público. Lo que sí sé es que los privilegiados y los furiosos están más cerca los unos de los otros que del resto de nosotros. Ninguno de ellos tiene que dar explicaciones a nadie.

En la puerta hay un hombre de brazos cruzados, como si vigilara la casa. No parece un celador. Sus ropas son oscuras. Se muestra ceñudo. Parece un portero o un cochero. No mira respetuosamente al doctor, pero tampoco hace preguntas.

El vestíbulo es el de una casa familiar acomodada. Muebles de recibidor, maderas oscuras, una bonita escalinata que se dirige a los pisos superiores, es grande sin llegar a ser lujosa.

—Así que esta era su casa —dice Clara.

—Lo era.

—¿Ya no vive usted aquí?

El dotor Montoliu parpadea con tristeza y dice:

—No, tuvimos que marcharnos…

Hay abrigos colgados en una de las perchas, un par de ellos están tirados de cualquier manera en uno de los sofás. Algunos de ellos tienen incluso un cuello de piel. Son todos abrigos masculinos. Se escuchan risas y música provenientes de algún lugar un poco más allá.

Hay algo allí, una pulsión que la hace sentirse intranquila.

—¿Hay una fiesta?

Una puerta se abre a sus espaldas. Escucha risas, carcajadas, un olor agradable a humo de tabaco egipcio. El sonido es festivo. Alguien acaba de descorchar *champagne*.

Clara se vuelve. Hay un hombre joven en una puerta doble. Lleva la camisa abierta. Sonríe. Intenta enfocar la mirada.

—Hey, aquí está tu amiguita.

211

Clara da dos pasos atrás, no entiende lo que sucede, pero intuye el peligro. Parece bebido. Sus ropas, a pesar del alboroto, son de gran calidad. Los zapatos están lustrosos. Cuando Clara se gira para marcharse se encuentra con el portero. Tiene el tabique de la nariz partido, las cejas pobladas. Y a un lado, más atrás, el doctor Montoliu dice:

—Lo siento. De verdad.

—La última vez que un hombre me dijo eso me ingresaron aquí.

Y el doctor Montoliu se gira, se marcha y deja a Clara en manos del portero, quien la sujeta por los brazos y la obliga a darse la vuelta y le dice:

—Anda, entra para dentro.

Y a través de la puerta abierta ve algo que la deja conmocionada. Ve a Carmelo, desnudo, inconsciente, arrodillado en una posición extraña, la cabeza baja, y a un hombre joven, bien parecido, agradable, elegantemente vestido, sentado en un sofá, con los pies encima de las espaldas de Carmelo mientras bebe distraído una copa de *rosé*.

Es Rafel.

39

La conmoción de la visión deja aturdida a Clara. Rafel sonríe al verla, realiza una pequeña inclinación de cabeza como signo de bienvenida.

—Por fin.

Hay un grupo de hombres alrededor. Son chicos jóvenes como el propio Rafel. Reconoce de pronto que son los que le acompañaban en la velada de boxeo.

Clara, obligada por el portero, entra poco a poco en el salón. Está perpleja y a la vez quiere saber qué está sucediendo.

—Rafel… —murmura.

Rafel. El chico amable, cariñoso, de ojos tiernos, bañados ahora por una luz incierta.

Tiene que haber una explicación, algo lógico que se le escapa y no entiende.

En el salón el calor es insano. Hay un gramófono. Los muebles son oscuros, hay una librería, una mesa con licores, botellas que reflejan una luz dorada. Podría ser un perfecto club de caballeros si no fuera porque hay un hombre desnudo, inconsciente, indefenso en medio del salón. Es la primera vez que ve a un hombre desnudo. Aparta la vista por pudor, por miedo y desconcierto. Solo consigue decir:

—¿Por qué?

Rafel se levanta. Sonríe de medio lado de una forma que nunca le había visto, se encoge de hombros y contesta con una voz distinta a la habitual, ahora una voz queda y vuelta para dentro.

—Porque podemos.

La belleza de Rafel es despreocupada, accidental, el cabello algo despeinado, como el de un colegial que vuelve de una excursión. En el gramófono suena una música animada y que incita a bailar y que Clara no conoce.

Rafel, con gesto displicente, indica al portero que se retire. Se acerca a Clara, la sujeta y empieza a bailar. Clara no ofrece resistencia. Su mente está ocupada intentando simplemente entender. Las caras de los chicos giran a su alrededor. A pesar de sus ínfulas, Barcelona es una ciudad pequeña. Por la casa Prats han pasado las mejores familias de la ciudad. Es una cuestión de prestigio tener una fotografía de la casa Prats, y mientras gira y gira ve en aquellos rostros antepalcos en el Liceo, casas de veraneo, empresas algodoneras, mineras, intereses en el norte de África y en Cuba.

Clara, mareada, se intenta separar. Rafel la retiene y con una voz grave y oscura dice:

—Quieta.

Se la queda mirando. Clara intenta leer en su cara, pero no puede. Solo ve media sonrisa y algo en su mirada que no logra identificar. Rafel se separa de pronto con brusquedad.

—¿Qué es lo que quiere de mí? —pregunta Clara.

—Un recuerdo. Para eso te hemos traído las cámaras, tus preciosos enseres.

—¿Qué?

Clara no puede evitar mirar hacia Carmelo. Ahora uno de los chicos cuya familia es dueña de una compañía minera colonial, por cuyos intereses mueren miles de soldados, agarra con brusquedad el cabello de Carmelo, le menea la cabeza de un lado para el otro riendo y dice:

—Una foto con nuestro mono andaluz.

Oriol, o Guillem, tiene la camisa y el chaleco abiertos, han bebido, están riendo. ¿Cuántos son? ¿Seis? ¿Siete? ¿Por qué son todos tan jóvenes?

—Estáis locos.

Varios de ellos sonríen. Y uno dice con una voz sorprendentemente educada:

—No sabría decirle. Es usted la que está ingresada aquí. A cada uno de nosotros nos espera un bonito carruaje para llevarnos a casa con familias que nos quieren.

—No tema.

—No queremos nada con usted.

—Pero usted tiene algo que nos interesa.

—Talento.

Rafel corre una cortina y descubre una cámara sobre un trípode.

—No sé lo que quiere, pero no lo voy a hacer —dice Clara.

—Claro que lo harás.

—No.

Rafel sonríe.

—Tu hermano Abel…

Todo el acopio de valor de Clara se disipa al escuchar su nombre.

—¿Mi hermano?

—Aunque sea un débil mental sé que le tienes cariño…

—Mi hermano no es un débil mental.

—Sí, sabemos que es un chico muy diligente. Pero tal vez tendría que estar encerrado.

—No.

Rafel se acerca, le acaricia la mejilla con el dorso de la mano.

—¿Se te ha pasado el mareo? ¿No te gusta nuestra *soirée*?

Clara intenta hablar, pero no le salen las palabras. ¿Cómo saben de la existencia de su hermano?

—Será una fotografía… o dos o tres o las que sean. Con nuestro bicharraco en medio, claro está.

—Oh, no nos mires así, no tienes que entenderlo. Simplemente obedece. Ya estamos nosotros para pensar por ti.

Uno de ellos dice:

—Rafel, nos dijiste que esto sería divertido.

—Y lo será… Quiero las fotografías en dos o tres días. Te dejamos un margen de tiempo para que veas que somos magnánimos. Y quiero que sean…, como hubiera dicho mi padrino, maravillosas. Sí, no me mires así, fue idea de él traerte aquí para esto. Pero ahora está muerto. Te hemos comprado lo mejor. Piensa en tu hermano, en el tonto, no en el mediocre, piensa en el doctor Benjamín y en sus nudillos peludos. Nos tiene a las chicas que queremos controladas. Sé que te tocó en ciertos sitios. Pero ya le explicamos que no debía hacerlo a no ser que… no hagas lo que queremos.

—Le estamos dando muchas vueltas a este asunto —dice uno.

—Si lo hago, ¿dejarán de maltratarle? —dice Clara señalando a Carmelo.

Intenta hablar con voz neutra, pero la congoja le ha subido a la garganta. Rafel es consciente de ello, se la queda mirando y, divertido, dice:

—Veamos…, creo que no estás en posición de negociar, pero está bien. Tu ternura de alguna manera me ha conmovido. Una vez que nos hayas hecho las fotos lo devolveremos a su corral. Es un lugar precioso, blanco, luminoso, un lugar en el que no se puede hacer daño.

Clara se acerca a las cámaras.

—Es una buena cámara, ¿eh?

—Sí, nos hemos gastado el dinero por ti, tontorrona.

Y Clara es consciente de los cuerpos que han ido apareciendo en el puerto y dice como si pensara en voz alta:

—Matasteis a los otros…

—La verdad es que sí…

Rafel se sirve otra copa de *rosé*. Clara se da cuenta por primera vez de que está muy bebido.

—Un día mientras el doctor Montoliu intentaba convencerme de sus ideas me enseñó el libro de fotografías del gabinete antropométrico. Alguien le había facilitado una copia. Y reconocí en aquel libro a alguien que trabajaba en el Círculo Ecuestre, en las caballerizas de las Ramblas. Era alguien que se atrevía a coquetear con nuestras hermanas, nuestras madres, y fue esa misma semana cuando me reprendió a mí, ¡a mí! No le gustaba cómo trataba a mi caballo. Eso me dijo ese muerto de hambre andaluz. Así que decidimos darle un escarmiento. Pensamos en explicar que estaba fichado y que lo despidieran. Pero luego pensamos que sería más divertido asustarle, secuestrarle… Pensé que, ya que estaba su fotografía aquí, por qué no traerle a este mismo lugar. Me acordé de que aún disponían del antiguo carruaje de los locos. Una antigualla que ya no se usa. Se lo pedimos al doctor Montoliu para hacer una broma. Y claro, no pudo negarse, y es fantástico. Está acolchado por dentro. Mucha gente lo conoce todavía y aparta la vista al verlo porque es de mal agüero. Secuestrarle fue sencillísimo. Iba dando tumbos por la calle, borracho. Le dijimos que subiera al carruaje y el muy tontolaba ¡subió! Y lo habríamos mantenido aquí, en una de las casitas para los furiosos, en la sala de confinamiento, de confinamiento de los distinguidos, no te creas, solo iba a estar un par de días para que se le rebajara esa soberbia…, pero una vez aquí dentro se puso nervioso, y el doctor Benjamín aplicó uno de sus métodos, el veronal, un somnífero que ralentiza todas las funciones corporales, y se quedó calmado, sin apenas voluntad, débil y dócil, y entonces pensamos que podríamos reírnos de él, y la verdad es que lo hicimos y, bueno, todo se nos fue un poco de las manos al tener a alguien totalmente indefenso a nuestra merced. El doctor Benjamín es un tipo asqueroso, estoy seguro de que lo estás pensando y en eso te doy la razón, ha inventado un método fantástico por el que el éter llega a las casitas blancas mediante unas tuberías. Se abre y se duermen. Y luego se les añade el veronal en la comida. Ah, fue todo tan sencillo. Podíamos hacer con él lo que queríamos, el placer enloquecedor y liberador a un mismo tiempo, un hombre sin familia, ¿quién iba a preocuparse de él? Tan solo el tonto del señor Antonio, que le había cogido cariño. Si desapareciera no pasaría nada, decenas de personas como él desparecen todos los días en una gran ciudad. Y mira este.

Rafel deja la copa vacía a un lado, se acerca a Carmelo, le da un palmetazo en la espalda y dice:

—No me digas que no es un ejemplar magnífico. Es un verraco. Y lo mejor de todo…, era un protegido de Carlos. Y seguro que se enfadaría por fin conmigo cuando se lo birláramos. Pero no, no se enfadó, a pesar de que sabía lo que estábamos haciendo.

Rafel suda, se sirve una nueva copa de *rosé*. Uno de los amigos le pasa una bandejita de plata. Hay varias rayas de cocaína. Aspira una sin mucho entusiasmo, ligeramente aburrido. Sacude la cabeza, como si algo le chisporroteara dentro, y sigue hablando:

—Fue por eso por lo que te trajo a ti. Me conocía demasiado bien. Sabía que yo caería en la tentación. Sabía que yo querría que fotografiaras todo esto. Y sí, es cierto, él me conocía bien, pero ahora él está muerto, y ahora tú estás aquí, ingresada a nuestra completa disposición. Él era un hombre de palabras, de ideas, pero ha sido idea mía asustarlos, atemorizar a unos cuantos. Porque Carlos me traicionó. A mí y a los míos.

Rafel se sienta. Empieza a estar incluso aburrido de sí mismo, hasta que de pronto se levanta y se vuelve a animar y dice:

—Ya que fuiste tú la que nos dio la idea, sé tú la que cierre el círculo. No me mires así, como una modistilla asustada.

—¿Idea? —pregunta Clara con perplejidad.

—Oh, sí, pensamos que sería divertido que cada uno escogiera a alguien del libro del gabinete antropométrico y resultó que los ejemplares que más nos gustaban eran los que tú habías fotografiado. Nos reíamos un montón de esa gente. Esas caras insufribles. Pobre doctor Montoliu, él creía en verdad que me interesaban sus teorías regeneradoras. Ahora va llorando por las esquinas porque los chicos malvados somos nosotros y tenemos unas fontanelas bonitas, o como se llame el hueso ese. Y Carlos, mi Carlos, mi Carlitos, que siempre nos ha hablado de nuestro sacro deber de proteger nuestra raza…, pero, claro, él ahora… Me traicionó… Y entonces pensé, pensamos, todos esos que ensucian nuestra raza, esa gente que degrada nuestra raza, tendrían que ser eliminados, porque aunque nos veas aquí un poco borrachos, o en mi caso borracho como una cuba, somos los quintaesenciales, los protectores de esta tierra, y nos estamos organizando para acabar con todos ellos, para que se vayan de aquí, porque mis chicos y yo sujetaremos la sagrada llama de los Nueve

Barones de la Fama, porque si ellos lucharon contra la media luna sarracena, nosotros lucharemos contra los hijos de los moros, porque empiezan a casarse con esas chicas de aquí, pregúntaselo al doctor Montoliu, sí, la forma de sus cráneos es totalmente diferente a la nuestra, ellos son una raza inferior y no puede ser que se mezclen con la nuestra, la raza carolingia.

Bebe de nuevo. Los otros no le hacen mucho caso. En realidad, parecen que están cansados de sus soflamas. Siguen fumando. Uno empieza a lanzar unas almendras a Carmelo y dice:

—Deja de sermonear y que nos haga la foto.

—Oh, cállate, Pol.

Le arroja el contenido de su copa.

—Nuestros bicharracos, cuando llevan una o dos semanas, decaen, dejan de comer, se mustian y hay que eliminarlos. Son como girasoles estúpidos. Y luego descubrimos algo más. Pol hace negocios…, ¿verdad que sí? Negocios despreciables, pero que nos rentan muy bien. Tenemos unos cuantos clientes para este. Es un buen bicharraco. Uno de nosotros se encaprichó de él, ¿verdad, Feliu? Porque a quién no le gusta un cuerpo vital, caliente, vigoroso, hacer lo que quieras con él, sin preocuparte de nada. Y así que también aprovechamos y hacemos negocio. Traerlos aquí es caro. Tenemos que pagar muy bien a nuestros hombres para que tengan la boca cerrada. El alquiler de nuestro pequeño club es caro. Y aquí nos tienes. Vete preparando. Chicos, vamos a posar. Arreglaos un poquito. Que no se avergüencen nuestras familias de vernos con las ropas mal puestas.

La petición es insoportable, todo es insoportable desde apenas unos minutos que parecen una eternidad. Ha preparado la cámara. Las luces serán las que hay en el salón. Ella es buena haciendo fotos con poca luz.

—No tenemos vergüenza —dice uno de ellos riendo.

40

La han dejado marchar sin más. Simplemente le han dicho que tenga cuidado con las placas y los negativos, que los guarde con cuidado y que quieren ver el resultado de aquí a tres o cuatro días. Lo han dicho todo de forma casual, como si quedaran para volverse a visitar algún día.

En cuanto Clara sale de la casa empieza a vomitar. La sensación de alivio de verse alejada de allí se mezcla con la pena de saber que deja a Carmelo allí dentro. Pero ¿qué puede hacer? Tal vez de la única manera que puede ayudarle es hacer lo que ellos quieren, dejar constancia del trato que le dispensan cuando está drogado, y después, de alguna manera, conseguir que se haga público. Pero… ¿no se les habrá ocurrido a ellos también? ¿Qué clase de arrogancia es la que minimiza ese peligro? Si lograra que cualquiera de aquellas imágenes saliese al exterior… ¿No se les ha ocurrido pensar que aquello es una prueba del horror que causan? ¿Que si cae en las manos de un periódico sindicalista u obrero sería su perdición? ¿Tal grado de confianza tienen en ellos mismos?

Huele la noche, el olor resinoso de los pinos alrededor de las casitas blancas se ha vuelto más intenso. Los chóferes se han sentado en un par de bancos. Ya no hacen chascarrillos entre ellos. Están cansados, aburridos, pero tienen que esperar a que los señoritos decidan marcharse para poder volver a su casa. ¿Podría decirle a alguno de ellos que la alejara de allí? No, no tiene nada que ofrecerles, nada. Y además, está segura de que ellos ya lo saben. Por un momento mira sus rostros, hombres cansados, mayores, padres de familia, veteranos de alguna guerra colonial a los que nadie daría trabajo. El portero está entre ellos. Está de pie, esperándola, mirándola fijamente a ella, un abrigo oscuro, un sombrero apretado contra su cabeza ensombrece sus ojos. Hay una advertencia en la violencia contenida de su cuerpo. Sonríe de lado y le señala el camino de vuelta al sanatorio. Sabe que Clara no tiene escapatoria. Ni siquiera se molesta en acompañarla.

No va directamente a su habitación, sino que se dirige al taller de fotografía. Se encuentra con un par de celadoras por el camino, pero ya la conocen y saben que es una interna de primera clase y que aunque sea tarde puede pasear por el jardín si así le place.

Decide hacer el trabajo en ese momento. Acabará tarde y seguramente no estará para cuando pasen la ronda.

Está fotografiando el mal.

Son siete chicos jóvenes. Dos de ellos sonríen felices. De un terso blanco y negro. Le da vergüenza y asco revelar las fotografías. El proceso que ama y que siempre ruega salga bien, los únicos momentos de su vida en los que puede llegar a rezar con sinceridad, se han convertido en un suplicio. A medida que aparecen las imágenes, aumentan sus ganas de vomitar. La composición de la fotografía de alguna manera resulta portentosa. Ella no dijo nada, no los guio y, sin embargo, allí están, un encuadre perfecto y que tiene algo de religioso, el cuerpo de un martirizado entre alegres mercaderes.

¿Cómo puede algo que es tan terrible mostrar semejante cualidad artística?

Y no es tan solo eso.

También hay belleza.

Oscura. Extraña.

Porque allí están, sonriendo, fabulosos, mirando a la cámara, incluso alguno de ellos jugueteando con ella. Y Carmelo, desnudo, indefenso, vulnerable, la mirada atiborrada de drogas y que no puede defenderse.

El mal.

No es un concepto abstracto. Es violencia, buenos chicos de buenas familias que llevan a cabo acciones indescifrables por sí mismas. La crueldad, la total gratuidad de lo que ocurre.

Otra fotografía. Carmelo arrodillado. La espalda tensa, arqueada como si una parte de él supiera lo que está sucediendo y quisiera protegerse. Uno de los quintaesenciales derrama *champagne* sobre su espalda, cae por el cuello, empapa el cabello.

No puede soportarlo. Siente un dolor físico en alguna parte detrás de las costillas. Está aterrorizada. Se marcha del taller. Lo hace con miedo. Teme que las fotografías se estropeen y entonces Abel sufra las consecuencias. Pero por otro lado querría destrozarlas y quemarlas.

Se mete en la cama. Concilia el sueño entre pesadillas.

Tiene la mirada perdida a la hora del desayuno. Como otras muchas mujeres en el sanatorio. Después de desayunar, algunas mujeres se acercan a misa. Y las sigue a ellas. No es una mujer religiosa. Cree en Dios a su manera, más como un reflejo de la bondad del mundo que como un ente creador. Va detrás de Blanca Dulce. No quiere ir a su lado. No quiere que vea su estado de ánimo. El resto de las internas no le hace caso. Es normal ese estado en muchas de ellas. Están ingresadas en un sanatorio mental. El parloteo inane de las mujeres la amodorra.

La iglesia es circular y está dentro del recinto antiguo, frente al viejo caserón. Blanca Dulce se coloca en primera fila, reza y se santigua. Clara observa su nuca, el nacimiento del cabello, la espalda que tiembla con el rezo. Y de alguna forma lo sabe. Que Julia y ella también son drogadas, sometidas a abuso, y que esa es la causa de los vacíos de memoria.

No conoce al sacerdote. ¿Podría llegar a hablar con él? Naturalmente da la misa de espaldas y en latín. ¿Podría confiar en él? Al volverse para dar la comunión se fija mejor. Es un hombre de mediana edad. Gafas gruesas, cabello escaso. A la hora de dar la comunión, Clara está a punto de ponerse en la cola. Y entonces aparece el doctor Benjamín, ha estado en la misa todo el rato, apartado, sentado en una de las capillas que hay a los lados. Y recibe la comunión, y ambos hombres sonríen y se saludan con evidente complicidad.

Clara se levanta, no espera a que acaben. Sale al exterior y el jardín le resulta de repente insoportable. ¿Cómo puede existir algo tan hermoso en un lugar como ese? ¿Cómo puede amanecer existiendo esa maldad en la tierra?

Acude de nuevo al estudio. Ha dejado las fotografías para que se sequen. Para evitar que cualquiera pueda verlas ha puesto papeles secantes a modo de cortinilla y los retira. Se obliga a sí misma a mirarlas de nuevo. Repasa la conversación del día anterior. Carmelo pronto morirá. ¿Cómo puede salvar la vida de ese hombre? ¿Puede negociar? Recuerda entonces la muerte de los otros. Carmelo está en una de aquellas torres blancas a pocos metros de allí. Se imagina su horror al despertarse.

No sabe cuánto tiempo ha permanecido en aquel estado hasta que nota que no está sola en el taller. El doctor Montoliu permanece apoyado en la puerta, que ha cerrado a sus espaldas. Clara se abalanza sobre él. Le golpea con los puños en el pecho.

—¡Es usted un bastardo! Me llevó allí como quien lleva a una novia al altar.

Clara ve la cara de angustia, cómo aprieta los párpados dolorosamente y, sin mirarla, le sujeta las manos como si quisiera pedirle perdón.

—Yo estoy tan encerrado aquí como lo pueda estar usted.

Clara se libera de una manera brusca. Da dos pasos atrás. Las manos del doctor Montoliu caen a los lados como dos palomas muertas.

—Este era mi lugar favorito —dice el doctor Montoliu.

Se dirige con lentitud hacia uno de los armarios. Lo abre. Hay colocados de cualquier manera diversos instrumentos metálicos. Están almacenados allí como si los hubieran guardado deprisa y corriendo. Clara reconoce alguno de ellos. Un pie de rey, un craneómetro y otros más que no sabe lo que son. El doctor abre un cajón y saca un libro alargado de gruesas cubiertas. La rugosidad de la encuadernación le resulta familiar a Clara. El doctor lo abre y ella se da cuenta de que es uno de los tomos de detenidos del gabinete antropométrico al que se refirió Rafel. Clara se acerca, quiere verlo mejor. Hay apuntes sobre cada interno. Hay mujeres y niños, fotografías tomadas antes de que ella trabajara allí. Y luego están las más recientes. Fotografías tomadas mientras ella trabajaba en el gabinete. Y entonces ve un círculo en una de ellas. Acusador. Hecho con un lápiz rojo, como los que se usan para las cuentas. Las tres han sido señaladas. Ve escrito moro, gitano, las letras corresponden a dos personas diferentes.

—¿Cómo es que lo tiene usted?

—Conocí al señor Andreu en un congreso de la Sociedad Frenológica. Es un ferviente defensor de la frenología. Lo es tanto como hasta hace poco lo era yo. Utilizábamos las fotografías del gabinete antropométrico con fines científicos. Algunas de ellas eran magníficas. La mayoría las había hecho usted, incluso intercedió para que usted no solo fotografiara a mujeres. Tanto él como yo creíamos que con la frenología podríamos saber qué criaturas tienen disposición para el mal, el vicio; les daríamos lo necesario o los cuidaríamos. Pensé que, identificando los rasgos de los individuos, su tendencia al robo, al mal, a la violencia…, se podría evitar con la educación, ser tratados, corregidos.

—¿Y ya no lo cree usted?

—No. He basado todo mi trabajo, toda mi reputación en algo que es falso. Todo lo que he defendido se ha venido abajo. Rafel lo pervirtió todo. Al principio pareció entenderlo. Le expliqué qué quería conseguir. Y entonces empezó a señalar fotografías, a rodearlas con un círculo y hacer comentarios terribles… A la gente así habría que eliminarla. No podemos acabar con todos, pero sí asustarlos, que nos tengan miedo, que no puedan dormir cuando caiga la noche. Las imágenes las empezaron a utilizar Rafel y sus amigos. Se encaprichaban de algunos de los fotografiados, concretamente los fotografiados por usted. Y un día me pidieron el carruaje de los furiosos, querían gastar una broma y trajeron a alguien a uno de los chalés. Me dijeron que no me metiera por medio. Y entonces supe cómo los maltrataban, los usaban para sus más abyectos instintos. Chicos de las mejores familias, la mejor educación posible. Sus rostros son casi perfectos, si existiera el aura craneal perfecta Rafel la cumpliría. Rafel y todos ellos. Incluso las protuberancias en las fontanelas, que es la zona de la bondad. Y todo lo que hasta entonces había creído se desmoronó. Nuestros críticos de la frenología aducían que los bultos de la cabeza son la pobreza, la desidia, la falta de educación, trabajar jornadas enteras de sol a sol. Eso es lo que genera violencia.

—¿Y por qué no acaba con todo esto? ¿Por qué no lo denuncia?

—El sanatorio está en la ruina económica. Mi familia, mi mujer…, mis hijos… Porque lo que yo amaba descubrí que no era más que un lugar para las mujeres incómodas, y lo peor de todo es que abusan de ellas. Rafel se interesó por la frenología como puedo yo interesarme por el horóscopo. Todo era falso. Y si se descubre, mi familia…, mi padre, él ha muerto…, en realidad, este lugar no era suyo. Era un testaferro de la familia Daurell. Y todo era falso. Mi padre, el juez Monfort y el padre de Rafel, los tres eran amigos íntimos. El juez Monfort no tenía ningún escrúpulo en enviar a cualquier mujer al sanatorio. Bastaba con que un padre o un patrón dijera que estaba loca, para que él declarara sin problemas la enajenación mental, mujeres que molestaban, familiares excéntricos. Carlos tenía acceso a los historiales. Hay un archivo enorme, con todos los casos. El padre de Rafel quería que Carlos fuera el mentor de Rafel. Carlos fue quien le metió todas esas ideas de la raza superior. Pero ellos se pelearon a primeros de año. Y un día Carlos la trajo a usted. La misma persona que fotografiaba a los elegidos por Rafel y sus amigos. Y supe por qué lo hacía. Para vengarse. Porque él conocía a Rafel, fue su preceptor. Su vanidad. Y de pronto Carlos Monfort murió, y a usted la ingresaron en connivencia con el doctor Benjamín. Si usted hubiera entrado y salido, no se habrían atrevido a tanto. Pero, al ser ingresada por su familia, la sirvieron a usted en bandeja de plata.

—Va a morir un hombre. Han muertos tres más antes. Y seguramente morirán más. Las enfermas que están bajo su cuidado son sometidas a abusos.

—No puedo ayudarla.

Clara apenas logra articular palabra. Señala las fotografías que tiene delante, pero el doctor dice:

—¡No! Las fotografías no podrán salir de aquí, no las puede ver nadie que no sean ellos. Si lo hacen, alguien de su familia y de la mía sufrirá. Todo el dinero que recibí en herencia lo gasté en probar mis teorías. Mi mujer y mis hijos…, no tengo dinero para mantenerlos. Rafel me prestó dinero para proseguir con mis estudios. La deuda con él cada día crece más, le debo dinero y dinero. He firmado lo que me pedían. Lo hacía porque lo que pensaba, creía, quería demostrar que era cierto. Este taller estaba lleno de…, de láminas de cráneos y lóbulos. Y todo lo he retirado, lo he quemado. Porque… ¿sabe qué? ¿Sabe cuál era la función de este taller? Fotografiaban a las mujeres desnudas y comerciaban con las imágenes. El doctor Benjamín las drogaba. Una mezcla de veronal y cloroformo provoca una sumisión química. Muchas de ellas son esterilizadas, así no hay problemas de embarazos como el de Julia. Ella era un tanto mayor. Pensaban que no podría quedarse embarazada.

—Así que cuando gritaba estaba en lo cierto. Rafel era el padre de la criatura.

—Sí.

—Y ahora ¿dónde está?

—El doctor Benjamín se encarga de contactar con los cirujanos para esterilizar a las pacientes —dice en voz muy baja—. Y a veces, si hay algún problema…, una dosis extra de veronal y se provoca un ataque cardíaco, nadie hace preguntas, nadie reclama, y el cuerpo se cede al Colegio de Cirugía.

—Dios mío…

—He intentado cambiar algunas cosas, he intentado contratar a enfermeras. El doctor Llorach me ayuda. Pero él tampoco sabe todo lo que hay aquí. Es un buen hombre. Así que estoy en las manos de usted, Clara. Iré a la cárcel, seré expulsado del Colegio de Médicos y de… Mi familia no tendrá que comer, y la vergüenza. Mi madre sabrá toda la verdad. El piso en el que vivimos es propiedad de uno de los chicos. Mi familia piensa que es nuestro.

—No quiere salvar la vida de un hombre porque quiere salvar su reputación.

—Lo que quiero es salvar la vida de mi familia… Usted misma está haciendo esto porque teme por la suya.

41

El Círculo Ecuestre tiene su sede en un magnífico edificio en el paseo de Gracia. Hace tan solo un par de años que se ha trasladado hasta allí desde el picadero de las Ramblas. Su cercanía al Raval y al puerto empezaba a molestar a algunos de los socios, que, al trasladarse a vivir al Ensanche, encontraban la sede alejada y poco glamurosa para sus fines. La idea original del club se ha ido desvaneciendo con el tiempo y ahora se trata de una institución a la que se ha de pertenecer si se quiere ser alguien en la ciudad. En la mayoría de los casos, las familias han ido heredando el ser socios durante generaciones. Los pocos socios nuevos tienen que pasar una entrevista y necesitan el aval de otros cinco socios y un considerable dispendio inicial. Para cualquier nuevo rico es tan difícil acceder al club como ostentar un palco de proscenio en el Liceo.

El Círculo dispone de varios salones lujosamente amueblados, gimnasio y una magnífica piscina interior. La piscina recuerda la magnificencia de unas termas romanas. Varios frisos de mármol con escenas clásicas rodean el lugar. En medio de la piscina se eleva una escultura de Dafne. Una enorme claraboya deja entrar la luz natural. A primera hora de la tarde, la luz cae casi vertical, iluminando las aguas y dejando en semipenumbra el resto de la piscina. Hay un grupo de chicos jóvenes a esa hora. Algunos de ellos nadan perezosamente, otros se apoyan en el borde y fuman de una manera distraída, arrojando el humo al aire haciendo volutas. Son un total de siete:

Oriol, Guillem, Bernat, Feliu, Miquel, Pol y Rafel. Llevan modernos maillots negros en comparación con los tradicionales de rayas horizontales que utilizan otros bañistas, dejan incluso los hombros al descubierto. Pero nada hay como la audacia de Miquel, que tan solo lleva unos shorts negros y el torso desnudo.

Se conocen desde la infancia. Fueron juntos a los colegios de las teresianas y luego a La Salle Bonanova. Se llaman a sí mismos los quintaesenciales. Cuando salen juntos les gusta llevar el preceptivo frac y un chaleco a menudo de colores. Les gusta hablar de retórica, política y filosofía. Uno de ellos se declara abiertamente marxista, pero sus compañeros saben que tan solo es una *boutade*. La mayoría tienen palco propio en el Liceo, aunque ninguno sea de proscenio. En realidad, ningún quintaesencial pertenece a las familias más antiguas de la ciudad, aquellas que disponen de residencias en la calle Montcada. Tan solo hace tres o cuatro generaciones que sus familias han prosperado. Han pasado de ser pequeños propietarios rurales a enriquecerse a través de los negocios, la industria y, en el caso de tres quintaesenciales, también mediante el comercio de esclavos. Ninguno ha inventado o descubierto algo. Una red de influencias y contactos con la Diputación y la Mancomunidad les permite saber cuándo comprar y cuándo vender. Todo parece reducirse a un proceso en el que ni se crea ni se destruye riqueza, sino que todo pasa de mano en mano, de generación en generación.

Solo Rafel Daurell es el dueño de una empresa. Ha heredado el negocio galletero tras la muerte de su padre. El resto son por ahora herederos, a excepción de Bernat Portabella, que es un segundón, y de Pol Guasch, que es un *fadristen*, el hijo menor, el sobrante, el que nada heredará. Tan solo Feliu Baladía estudia en la universidad. Estudia Físicas, es el único de ellos que lleva gafas. Algún otro empezó ingeniería, pero por qué esforzarse si lo único que has de hacer es heredar el dinero familiar. Pol, como buen *fadristen,* es el único que ha acabado una carrera con la que conseguirse un porvenir.

El rumor de una conversación de alguien que se acerca a la piscina molesta a uno de los quintaesenciales. Procede de un matrimonio de mediana edad que se echa en unas hamacas cercanas. Saludan a los chicos con la mano y ellos les contestan con educación.

—Qué asco que me da ver esos cuerpos —dice Guillem.

Pol Guasch no dice nada. Deja caer la mirada sobre el matrimonio. Es discreto. En el Círculo hay numerosos salones privados, salas de reunión, incluso hay dormitorios en los pisos superiores. El Círculo Ecuestre es mucho más que un club de hípica, es un club social donde se consagran amistades y se cierran negocios. A veces, Pol desaparece durante un par de horas.

—Es el señor Vilomara, el dueño de la Caixa Vilomara, y su mujer.

Las mujeres son admitidas siempre que estén casadas con un socio. A ciertas horas de la mañana abundan los matrimonios y es cuando Pol prefiere acercarse al club. Es educado, ladea agradablemente la cabeza a un lado cuando sonríe. A pesar de su posición social ha sabido hacerse un hueco entre los demás. Su gusto por los matrimonios de cierta edad es tolerado con afabilidad por el resto de sus compañeros como una excentricidad más. No busca el intercambio vulgar del dinero, sino el de la información. Hay una partida nueva para realizar uniformes para el ejército, se ha de construir un asilo municipal, se va a abrir una nueva vía del tren; la información implica oportunidades. Pol consiguió para Rafel el negocio de las galletas para el ejército. Así, las galletas secas, inservibles para la venta, forman parte ahora del avituallamiento de la soldadesca en la guerra de Marruecos. Guerra que por otra parte sirve para defender los intereses mineros de la familia de Oriol. Pol es un chico normal y corriente, un rostro regular que no llama la atención, formas ligeramente atléticas gracias a la equitación y a nadar todos los días. Y un día, todo coincidió en el tiempo. Uno de los matrimonios amigos de Pol, los señores Sumarroca, le preguntaron si conocía a alguien un poco más rudo que él, con eso no querían decir que no pasaran ratos agradabilísimos con Pol, pero querían algo un poco más peligroso, alguien a quien pudieran agasajar tal como lo hacían con él. Porque, según confesaron más tarde, les gustaba que fuera obrero, vulgar, robusto, cabello oscuro, ojos negros. Pero ha de estar limpio, no queremos uñas sucias ni olores feos. Todo tenía que ser discreto, nadie tenía que enterarse de nada. Y Pol dijo que sí, que sabía de un sitio en el que hombres que necesitaban recursos dejaban que hicieran con sus cuerpos lo que quisieran y que para evitar la vergüenza dejaban que los narcotizaran. De esa manera no tendrían nada que temer y todos salían ganando, ellos no recordaban nada, los clientes contaban con la seguridad de no ser reconocidos. Rafel se enojó, pero Bernat vio una oportunidad en todo aquello. Los Sumarroca eran los dueños de los laboratorios químicos más importantes del país. Y los Sumarroca quedaron encantados. Ellos nunca acudían al picadero, no tomaban clases de equitación, incluso los caballos los ponían un poco nerviosos, incluso una vez uno le mordió a la señora Sumarroca cuando intentó montarlo y ya nunca más, así que su único objetivo en el club era hacer amistades y dejarse ver. Quedaron contentísimos. Han sido dos horas maravillosas, Pol. Los Sumarroca tenían un matrimonio amigo que conocían de sus veraneos, y con los que se habían hecho confidencias. Y ellos también estarían encantados de pasar una tarde en la casita blanca. Pero Santiago de la Rosa empezó a marchitarse, el veronal producía dependencia y empezaron a pasar los días, y fue el propio Pol el que decidió qué hacer con él. Pol encontraba insufribles las ridículas diatribas étnicas de Rafel, pero ya que eran tolerantes con sus gustos, también él debía serlo con los de los demás. Y, sedado, le disparó con la pistola de su padre, que era militar y le había enseñado a disparar desde niño.

Y entonces Rafel propuso una idea. Cada uno de ellos señalaría a uno del libro que utilizaba el doctor Montoliu para sus estudios. Y aquello pareció unirlos. Una travesura de niños.

—Me gustaría ir a hacer *sport* en un sitio que no sea este —dice Miquel de Dalmases—. No soporto a las viejas momias dándome consejos cada vez que practico esgrima.

—Podríamos ir al gimnasio del señor Bricall.

El señor Bricall había sido su profesor de gimnasia en La Salle Bonanova.

—¿No es allí donde iba tu padrino?

—Sí —dice Rafel.

Todos saben que Carlos fue el preceptor de Rafel; había sido él quien les había inculcado las ideas de raza y superioridad carolingia con sus diatribas genealógicas. Pero si Rafel echa de menos a Carlos no lo demuestra. Recibió con indiferencia la noticia de su muerte, algo que dejó al resto un tanto extrañados.

—Dicen que fue su propio padre quién le apuñaló —dice Oriol.

Todos saben que el juez Monfort, el viejo doctor Montoliu y el padre de Rafel habían sido inseparables.

—Sea lo que sea nos ha venido de perlas —contesta Rafel.

—El otro día vino un policía a preguntar por Santiago al picadero. El policía era el hijo de los masoveros de mi casa.

—Nunca está de más conocer a uno de esos *sanxas*. A veces pueden ser útiles.

—No es un *sanxa*. Es de aquí. Era un pelmazo. Siempre nos estaba mirando con cara de resentimiento, observándonos, yo creo que hasta apuntaba lo que hacíamos y lo que dejábamos de hacer en una libretita. Yo no tengo la culpa de tu pobreza. Te damos de comer. Trabaja y no nos mires. Bastante hacíamos con aguantarlos. El tipo nos miró a mi hermana y a mí con esa misma mirada de… de buscar nuestra aceptación. ¿Por qué tiene que ser la gente tan patética?

—Y ahora que Carlos está muerto ¿tendremos que seguir dejando a nuestros amigos en el puerto?

Lo ha preguntado Guillem. No es un chico que tenga mucho tacto, pero es el único que habla claramente a Rafel. Dejaban los muertos en el puerto para perjudicarle. Sabían que Carlos estaba asociado con uno de los caciques del puerto, un policía, con un vulgar *sanxa*, algo que ellos nunca harían. Más tarde supieron gracias a uno de los milicianos del somatén que era Martín Prieto, el comisario más temido de la ciudad, y que, aunque arremetiera duramente contra los bajos fondos y contra el anarquismo, también lo hacía contra los catalanistas y eso a Rafel le pareció una traición y le pidió explicaciones a Carlos y la discusión fue violenta. Ambos hombres se encontraban en el salón de la casa de los Daurell en la avenida del Tibidabo.

—Rafel, Rafel —dijo Carlos ladeando la cabeza—. Los negocios son los negocios. Es verdad que son una raza insufrible, pero ¿por qué no nos podemos aprovechar de su codicia?

—¿Tanto necesitas el dinero? Tú me has enseñado a despreciar a esa gente. ¿Y ahora te juntas con ellos?

—Querido, mi hermano mayor heredará todo el patrimonio familiar. No obstante, hemos llegado a un acuerdo por el que podría quedarme la casa pairal, el palacio Monfort, casa que adoro y donde he pasado toda mi vida. Pero tendría que resarcirle económicamente. Y, como comprenderás, trabajando nunca conseguiría el dinero necesario. Nunca heredaré una gran fortuna como tú.

Rafel le sujetó de las solapas de la chaqueta. Los dos quedaron frente a frente. Las caras muy juntas.

—Tú me has hablado de este país, de nuestra historia, de nuestra gloria, de cómo esos cerdos nos están pisoteando, acabando con nuestra cultura.

Carlos, con lentitud, le retiró las manos de las solapas.

—Tú y yo tenemos muchas cosas en común, querido, demasiadas, como por ejemplo nuestra debilidad por nuestras respectivas madres, pero nuestra visión del dinero es diferente.

—Estás haciendo negocios con un comisario que persigue nuestros ideales, un lerrouxista.

—¿Ideales? Lerroux y tú tenéis más cosas en común que yo y el comisario Martín Prieto, eso te lo puedo asegurar.

—Maldito hijo de puta. Márchate de esta casa.

La luz que entra por la claraboya ilumina a Rafel, que está apoyado en el borde de la piscina.

—Me han dicho que Carmelo empieza a hacer el tonto con la comida. Al final, todos dejan de probar bocado. Feliu…, ¿qué dices? Es tu bicharraco. Pol, Guillem y Miquel ya acabaron con los suyos.

—Es una pena, los Sumarroca están encantados con él.

—El próximo es el de Oriol, ¿no?

—¿Y tú, Rafel? Tienes que decidirte.

—Todos elegimos en el libro del gabinete menos tú.

—Sí, pero cuando lo vea lo sabré.

42

Lirio está en su habitación, echada en la cama. La ventana está abierta. Se escucha el tráfico del puerto, las gaviotas y el tintineo lejano de los mástiles de los menguantes barcos veleros. Lirio ha abierto la carpeta y los sobres que se llevó de la casa de Carlos Monfort. Están llenos de documentos y de anotaciones. Le gusta pasar la mirada por ellos y hace un esfuerzo considerable para identificar las palabras. Se ha dado cuenta de que el cuaderno de tapas granates es un diario de Carlos Monfort. Ha conseguido discernir alguna anotación con mucho empeño. El contenido de uno de los sobres la sorprende sobremanera. Son las fotografías del cadáver de Santiago de la Rosa. Lirio no sabe quién es. El cuerpo está echado, parece mirar a la cámara. Ve tristeza en él, y siente por primera vez algo parecido a la piedad. El tatuaje en el pecho es impactante y Lirio casi está a punto de pasar las manos por él cuando alguien llama a la puerta. Sabe que es Roma, lo guarda todo de forma rápida y precipitada y lo esconde entre las sábanas.

—Adelante.

Roma abre la puerta. Se queda de brazos cruzados en el quicio.

—¿Todo bien? —pregunta.

—Sí.

—Voy a boxear, ¿quieres venir?

Lirio sonríe.

—Claro. Pero no puedo llevar ropa de hacer *sport*. Se me notarían… las formas. Con las ropas de calle puedo disimular.

—La verdad es que solo podrías hacer esgrima —bromea Roma—. ¿Sabes manejar un florete?

—No —sonríe Lirio—. Solo estiletes.

—Bueno…, ven igualmente.

—¿No lo encontrarán extraño tus amigos?

—¿Extraño? ¿Extraño por qué?

—Que te acompañe vestida con ropa de calle y no haga nada.

—En el gimnasio Bricall te puedes esperar de todo. No me importa lo que piense la gente. Allí solo entreno. Hay sitios clandestinos donde sí vamos a pelear de verdad. Si te llevara allí sí que lo encontrarían extraño.

—¿Con quién te peleas en esos sitios?

—Algún anarquista que se cree moralmente superior a nosotros, algún señorito que no trata bien a la gente, y a veces contra alguien de otra banda.

—¿Hay más bandas cheroquis?

—No, la otra que hay es la de los apaches. Fue fundada por un colega de mi padre.

—¿Y a qué se dedican ellos?

—A lo mismo que nosotros, a comprar y vender. Vístete o llegaremos tarde. Y puedes estar tranquila, que nadie en esta casa va a tocar tus cosas, así que no es necesario que las metas entre las sábanas.

Martí va caminando junto a Roma. Como si fueran dos compinches. Como si fuera un hermano mayor. Como si fuera un amante. Como si fuera un amor de adolescencia.

Espera sentado en una banqueta en una de las salas del gimnasio mientras Roma se cambia en el vestuario. Al verle aparecer, Martí no puede evitar que se le corte de nuevo el aliento. No hay mucha gente esa tarde en el gimnasio. Ningún miembro de su banda ha venido a calentar los ánimos, como lo llaman en su argot. Roma empieza a golpear duro un saco de boxeo. Le pide a Martí que se lo sujete mientras lo hace.

Martí aguanta las embestidas. Los golpes en el saco retumban en su cuerpo. Lo encuentra extrañamente agradable. Ensimismado como está ve acercarse al señor Bricall. Es grueso y tiene una barriga que no se corresponde con su actividad profesional. Lo ve rodeado de un grupo de chicos jóvenes, vestidos con trajes de esgrima blancos que les dan apariencia de cisnes.

Y uno de ellos es Rafel.

Está hablando con el señor Bricall. Camina de una manera resuelta, decidida, a sabiendas de que atrae la mayoría de las miradas del gimnasio. Y se van acercando cada vez más hacia donde están ellos. Martí quiere esconder la cara, pero es difícil hacerlo abrazado al saco. Los violentos golpes de Roma llaman la atención de los chicos vestidos de cisne. Los musculosos brazos de Roma cimbrean el aire. Rafel se los queda observando. Martí baja la cabeza. Roma deja de pronto de golpear el saco y le pregunta a Martí, muy cerca del oído:

—¿Qué pasa?

—Nada.

La mirada esquiva de Martí no le ha pasado desapercibida a Roma.

—¿Te gusta? —pregunta Roma con sorna señalando a Rafel con la barbilla.

De una forma instintiva, Rafel le devuelve la mirada. Martí piensa que está perdido.

—Le conozco.

—¿De qué?

Martí capta las implicaciones de la pregunta.

—He hecho de… acompañante. Nos presentaron en una fiesta.

Rafel se acerca hasta ellos, dejando a un lado al señor Bricall. Observa a Roma con detenimiento. Hay algo en él, una especie de reconocimiento, como si hubiera encontrado algo que andaba buscando tiempo y tiempo. Martí traga saliva.

De pronto Rafel saluda con un leve movimiento de cabeza.

—Nunca había visto golpear así —le dice a Roma sonriendo.

—¿Le ha gustado?

—Podría dedicarse profesionalmente a ello.

—Prefiero dar golpes de otro tipo.

—Ya me imagino.

Rafel y Roma hablan con el tono de quien quiere ser agradable, pero en realidad hay cierto sarcasmo enterrado bajo su tono educado.

—Si le apetece un día boxear, ya sabe dónde encontrarme —dice Roma.

—¿Por qué esperar a otro día? Ahora mismo si quiere…

Rafel habla de forma sosegada, confidencial, como si fueran viejos amigos. Roma le contesta:

—Ese traje tan blanquito se lo va a ensuciar y tal vez le tire de donde no debe.

Martí duda de que Roma le estuviera hablando así si no le hubiera dicho que le conocía. Y siente cierta íntima satisfacción al saberlo. Hay algo parecido a los celos en él.

—Tengo unos pantalones cortos. Y seguramente aquí alguien sería tan amable de dejarme un par de guantes.

Un hombre mayor ofrece sus guantes a Rafel. No quiere perderse la oportunidad de ver cómo Roma pega a ese petimetre de bonito pelo rubio. El señor Bricall se brinda a hacer de árbitro. Los años en el gimnasio le han dado un sexto sentido para percibir cuándo las cosas se pueden poner feas. Varios hombres dejan de ejercitarse y se ponen a mirar. Se empiezan a congregar unos cuantos en torno al *ring*. Rafel se ha cambiado. Tiene un cuerpo atlético, aunque sigue mostrando cierta suavidad en los hombros y en el pecho fruto de una adolescencia no del todo lejana. Sus amigos le rodean, sonríen, a ellos nunca puede pasarles nada malo.

Roma y Rafel se quedan muy cerca el uno del otro, frente a frente. Rafel sonríe. Roma no. No estarían en la misma categoría según el peso. Puede que Roma le saque quince kilos. Empiezan a pelear. Rafel tiene buena técnica. Su juego de piernas es bueno. Roma es corpulento, pero no de una manera bovina, sino ágil. El primer puñetazo de Rafel sorprende a Roma. Le ha pillado con la defensa baja. Le ha golpeado en la cara. Luego le ha dado un golpe bajo. Roma responde, tantea, no atiende a provocaciones. Golpean una y otra vez. Nadie castiga al otro. No hay asaltos. Tan solo pelean. Giran el uno alrededor del otro hasta que de pronto se abrazan y Rafel le dice algo al oído. Roma empieza entonces a golpear reciamente el cuerpo de Rafel con la izquierda, a una velocidad vertiginosa. Cuerpo a cuerpo. Todo el mundo grita. Rafel amortigua los puñetazos con los brazos. Pero Roma le trabaja los costados a muerte. Roma se ha olvidado de boxear, le está apalizando.

El señor Bricall los separa de una manera brusca.

—¡Ya está bien! Esto no es un club de la Barceloneta. Si vais a pelear así, iros a la calle.

—Le tenía que haber reventado su bonita cara —dice Roma cuando vuelve al rincón del cuadrilátero, donde un nervioso Martí le espera.

Martí le pasa la mano por los hombros. Está preocupado. Le limpia las heridas. Roma tiene sangre en una de las cejas.

—¿Por qué te has peleado así con él? ¿Qué te ha dicho al oído?

—Eso es asunto mío.

—Dímelo.

—No.

—¿Ha sido de mí?

—Estate tranquilo. Sé lo que me hago.

Martí se acuerda de cuando la señorita Adelaida acompañó a la señorita Prats al combate de boxeo. Carlos Monfort le explicó que había sido ese el motivo por el que Clara había perdido su trabajo. Había sido del todo premeditado. Pobre, se confió. En realidad, le enseñé el camino correcto. Las palabras de Carlos Monfort entran y salen de su cabeza.

Vuelven caminando a casa el uno al lado del otro. Martí disfruta enormemente de ese momento. Volver a casa. Caminar juntos. El uno al lado del otro. Compartiendo un cigarrillo. Ahora echan a correr. Ahora ríen. Es el primer amor de Martí.

Es la hora de la cena. Roma tiene una ceja hinchada. Roma trata a Lirio con una extraña naturalidad. La familia tiene la costumbre de, si hace bueno, subir a la azotea. Y la noche es primaveral. Empieza a hacer calor a pesar de que de noche sube el frío del mar. Como ha podido comprobar Lirio, todo el edificio es de su propiedad. Los negocios les han ido bien. Está segura de que no solo hacen trapicheos. Deben de tener más de una fuente de ingresos. Lirio les dice que tiene sueño y que quiere acostarse. Roma quiere ponerse hielo en la ceja. Los demás suben a la azotea a fumar y a ver las luces de los barcos del puerto. Si preguntasen a cualquiera de ellos, sabrían lo que va a pasar.

Lirio va hacia su habitación. Roma la sigue. Lirio deja la puerta abierta y él entra detrás. Se muerden los labios cuando se besan, las lenguas chocan, los dos quieren entrar en la boca del otro. El peso de él sobre ella. La agradable sensación, la abrupta solidez de sus hombros. Déjate caer encima de mí, le susurra al oído. Y él lo hace, aunque tema hacerle daño. Duermen juntos. Lirio se despierta y le ve de pie, a contraluz, desnudo, asomado a la ventana. Está amaneciendo. Su mano retiene la cortina a un lado. Una luz oblicua, anaranjada, entra en la habitación como si fuera el reflejo de un mar incendiado. Lirio se levanta. De manera natural se echa la mano al cabello y descubre como si fuera la primera vez que lo lleva corto. Siente de forma agradable la frialdad de las baldosas en los pies. Observa a Roma. Sonríe. Se acerca por detrás y apoya su cuerpo en él. Besa el nacimiento del cabello en la nuca rapada. Le pasa las manos por delante. El cuerpo es ancho y se quedaría abrazada a él horas y horas. Lirio empieza a mover las caderas, frota su delicado vello púbico contra el culo carnoso de Roma. En aquel momento, le gustaría ser un hombre de verdad para poder entrar dentro de él. Roma echa la cabeza atrás.

—Sé que a veces estás triste por alguien —dice Lirio.

Nota un temblor en él. Roma se vuelve con violencia y la sujeta de la cabeza, y la besa abriendo mucho la boca, la lengua dura, la mirada clavada en Lirio, hasta que la empuja y Lirio cae hacia atrás. Le sorprende la violencia de él. Sin embargo, el rostro es distinto, una mezcla de rabia, dolor e impotencia. La misma que vio durante el combate. Lirio conoce esa mirada, sabe lo que siente y gatea hasta él, apoya la cabeza en sus muslos y se abraza con fuerza a ellos.

—Puedes hablar conmigo.

Sujeta la mano, se la besa. Algo en el cuerpo de Roma cede y dice:

—Tenía un amigo. Le mataron. Trabajaba en el Círculo Ecuestre. Y era divertido y era todo lo que yo no soy. Cuidaba de los caballos. Tenía mano con ellos. Tenía un gran tatuaje en el pecho, una rosa enorme en el pecho. Se apellidaba De la Rosa. Un día nos peleamos.

Lirio comprende con estupor que ese hombre es el de las fotografías que había en la caja fuerte de Carlos Monfort.

—¿Y qué pasó?

Lo pregunta con dulzura, con ternura. Nunca le había salido de forma natural, sin fingimiento alguno.

—Él me dijo… que me quería.

Lirio se le queda mirando y dice:

—Pero eso no es algo malo.

—Yo pensaba que estaba bromeando, no supe entenderle. Tenía unos tatuajes en los brazos… Eran como los que hacen en el Japón, no como los que llevamos nosotros, que no son más que una imitación de los que llevaban los indios en un circo. Decían algunos que se había marchado. Había tenido problemas con los farolas. Se lo habían llevado detenido porque había montado follón en la calle, en un bar, porque yo le rechacé, no le entendí, no supe entender y él se fue a emborracharse y a bramar en la calle. Y desde entonces, se emborrachaba y la liaba en la calle. Y un día, tras una borrachera, desapareció.

—¿Tú le querías?

—Con él, todo era más sencillo, más fácil. Le miraba, él me miraba y ya sabíamos, y nos reíamos… Era mi hermano del alma, y no supe…, no pude, no quise… estar a su lado. Porque a mí me gustan las tetas y el coño. Y un día desapareció. Y no supe nada de él hasta que le descubrieron tirado en el puerto con un par de tiros en el pecho como si hubieran rematado a un perro.

—¿Quién crees que pudo ser?

—No lo sé. Pensé en un primer momento que habían sido los farolas. Luego me dijeron que ellos estaban igual de desconcertados que nosotros.

—¿Nosotros?

—Los chicos, la banda.

—¿Ellos sabían…?

—No.

Baja la cabeza.

—Odian a ese tipo de personas.

—¿Y tú?

—Creo que tal vez en otras circunstancias…, en otro tiempo y lugar…, no me habría importado.

—Yo… ¿me parezco a él?

—No. —Se ríe—. No, no te tienes que preocupar por eso.

Roma se agacha junto a Lirio, esconde la cabeza en su pecho. Ella le abraza. Le acuna.

—A veces hay algo dentro de mí que está a punto de estallar. Tengo un fuego metido aquí dentro y él lograba apaciguarlo…, todo lo malo que había en mí. Me gusta pegar, a veces he llegado incluso a pegar a gente que no se lo merecía, cada puñetazo apagaba lo de dentro, el pelear por pelear. He llegado a apalizar a un pobre borracho solo porque me había mirado mal. Y es un placer, y muchas veces se me ha puesto dura al hacerlo.

Él la sujeta de la cara. Apoya la cabeza en su frente.

—A ti no te haría nunca nada. No sería capaz, pero a cualquier tipo que…, he apalizado a alguien hasta la muerte. A veces bebo, pienso que la bebida puede apagar lo de dentro, pero no es así, hace que todo me dé más asco todavía. Y él lograba acallar las voces de mi cabeza.

Ella le abraza con fuerza. Le sujeta las manos. Las besa. Son cuadradas, fuertes, besa los nudillos, desliza las manos por el costado de su cuerpo, los contornos duros, la densa textura del músculo bajo la piel, llega hasta el vientre, la polla dura como pedernal caliente.

241

43

Martín Prieto recibe la orden de presentarse en Jefatura de Policía. Millán Astray quiere hablar con él. Ya casi ha anochecido cuando aparece en el paseo de Isabel II. El edificio está frente al puerto, a un lado de la Lonja. Sin embargo, el jefe de la policía gubernativa prefiere un despacho que da al lado contrario, a la calle Consulado. Desde su despacho se ven los edificios de enfrente y las ventanas iluminadas dejan entrever retazos de vida doméstica tras las cortinas.

—¿Cómo van las investigaciones? —dice Millán Astray ofreciendo asiento al comisario.

Martín Prieto prefiere ser sincero. Sabe que su comisaría está siendo vigilada por Jefatura. Él es el comisario con más poder en Barcelona. Hay otros que se han especializado en la represión del anarquismo, pero Martín Prieto prefiere los bajos fondos. Los altos ideales anarquistas y la contraofensiva de la patronal le aburren bastante. Ambos bandos se obsesionan con cambiar la vida de la gente, mientras que el comisario prefiere dejarse llevar por la vida y los placeres que pueda ofrecerle.

—Estamos siguiendo una pista. Tenemos una ligera idea del tipo de personas que están detrás de las muertes. No sabemos exactamente quién. No hay nada político en ello. Ni enfrentamientos con la patronal.

—Si aparece otro cadáver, no podré retener más la información.

Martín Prieto sabe que Millán Astray quiere decir que la información saldrá de allí y se montará un buen escándalo en la prensa.

En el edificio de enfrente una escena llama su atención. Son dos amantes. Una pareja tras las cortinas de una habitación. El perfil le resulta extrañamente conocido y algo doloroso. Una pareja joven que está a punto de hacer el amor.

—Como usted sabrá, estamos investigando la muerte de Carlos Monfort. Creo que usted le conocía.

Martín Prieto asiente. Es el golpe que estaba esperando.

—Sí. Era abogado.

—Genealogista.

—Sí, uno de los mejores del país.

—Verá…, no hay duda de que es usted un patriota. Y por eso resulta extraño lo que tengo que preguntarle…

Martín Prieto teme que los tratos con el consulado alemán hayan sido descubiertos. Se ha guardado las espaldas. Tiene guardado dinero en francos suizos en un fideicomiso que es inalcanzable para las autoridades y al que solo podría acceder su mujer. Un dinero que les permitiría vivir sin problemas todo lo que durara la vida de su hijo Javier.

—Verá…, el señor Monfort estaba siendo investigado por separatista. Nuestros servicios de información nos dijeron que estaba intentando montar con un grupúsculo de jóvenes un partido político que se llamaría Estat Català, en referencia a la proclamación del Estado catalán en 1873. Empezaba a promulgar algo así como un ideal carolingio, que no tengo ni idea de lo que es, pero supongo que nada bueno. Estamos hablando de fuerzas separatistas y antimonárquicas, muy peligrosas.

—¿Carlos Monfort? —La extrañeza del comisario es auténtica—. Nunca lo habría imaginado. Habitualmente hablaba con él. Nunca dijo nada al respecto. Y eso que hemos compartido buenos momentos juntos y la gente es proclive a las confidencias. Incluso hace poco me fui de putas con él.

Martín Prieto está seguro de que Millán Astray, a poco que se trabajara a los cocheros, ya sabía de sus visitas a comisaría y a la casa de madame Blanxart.

—¿Tan estrecha era su amistad?

243

Martín Prieto sonríe.

—¿De verdad cree usted que me llevaba a un abogado de putas por amistad?

Millán Astray le devuelve la sonrisa.

—También sabemos que acudía de vez en cuando a la comisaría de Conde del Asalto.

—Verá…, no sé cómo explicárselo. El señor Monfort… tenía una afición un tanto peculiar. Le gustaba coleccionar las fotografías de los detenidos, gente golpeada, herida, tenía una especie de fetichismo por ello, no sé si me entiende. En la comisaría le facilitábamos ese tipo de fotografías. Yo lo hacía porque, verá, él era un hombre influyente, y gracias a ello me debía un favor.

Millán Astray se queda pensativo. Finalmente dice:

—Cuando fui al combate el otro día había una fotógrafa que trabajaba en el Gobierno Civil y vi que estaba tomando fotos del boxeador protegido por él. Nunca pensé que habría un vicio como ese.

—Sí, lo siento. No debí hacerlo, pero que viera o coleccionara las fotografías no hacía ningún mal y a cambio… era algo que me interesaba por si algún día…, ya sabe, necesitaba que se me devolviera un favor. Carlos Monfort estaba relacionado con las mejores familias catalanas, las cien familias que dominan este país, las familias que a usted y a mí nos odian. Nos necesitan para que controlemos a los obreros de sus fábricas, encerremos a la gente que los molesta, pero siempre nos harán saber que simplemente somos tolerados mientras les seamos útiles, y siempre nos recuerdan nuestra posición, la de mayordomos con pistolas que mantenemos el orden, pero si nos encontramos por la calle o en un palco del Liceo harán ver como que no nos conocen. Y Carlos Monfort estaba en medio de todo ello.

—Catalán, separatista, medio maricón, solo hubiera faltado que hubiera sido rojo.

—En esas familias, siempre hay un elemento díscolo, igual les da por eso, como les da por irse de misiones a África.

—Parece usted conocerlos bien. —El jefe de policía no puede evitar decirlo con cierta admiración.

—Mi mujer pertenecía a una de esas familias.

—¿Ya no?

—Fue completamente desheredada al casarse conmigo. Su familia ni siquiera conoce a nuestro hijo.

—Vaya, lo siento.

—Una pregunta, si no le importa… ¿Cómo han sabido sus servicios de información todo eso de Carlos Monfort?

—Uno de los jóvenes a los que intentó convencer nos pasaba la información. En realidad, tan solo uno de ellos se lo tomaba en serio, el resto parecía que le seguía la corriente. En el fondo son buenos chicos de buenas familias, si acaso carlistas, pero eso no tiene nada de malo, ¿no?

—Resulta extraño. Carlos… no se mostraba interesado en nada de eso. Incluso llegó a comentar que el rey actual desciende directamente de la casa de Barcelona.

—Pues ya ve. En fin. Espero que la próxima vez que nos veamos sea para que me informe de la detención de los autores de los crímenes del puerto.

Martín Prieto sale del despacho. Sabe que hoy se ha salvado. Apenas hay nadie en Jefatura. No hay secretarios ni mecanógrafos, y se empieza a respirar el aire del turno de la noche, más sosegado y fraternal entre compañeros.

Al bajar las escaleras se encuentra con el inspector Requesens, quien se encarga de la investigación de la muerte de Carlos Monfort. Sabe que sus secretos están por ahora a salvo. Los dos hombres se miran. Es Martín Prieto el primero en levantarse el sombrero y ofrecer la mano. Ambos son veteranos de guerra.

—Inspector.

—Comisario.

Los dos saben lo que cada uno de ellos investiga. El comisario sabe que el inspector ha perdido hace poco a un hijo de pocos años. Es un inspector honrado. Una *rara avis* en el departamento. Por un momento, Martín Prieto se imagina cómo hubiera sido su vida si hubiera seguido el camino de él. Pero sabe que no hubiera podido hacerlo, pues su naturaleza es de otro tipo, la conoce y con el tiempo ha sabido reconciliarse con ella.

—Hace tiempo que no le veía —dice el inspector Requesens—. Supongo que debe de estar atareado con los crímenes del puerto. ¿Cómo se encuentra su hijo?

Ningún policía le pregunta de manera abierta por él.

—Bien. Sé que usted perdió al suyo recientemente.

—Sí.

—Lo siento.

Martín Prieto lo dice con sinceridad.

—Gracias.

Ambos hombres se despiden. Requesens sube las escaleras para reunirse seguramente con el jefe de policía. Martín Prieto baja las escaleras y sale de Jefatura. El sonido del entrechocar de las velas de los barcos contra los mástiles de los veleros resulta melancólico. Como la última llamada de un mundo que empieza a desaparecer.

44

Carmelo permanece colgado de los brazos en una posición que sería terriblemente dolorosa si estuviera consciente. Tiene el torso por completo expuesto. Le han dejado esta vez unos calzones puestos. Rafel utiliza el cuerpo de Carmelo como *sparring*. Le golpea con furia, una y otra vez. Se va moviendo a su alrededor. Bernat fuma de forma distraída. El boxeo le aburre. El resto está echado en diferentes otomanas. Guillem se ha ido a pasar el rato con una de las internas.

—La pelea en el gimnasio no te acabó de gustar, ¿no? —dice Bernat, conciliador.

Rafel tiene varios moratones en el costado y, aunque trate de disimularlo, algunos movimientos le resultan dolorosos.

Carmelo había sido elegido por Feliu Baladía. Habían visto su fotografía en el libro del gabinete antropométrico. Lo había elegido a sabiendas de que era un protegido de Carlos Monfort. Tras verlo boxear finalmente se decidieron. Estuvieron encantados de robarle una de sus piezas. Era una manera más de castigar a Carlos Monfort por su soberbia y traición.

Rafel detecta algo nuevo en uno de los quintaesenciales. Feliu ha esquivado la mirada cuando Rafel se la ha buscado.

—Hey. —Rafel se acerca hasta él. Le sujeta la cara con las manos todavía enguantadas—. No tendremos ninguna duda. No desfalleceremos.

—No, no es eso.

247

—Entonces, ¿qué es? Fuiste tú el que lo eligió. Cada uno de nosotros elegiría a uno. Caminaríamos sobre ellos descalzos. Seríamos un grupo, nos uniría, nos ungiría, nos haría más fuertes. Y les quitaríamos la vida con la misma arma, nos hermanaríamos. Porque nosotros tenemos derecho, porque son seres inferiores, una raza podrida que vienen a corrompernos. Este de aquí nos va a durar poco. Así que, Feliu, es tu turno. Cuando quieras. Somos una hermandad, somos los defensores de los valores de este país, juramos defenderlo, será mejor que te decidas. Yo ya he elegido al mío, y lo tendré aquí delante, colgado como este.

—¿Te refieres al tal Roma?

—Es peligroso —dice Oriol—. Tiene familia. No es como estos muertos de hambre.

—Además es de aquí, de la tierra, como nosotros —interviene Miquel.

—Me he estado informando. Le llaman Roma por Romagosa, pero en realidad se apellida Sánchez. Su padre es español. Es una mezcla y esos son los peores.

Miquel se coloca los guantes. Decide acompañar a Rafel. Cada uno golpea por un lado, dando vueltas. Izquierda, derecha, izquierda, derecha.

—Está duro, el cabrón —dice Miquel.

—Hay que machacarle bien. Sentirá dolor, y luego el doctor Benjamín le suministrará veronal. Se volverá adicto de inmediato y se volverá sumiso de nuevo.

—Me han dicho que está dejando de comer. El último se golpeó la cabeza.

Hay un momento en que los dos se paran. No resulta tan divertido como debería serlo.

—Que traigan a la señorita Prats —dice Rafel.

—¿Otra vez?

—Nos reiremos.

—Aún no hemos visto las fotos. Quiero saber si he salido guapo.

—Las tendremos.

Clara se encuentra haciendo labor con las demás internas de primera categoría. No ha dejado de pensar en todo el día en Carmelo. La mente se le va de un lado para el otro, aunque todo gravite en torno a la presencia de Carmelo a un escaso centenar de metros de allí.

Un par de celadoras se le acerca. No las ha visto nunca, pero le recuerdan a la que vio en la fiesta para recaudar fondos. Recuerda cómo trataron a Julia, lo que pensó entonces de aquella pobre mujer. La celadora joven que está en la sala baja la mirada.

—Tiene que acompañarnos —dice una de ellas.

—A la casita blanca, ya sabe —dice la otra.

Clara siente que le sube una náusea a la boca. El resto de las internas sigue con sus labores. No obstante, detecta el nerviosismo y la tensión en ellas y se pregunta hasta qué punto saben el alcance de lo que está ocurriendo allí. Clara deja la labor a un lado. Se levanta, se alisa el vestido.

—Está bien.

No intercambia palabra con las celadoras durante el trayecto. Abren la reja que separa el jardín del sanatorio del de las casitas y caminan un trecho. Solo hay tres carruajes, pero no se ve a los cocheros. En la puerta está el portero del otro día. Las celadoras y el portero intercambian un saludo. Las celadoras dan media vuelta y el portero conduce a Clara al interior. Llama a la puerta del salón. Alguien abre la puerta. Es uno de ellos. El único que lleva gafas. Está completamente borracho. Son las seis de la tarde.

Clara entra al salón y ve a Carmelo colgado por los brazos. El alivio de ver que aún sigue vivo se desvanece enseguida por su aspecto. Recuerda la imagen de un mártir, de un esclavo negro siendo castigado. La cuerda alrededor de las muñecas le dejará unas marcas terribles. Clara sabe que están cambiando, se están volviendo más arriesgados. Le están dejando huellas. La piel del torso está enrojecida por los golpes. La cabeza, caída hacia delante. Está drogado. Al menos por ahora no siente nada. Tiene ganas de llorar, de abrazarle y protegerle. No es dada a la violencia, pero si tuviera un arma a mano no dudaría en pegarles un par de tiros a cada uno de los quintaesenciales.

—Rafel, tu amiga —dice uno de ellos.

Visten de forma elegante, aunque luego acaban con las camisas arrugadas y desabrochadas. En la habitación hay un calor denso. Ya hay botellas vacías. Uno se está introduciendo un polvo blanco por la nariz. Otro acaba de volver de estar con una interna escogida para él y está derrengado sobre un sofá como si quisiera dormir la mona.

—Pero ¿quiénes os creéis que sois?

La presencia de Carmelo la espolea.

—Os creéis muy valientes… Drogado de esa manera. No puede defenderse. Sois unos cobardes…

—Sí, y unos sinvergüenzas, pero no te hemos traído para que grites, mujer —dice alguien.

—No se puede defender.

Ellos ni siquiera la miran. Es una aburrida. Una pesada. La indiferencia que muestran ante sus palabras es como la de alguien sentado en una cafetería que oye a una loca gritar en el otro lado de la calle.

—¿No la puedes hacer callar? —pregunta Bernat con cara de hastío—. Por el amor de Dios, habla por los codos, me duele la cabeza solo de escucharla.

Rafel sonríe y dice:

—Claro, buena idea. Tápale la boca.

Un par de ellos la sujetan por los brazos. Guillem o Pol le tapa la boca con un pañuelo de seda. ¡Por fin algo divertido!

—Eso, muy bien.

Se ríen. Aunque sienten cierta incomodidad por haber tenido que hacerlo ellos. Hubieran preferido que lo hubiera hecho alguno de sus hombres. Esos trabajos manuales pueden ser terriblemente detestables.

—¿Dónde has dejado las cámaras?

—En el cuarto de al lado, junto a los licores —dice Pol.

—¿Necesita algo más, mademoiselle?

—No puede hablar.

—Es verdad, pobrecita.

—Joder, pues que diga que sí o que no con la cabeza.

Oriol gira la cabeza a un lado y al otro, hace el gesto de que sí y de que no. Todos se ríen.

—No seas tonto.

—Venga, chicos, una bonita fotografía.

—Anda, haz tu trabajo, esfuérzate.

—Por favor, lo que le cuesta ponerse a trabajar —dice Oriol—. Parece una de esas murcianas que tenemos en la fábrica.

—Culpa tuya, contrata a chicas de aquí.

—Las murcianas son vagas, pero son resistentes. Las de aquí enseguida se quejan de esto y de lo otro.

Rafel le dice a Feliu:

—Ponte a un lado del bicharraco, que para eso es el tuyo.

Rafel posa ufano, a un lado, apoyado en el cuerpo inerme de Carmelo.

—Eh, chicos, venga.

El resto se pone alrededor. Empiezan a moverse como si oscilara el suelo. Algunos llevan cigarrillos en la boca, casi todos están despeinados. Han fumado cigarrillos turcos.

Rafel se sube a una silla y levanta la cabeza de Carmelo.

—Venga, Feliu, bésale, que sabemos que lo estás deseando.

—Besar a un mono.

Feliu se hace de rogar, pero finalmente le besa. Varios de ellos imitan el sonido de un mono. Los otros chicos derraman alcohol sobre las cabezas. Empiezan a dar saltos como si estuvieran animando en una competición deportiva.

—Pronto será tu bautizo de sangre.

—¿Ya ha hecho las fotos, mademoiselle?

La confrontación de Clara les parece aburrida, normas burguesas a las que ellos no es necesario que se atengan, normas que defenderían hasta la muerte si fueran otros los que osaran contravenirlas. A Clara el pañuelo en la boca le produce náuseas. Tiene ganas de vomitar. Le gustaría llorar. Pero quiere mantener la cabeza fría. Quiere ser testigo del mal. Puede hacer una fotografía en aquellas condiciones. Le han cerrado la boca. Y ella recuerda cuando fotografía a los detenidos, de frente y de lado, y les sujetaban la cabeza por detrás con un hierro incómodo, y cómo le pedían que fotografiara con todo lujo de detalles los cráneos, las posiciones forzadas.

Cuando acaba le quitan la mordaza. Rafel da unas palmadas. Entran unos hombres, son mayores, rostros en los que el hambre y la viruela han dejado mella. Descargan el cuerpo sin miramientos. Alguno de ellos lanza una mirada a Clara, ni se te ocurra recordar quiénes somos. Se llevan a Carmelo. Clara sabe que en pocos días van a matarle. Clara los mira. Acaban de humillarla y vejarla como nunca nadie ha hecho en la vida. Ni siquiera se puede comparar con los dedos intrusos del doctor Benjamín. No intenta comprender, solo intenta descubrir la naturaleza humana, aunque sea en todo su horror. Es la vida de Carmelo lo que la preocupa.

Rafel da dos palmadas más.

—Lleváosla. Y la próxima vez que te pongas a gritarnos con esa vocecita de niñera engreída le diremos al doctor Benjamín que te dé el tratamiento que les dan a las otras.

Entran las celadoras. Se la llevan.

Feliu Baladía dice:

—No me gusta cómo me mira.

—¿Qué haremos con ella cuando todo esto acabe?

—¿Por qué tiene que acabar? Esto es el principio.

—Ya sabes a lo que me refiero.

—El doctor Benjamín la drogará como a las otras. La volverá adicta al veronal. Se le irá la soberbia que tiene encima.

—También se irá su talento.

Rafel se encoge de hombros.

—Qué se le va a hacer…

—¿No se dará cuenta su familia?

—Su familia la metió aquí. La verán tranquila y no les importará. Más bien se sentirán aliviados. Estoy seguro de que entonces dejarán de pagar para que esté en primera categoría y tendrá que ir con las comunes.

—Me recuerda a una niñera amargada que tenía cuando era pequeño —dice Bernat—. Mi hermana y yo nos deshicimos de ella acusándola de robar.

—Es una pena. Las fotos que hace son una pura maravilla.

—Mi familia me llevó a la casa Prats cuando era un niño. Nos hicieron una fotografía todos juntos.

—A todos nos han hecho fotografías allí.

—Pues el padre era un borracho. Casi no se tenía en pie cuando nos la hizo.

—¡Qué asco!

Empiezan a decir cosas sin sentido. Se ríen. Sin la presencia de Carmelo, el salón ha quedado de pronto vacío. Al final se tiran al suelo. Echados así, sobre una de las alfombras, unen las cabezas formando las puntas de una estrella.

—Nunca seremos tan jóvenes como hoy.

Todos ellos fuman. Lanzan el humo hacia arriba. Uno o dos saben hacer anillos. Tienen la mirada en el techo.

—Tengo que casarme ya… —dice Rafel con aire melancólico.

—Isabel es una buena chica.

—Será difícil mantener nuestro grupo. Nos casaremos, tendremos hijos. Nada será igual.

—¡No digas eso! Siempre estaremos unidos. Defenderemos nuestros ideales, nuestras casas. Nuestra forma de ser. Ningún español muerto de hambre nos cambiará.

—No me preocupan los españoles. Me preocupan los míos. Nos tenemos que hacer respetar.

—Venga, animaos, tenemos que organizar la cacería del bicharraco de Oriol.

—¿Quién era?

—Un sindicalista del metal. Un hijo puta muerto de hambre.

45

Clara, al despertarse, lo primero en que piensa es en Carmelo. El horror que debe de sentir al despertar de nuevo en el lugar en el que está encerrado. Se tiene que sujetar al lavabo cuando va a peinarse. Sienta la náusea subirle a la boca. Al llegar al comedor a desayunar, saluda a Blanca Dulce. Y entonces… ve que se acerca una nueva comensal. Al principio no la reconoce. Es una vieja dama, vestida de blanco, con un sombrero un tanto extraño. Clara se levanta. El corazón le da un vuelco. Un rápido movimiento de cabeza de la mujer que la acompaña le da a entender que permanezca en el sitio. Es Luisa. Y la mujer mayor vestida de blanco es su abuela. Y le ha hecho una seña convenida entre ellas para cuando debía permanecer quieta por algún motivo importante. Clara se sienta, cruza los brazos como si se abrazara a sí misma por no poder hacerlo con Luisa y su abuela. Y tiene que contenerse las ganas de llorar. Han venido a buscarla. Su abuela ha venido a rescatarla. Las acompaña una de las celadoras, quien no parece haberse percatado de nada o no le ha dado importancia. Es habitual que las internas hagan movimientos extraños, que se levanten y se queden mirando fijamente a un punto o que de repente se den la vuelta y no quieran seguir desayunando.

La celadora las presenta:

—Tienen una nueva compañera. Es la señora… —La celadora se atraganta, aunque mire disimuladamente un papelito.

—Señorita Szczesny —dice su abuela. Es su apellido de soltera—. Pero llamadme Sasha.

Amalia habla con un fuerte acento, recargado y a todas luces impostado. Sonríe, aparta una silla vacía y pregunta:

—¿Mi sitio?

Su abuela se sienta como si hubiera estado allí toda su vida. Luisa se marcha con la celadora. ¿Ha enloquecido su abuela? No. Todo lo contrario. Parece que ha vuelto a ser la misma de antes. Entonces surge una duda en Clara. ¿No se había estado haciendo la loca para que la dejaran en paz? Su vestido es blanco y elegante. Y lleva el cabello recogido con primor. Un collar de perlas da varias vueltas a su cuello.

A Clara le resulta difícil seguir desayunando. No puede tragar alimento alguno. Lo bueno de estar en un sanatorio mental es que ese comportamiento no es nada del otro mundo y no levanta sospechas. Blanca Dulce le aprieta la mano. Ojalá pudiera compartir la noticia con ella. Las tres mujeres rentistas se quedan mirando a Sasha.

Cuando acaban de desayunar, su abuela se hace la despistada, se le acerca y le dice:

—Joven, ¿qué tengo que hacer para ir al jardín?

—Yo la ayudo si quiere —dice Blanca Dulce.

—No, guapa, usted no.

—¿Por qué?

—No. Ella me gusta. Usted no.

Es el tono desabrido de engreimiento aristocrático con el que hablaba en los últimos tiempos. Blanca Dulce se lleva una mano al pecho y dice:

—Rezaré por usted.

—Pues hágalo, que buena falta me hace. Además de loca soy muy pecadora...

—Ya le gustaría a usted —dice una de las mujeres rentistas. Es la primera vez que Clara la escucha hablar desde que está internada.

—A veces veo cosas que no debería ver —contesta Amalia. Guiña un ojo a Clara y dice por lo bajini—: Se supone que tengo que decir cosas sin sentido.

Se sujeta del brazo de Clara, quien la conduce hasta el jardín.

—¡Qué bien, un sitio en el que hacerse la loca sea lo normal!

—Abuela…

Clara tiene ganas de abrazarla.

—Me dijeron que te habías ido a tomar las aguas a un balneario del Pirineo, pero naturalmente no me lo creí. Hice ver como que sí, claro. El señor Francisco nos dijo a dónde te habían llevado y que luego no habías vuelto. Todo el mundo lo sabe en la casa. Tu padre también se ha enterado de que estás aquí. Está intentando dejar la bebida, solo para recuperar la tutela, pero no lo consigue porque la bruja de Elisenda hace todo lo posible para que se emborrache cada día más. Ha despedido a casi todo el servicio y ahora tiene una corte de chicas sumisas que viene de no sé qué orfanato regentado por religiosas. Con Luisa no se ha atrevido todavía, pero todo se andará.

—¿Y Abel?

—Oh, Abel. Desde que te marchaste ha dejado completamente de hablar. Se mantiene encerrado en el taller. Elisenda le ha amenazado con encerrarlo a él también. Enrique, al menos en ese sentido, es fuerte y no deja que la rancia esa le haga nada al niño. Así que he decidido entrar voluntariamente. No deben saber que somos familia. Me he hecho pasar por una vieja aristócrata medio francesa, medio polaca algo gagá. Quería saber cómo estabas. Intentaremos que te vea un buen psiquiatra. Tenemos que buscar la manera de que Elisenda no se entere de nada. Fue ella la que tramó tu internamiento. Vino aquí a escondidas una tarde.

Sasha suspira, se queda quieta y dice:

—Sé que te pasa algo más.

—Hay algo horrible aquí.

El hecho de poder hablar de ello es liberador y aterrador a un mismo tiempo. Tiene miedo de que el vínculo con su abuela sea descubierto y le dice con cautela:

—Iremos al taller de fotografía. Pero sería demasiado peligroso hacerlo ahora. Ni siquiera deberíamos estar paseando por aquí.

—Mañana por la mañana.

Se ven a la noche. Juegan a las cartas. Hacen ver que se han conocido ese día. Luisa viene a recoger a Amalia. Duermen también en el pabellón de las de primera categoría. Duermen apenas tres o cuatro habitaciones más allá. Y eso reconforta sobremanera a Clara, que consigue dormir profundamente por primera vez en mucho tiempo.

Al día siguiente, Sasha observa con detenimiento las fotografías. Sus dedos arrugados pasean por la superficie. Su cara es extraña, como si recordara algún episodio pasado de su vida. Clara le explica quiénes son aquellos chicos que se muestran triunfantes en las fotografías junto a un hombre vulnerable.

—Esto es el mal. El mal puro —dice Sasha como si murmurara para sí misma.

—Los consideran seres inferiores. El doctor Montoliu era un defensor de la frenopatía. Y Carmelo está en uno de los chalés o en el pabellón de los furiosos. Lo que no entiendo es qué ganan con fotografiarse.

—Al hacerlo… ninguno de ellos podrá escapar. Ninguno de ellos podrá traicionarse. Las imágenes tienen un gran poder.

Las dos mujeres acercan las cabezas.

—¿Te hicieron un reconocimiento? —pregunta Clara con cuidado—. ¿Tuviste que dormir en el purgatorio?

—Vine de noche. No quería que me vieras entrar aquí. Primero necesitaba entrar en mi personaje. Me llevaron a dormir a una habitación pequeña, sin apenas muebles. Y Luisa estuvo conmigo. La tengo ahora enterándose de todo. Aquí hay mucha gente. Criadas, cocineros y celadoras. Por cada una de nosotras hay por lo menos tres personas que trabajan aquí y que entran y salen. Es nuestra única oportunidad. Luisa puede entrar y salir de aquí cuando quiera. Puede hacer creer que necesito más ropa o que me he obsesionado con un broche que me falta.

—¿Qué podemos hacer?

—Tenemos que utilizar su propio poder. Lograr que las fotografías lleguen a alguien. La prensa anarquista estará deseando publicarlas.

—Pero entonces condenaremos también a Carmelo. Todo el mundo le verá humillado. Su familia, sus amigos… Tal vez sea mejor entregarlas a la policía. El comisario Martín Prieto me conoce, hablé con él, me dijo que si necesitaba ayuda se la pidiera. Escribiré una carta explicando todo lo que sucede. Él podrá ayudarnos.

—¿Es de fiar?

—No lo sé. Pero no se me ocurre otra idea.

—Luisa no podrá hacerlo. No querrá hablar con la policía. Tiene antecedentes.

—¿Antecedentes?

—Es republicana y anarquista.

—¿Qué?

—Sí. La casa Prats es un piso franco para los revolucionarios. Ella es muy activa. La ficharon una vez. No le hicieron el Bertillon porque en aquella época no existía. Cuando alguien necesita un lugar seguro, Luisa los esconde en la casa. Como entra y sale tanta gente del estudio nadie sospecha nada. Tu padre y yo lo sabemos. Pobre Elisenda, si supiera…

—Y… ¿el resto de la gente, el señor Francisco, las demás chicas…, el señor Ricard, que siempre está ojo avizor…?

—El señor Ricard es un carlista y, como todos los carlistas, no ve lo que pasa debajo de su nariz. Desde uno de los estudios se entra a una de las habitaciones seguras. Pero mejor no te digo nada más.

—No lo hubiera pensado de Luisa.

—¿Te pensabas que era una vieja solterona sin vida propia?

—Y ella ha ingresado aquí contigo…

—Tendrá un cuartito al lado del mío. Así que no te preocupes. Le daremos toda la información a ella en un sobre y se la entregará a alguien que pueda presentarse en comisaría. Tendrá que ser Abel.

—Ellos saben quién es. Me amenazaron con hacerle daño.

—¿De qué le conocen?

—No lo sé…, supongo que de acompañarme como fotógrafa forense. Carlos Monfort se lo debió de explicar.

—Es peligroso.

—Es la única opción.

—Tu madre estaría orgullosa de ti. ¿Aún te acuerdas de ella?

—Todos los días.

—Cuando se casó con tu padre fue una de mis grandes alegrías. Tu madre era buena y sincera. Le hizo prometer a tu padre que podrías dedicarte a lo que desearas.

A Clara el olor de los productos químicos le resultaba agradable como a otras personas los perfumes. Las ropas de su madre olían a ellos. Enrique se quejaba de ese olor, pero a Clara le encantaba. Su madre trabajaba en el laboratorio, mezclaba los productos y ayudaba a su padre. Clara recuerda las placas de albúmina. Eran delicadas como *soufflés* y necesitaban pericia y paciencia. Su padre le dejó hacer una fotografía a los seis años. Y la modelo era su madre. Tenía los ojos claros.

46

Abel ha salido de casa por primera vez desde que su hermana está en el sanatorio. Lleva escrito en un papel una dirección y lo que debe decir. Lleva también un secreto que puede hacer tambalear los fundamentos sociales de la ciudad. Luisa le ha explicado con paciencia lo que tenía que hacer. Luisa ha entrado en la casa a escondidas, por la puerta de la carbonera que da a la cocina trasera. Lo ha hecho con sus propias llaves. Elisenda sabe que se ha marchado con Amalia, sin saber a dónde.

Los colores de la calle se deslizan en su cabeza y estallan en miríadas de sensaciones. Unas son demasiado intensas, otras son hermosas, aunque hagan daño, otras en cambio le acarician guardándole de algún mal. Cada sensación puede ser un pequeño tormento o un placer. Cuando acompañaba a su hermana nada de eso sucedía. Era como si ella consiguiera que las cosas reposaran en su sitio y que él las pudiera entender. Al menos ahora, una parte del universo que él consideraba inmutable ha vuelto a serlo. Porque había algo difícil de entender: el hecho de que su hermana le hubiera abandonado. Abel no entendía el mundo, pero sabía lo que es el amor incondicional.

Y hoy por fin ha entendido lo que ha pasado. Ella no se ha marchado. La han retenido.

Aunque sea joven, el rostro es serio y camina muy erguido. Los transeúntes se apartan de su lado de una forma instintiva. No ven peligro en él, aunque su mirada no es la de un chico normal. Conde del

Asalto es una calle animada. La gente va de un lado para el otro, Abel camina recto. Tiene un cometido. Empieza a sudar. Pedir algo a un desconocido le resulta del todo imposible. Se queda plantado delante de la puerta de la comisaría. Hay algo oscuro, sucio, colores muertos dejados por otros, como escamas de una piel vieja que han quedado allí. El policía de la entrada le mira con curiosidad.

Abel no puede articular palabra. De pronto el policía le reconoce:

—Oye, ¿tú no eres el que acompañaba a la chica de los muertos?

Abel parpadea. El policía le habla en castellano. Consigue decir algo:

—Quisiera ver al comisario.

Se escucha a sí mismo decirlo. Es toda una sorpresa. El catalán es una lengua demasiado íntima, demasiado pegada a su ser como para poderla utilizar en aquel lugar. Y hacerlo en castellano le otorga a la escena la asepsia necesaria.

—Está en su despacho. Le aviso. ¿Cómo te llamas?

Abel siempre lleva encima una tarjeta con su nombre. Fue idea de Clara, por si alguna vez se veía en la necesidad de hablar con alguien o pedir ayuda, y se la desliza al policía.

—Tú también eres fotógrafo, ¿eh?

Abel asiente.

Martín Prieto se queda extrañado ante la visita del chico cuando le informan. Se da cuenta de que han pasado varios minutos y que ya debería haber llegado a su despacho. Un sexto sentido le dice que al otro lado de la puerta hay alguien esperando. Se acerca y al abrir la puerta ve a Abel Prats, mirándole.

—Hola —dice el comisario.

Hay algo en él que le recuerda a su hijo Javier. Por eso su voz se modula hasta casi resultar amable cuando dice:

—Pasa y siéntate.

El chico lo hace y se sienta y le deja un sobre encima de la mesa sin decir nada. Martín Prieto le acompaña. No es la primera vez que alguien le deja un sobre encima y le pide que lo abra sin indicarle el contenido.

La primera fotografía le cuesta entenderla. Muestra a un grupo de jóvenes, alegres, riendo, con un hombre desnudo y arrodillado. Se da cuenta de que es Carmelo, el boxeador. La fotografía es de un lustroso blanco y negro, y desprende una estética malsana. Todas las demás fotografías muestran al mismo grupo y al mismo hombre. ¿Es una fiesta? Los muebles son los de una casa de una familia burguesa y respetable. Los chicos son jóvenes. Algunos sonríen, posan de una forma tranquila y avasalladora a la vez. A pesar de todo lo que ha visto en la vida, las imágenes le cortan el aliento. Hay una maldad extraña allí, una maldad tersa y lujuriosa que no sabía que pudiera existir. Dentro del sobre hay una carta. La carta está escrita por Clara. Explica quiénes son, habla sobre todo del cabecilla y da los nombres de los otros. Está encerrada en un sanatorio y no sabe si le harán caso. Martín Prieto se da cuenta del alcance de la situación. Los hijos de las mejores familias de la ciudad. Si aquello se hiciera público sería su fin. Esas fotografías le otorgan un gran poder. Y Clara tiene razón, está en un sanatorio mental, nadie le hará caso, es una loca, pero aquello es una prueba. Imagina a Clara, confinada allí, una mujer honesta y brillante. Que no puede escapar y obligada a realizar semejante trabajo.

Así que ellos mataron a tres hombres, sin ningún motivo. Tres cadáveres. Aunque la carta no nombra a Carlos Monfort, intuye que tiene algo que ver. Y entonces empieza a comprender. Son ellos el grupito del que habló Millán Astray. Y entre ellos hay un traidor.

¿Cómo se puede comparar la información del carbón que entra y que sale del puerto con aquella otra? Todas aquellas familias estarían, están bajo su poder. Podría lograr que hicieran lo que quisieran. No es una cuestión de dinero, es una cuestión de poder.

¿Qué soberbia deben de tener para creerse por encima del bien y del mal? Todos hemos sido jóvenes, todos hemos hecho disparates. Para un chico pobre un disparate es robar en una tienda elegante, pero qué disparate puedes cometer cuando dispones de todo lo que deseas a tu alcance. Es capaz de entender cómo piensan los ladronzuelos, los desesperados, los alcohólicos, las familias destrozadas por la pobreza y la enfermedad. Miseria y violencia van de la mano. Tal vez suceda lo mismo con la riqueza. Los dos extremos del espectro. ¿Una vez que has dado el paso entre las sombras hasta qué peldaños desciendes? Más allá del umbral se abre un mundo desconocido. La razón, ver sufrir a una persona. Disfrutar de ese sufrimiento. El placer ciego, irreversible, el poder, el tener el control sobre la vida de otro ser humano.

Sabe que el chico que le ha entregado la carta y las fotografías no es un chico normal, y que muchos pueden tomarlo por retrasado. El comisario tantea con cuidado cómo ha de hablarle.

—Nadie tiene que saber nada, ¿de acuerdo? Si ves a tu hermana, le dirás que la ayudaré a salir de allí, pero que ha de tener paciencia. ¿Me has entendido? —pregunta el comisario con el tono de voz que utilizaría con su hijo y que no utiliza jamás con ninguna otra persona.

El chico le mira, al principio no le responde. El comisario sonríe de una forma natural. Clara le cae bien. Aquel chico le recuerda a su hijo.

Abel asiente.

—Nadie tiene que saber nada. Te acompaño a la salida.

El inspector Guillo ha visto a Abel mirar fijamente la puerta. Lo hace de una forma reconcentrada, no natural, como si quisiera descubrir la naturaleza profunda de la puerta. Ha visto el sobre amarillo entre sus manos. Lo reconoce. Es el chico que acompaña a la chica de los muertos, como la empezaban a llamar en la comisaría.

El inspector Guillo se sorprendió al ver a Clara trabajando como fotógrafa criminalista. Sabía quién era porque había ido a tomarse una fotografía en los estudios Prats. Quería una buena fotografía, que su cuerpo menudo, pequeño, sin gracia, fuera dotado de la prestancia y la solidez que ansiaba. Había pedido ser retratado por uno de los Prats, no un ayudante. Y, en efecto, C. Prats fue la persona elegida. Se sorprendió de que fuera una mujer. Ella lo hizo lo mejor que pudo. Al entregar el resultado de su trabajo reconoció la luminosidad, el brillo inquieto de sus ojos, pero nada podía disimular los hombros caídos ni la insignificancia de su persona.

El inspector ve cómo el comisario despide al chico en la puerta. Hay algo en Martín Prieto que le deja intrigado, una especie de instinto paternal. Cuando el chico se va escucha a Martín Prieto dar vueltas. Minutos después se marcha, y por primera vez desde que le conoce ve en él un gesto abrumado, pensativo.

El inspector Guillo se hizo policía porque tenía habilidad para escuchar detrás de las puertas. Los Portabella eran una obsesión para él. Enterarse a escondidas de las conversaciones de la familia se convirtió en su rutina diaria. Podía identificar miles de detalles de sus vidas y quehaceres diarios y guardarlos como tesoros.

No es la primera vez que el inspector Guillo abre la caja fuerte donde se guarda el fondo de reptiles. Cuando se está tanto tiempo en contacto con rateros, anarquistas, bajos fondos, no solo se aprende de ellos, sino que uno incluso termina pareciéndose. El chico ha traído un sobre. Cuando el comisario se marcha, el inspector deja pasar un tiempo prudente y entra en el despacho. Retira con cuidado el panel de madera que guarda la caja fuerte, pasa los dedos por los bordes y encuentra el pequeño hilo negro que apenas se distingue y que el comisario deja como prueba de que la caja fuerte no ha sido abierta. Guillo sabe de los negocios que se traía el comisario con Carlos Monfort. Cada vez que Monfort se acercaba a la comisaría se guardaba una considerable cantidad de dinero. No obstante, el inspector no ha logrado saber cuál era exactamente la naturaleza de la información. El comisario se guardaba los informes para sí y proporcionaba la información de forma cifrada según un código que intuye es de una potencia extranjera.

El sobre ha sido dejado como al descuido. El inspector lo retira. Sale del despacho y se acerca a un pequeño cuarto, al que llaman el de las escobas, pero en el que en realidad hay viejas fichas, y armatostes viejos que ya no utilizan y que se guardan por si acaso, como un viejo telégrafo. Abre el sobre. Y entonces uno de los rostros parece mirarle directamente a él. Bernat Portabella se cruza de nuevo en su vida por segunda vez en muy poco tiempo.

47

Lirio está echada en la cama. Ya es de noche. Roma ha estado enseñándole a leer hasta media tarde, pero ha tenido que marcharse porque tenía algunos trapicheos y asuntos que resolver. Lirio reconoce todas las letras y comprende algunas palabras. No las puede leer de corrido, pero poco a poco empieza a encontrar el sentido de las frases. Después de que Roma se marchara, ha estado intentando leer varios de los documentos que se llevó de la casa de Carlos Monfort. En algún caso finalmente lo ha conseguido.

El reflejo de las luces del puerto entra y se desvanece en su habitación. No se ha quitado la ropa aún y fuma haciendo círculos con el humo. A madame Blanxart no le gustaba que fumara. Tampoco a la señorita Esther. Recuerda que el primer cigarrillo lo probó con las mujeres que trabajaban en el telar. ¿Qué edad debía de tener? Intenta recordar. ¿Ocho años? Sus pequeños dedos eran ideales para desenredar los nudos que a veces se hacían en los rodillos traseros. Su pequeño tamaño también ayudaba. El espacio triangular que quedaba entre los rodillos del telar era estrecho y varias niñas como ella se pasaban horas y horas allí, entre el ruido de la lanzadera y el bastidor, desbridando hilos. ¿Cuánto tiempo estuvo allí? No lo recuerda con exactitud. Pero veía a las chicas mayores, con doce o trece años, que parecían ya ancianas, los dedos torcidos y los ojos bizcos. Se escapó. Fue a parar a la Ciudadela junto a otros niños, entre los pabellones abandonados de la última exposición. Allí ocurrían cosas terribles.

Incluso decían que en el lago había un monstruo. Luego apareció la señorita Esther, paseando por casualidad por allí, con un bonito sombrero y un paraguas, aunque aquel día no lloviera. Seis, siete años estuvo con ella. Toda una eternidad, reconoce ahora.

Roma y su hermano trabajan esa noche. La casa está demasiado silenciosa. Y ella no puede dejar de pensar en su infancia, especialmente esa misma noche, después de lo que ha leído. Se levanta de la cama y se sienta en el tocador. Se cala la gorra. Se mira en el espejo. Sí, ahora es Martí. Ha dejado el maquillaje a un lado y es lo que más pena le da. Le gustaba ponerse un suave colorete y sobre todo pintarse los labios. Recuerda que tiene guardada una barra de labios. Es rojo intenso, a ella siempre le han gustado los labios pintados, aunque ni la señorita Esther ni madame Blanxart dejaban que se los pintara a su gusto. La señorita Esther no la dejaba maquillarse en absoluto y madame Blanxart prefería los tonos rosas.

Martí se pinta los labios. Lo hace como ha visto en algunas revistas que se ha puesto de moda: con forma de corazón. Sonríe. Ahora todo es tan extraño. Gorra y traje y los labios pintados. ¿Quién es Lirio y quién es Martí? Lirio se viste de Martí, pero se pinta los labios. La imagen es confusa en el espejo. No parece una chica con el cabello corto y los labios pintados. Ninguna mujer saldría vestida de hombre a la calle, con lo que a la fuerza debe de ser un hombre, un maricón, un invertido.

Vuelve a acordarse de la señorita Esther. Hace tan solo un año que pudo escapar de ella. Fue lo único a lo que puede llamar madre, aunque le enseñara a mentir y a robar. Una madre terrible, despótica, pero la única persona a la que podría llamar así. Siente la nostalgia como una puñalada. ¿Qué estará haciendo ahora? ¿Estará controlando a sus curiosidades? Era así como llamaba a los chicos a los que enseñaba a robar. Sus curiosidades. El gabinete de curiosidades de la señorita Esther. Recuerda su gran moño tieso, la decoración artificiosa de la academia. Los perritos disecados. Su perro siempre tenía el mismo nombre: Cuqui. Eran siempre fox terrier. Cuando moría uno compraba otro igual y el anterior lo disecaba. En realidad, los perros duraban poco tiempo ante el amor asfixiante de la señorita Esther. Lirio sospecha que incluso uno de ellos se tiró deliberadamente desde un balcón a la calle. La casa señorial de la calle Lancaster se caía por dentro a pedazos, pero era a lo único a lo que había podido llamar hogar.

Sale al pasillo. Anda con lentitud. Todavía no está acostumbrada a las botas de hombre. Abre y cierra la puerta con cuidado. Sabe que Leo la está vigilando. La libertad es un anhelo cruel. Camina por el paseo del puerto. Apenas unos años atrás, la muralla de mar separaba la ciudad del puerto. Se dirige hacia la calle Lancaster. Atarazanas, el cuartel, una callejuela. Allí tiene la señorita Esther su academia. Por el camino, todos los hombres se giran a mirarla. Varios de ellos le chistan, emiten silbidos, aunque hay algo nuevo en ellos, una especie de burla. Lirio está acostumbrada a ser deseada, no a esa cualidad nueva para ella, la burla, eres un chico con los labios pintados, un ser del que me río y al que desprecio, pero si pudiera te arrastraría a un callejón oscuro y te metería la polla en la boca.

Llega a la calle Lancaster. A pesar de tener un nombre precioso, la calle se asemeja más a un largo meadero que a otra cosa. Hay una mezcla de vecinos de toda la vida y pensiones de mala muerte con habitaciones que se alquilan por horas, vaquerías y mercerías estrechas, bodegas que son la puerta trasera del Teatro Principal. Se acerca al número 8, a la vieja casa señorial de balcones sucios y apretados. Las ventanas del piso superior están encendidas, cosa extraña, pues la señorita Esther es tremendamente ahorrativa y les racionaba los cabos de vela. La casa da a un jardín interior. Allí había un poco de luz. Había un maniquí al que le colocaban campanillas. Tenían que aprender a birlarle el reloj o la billetera sin que sonara ninguna de ellas. Hasta que no lo conseguían no comían. Bajo el aspecto de una respetable casa se escondía aquel gabinete de curiosidades. Había chicos también, pero en cuanto llegaban a la pubertad la señorita Esther se deshacía de ellos. La molestaban. No quería saber nada de los hombres. Y allí Lirio aprendió todo lo que sabe. Aprendió a robar relojes y carteras, a ser una pequeña florista que vendía pequeños ramos, pero que en realidad aprovechaba para robar todo lo que podía de los

267

hombres que se paraban a comprar una flor, una excusa para coquetear con ella, aunque tuviera doce años. Y llegó el día en que necesitó escapar de la señorita Esther, a pesar de que Lirio fuera la preferida, y eso generaba envidias, incluso una de las chicas estuvo a punto de rajarle la cara con un trozo de loza de un orinal. A pesar del evidente maltrato, las chicas se peleaban por ser la preferida de la señorita Esther. Competían por ver quién birlaba las mejores leontinas o gemelos de oro. La señorita Esther llevaba un vestido blanco, siempre el mismo, con algunas cintas que en algún momento habían sido rosas. Susurraba palabras en francés que bien podrían haber sido aprendidas de una niñera en su juventud. La gente en el barrio se reía de ella, y a la vez le tenían miedo y sentían un proverbial respeto por ella, pues se decía que era la hija del duque de Lancaster, el noble castellano que había dado nombre a la calle, pese a que ella lo negara una y otra vez; en aquel barrio bastaba una negación para convertir algo en certidumbre.

Martí se acerca a la puerta. Es la única finca que dispone de entrada para carruajes, aunque ya no se use y al otro lado no haya más que un almacén de cachivaches de la señorita Esther, un almacén de cosas inservibles que había recogido de la calle y que guardaba con extremado celo. Hay una cuerda que tira de una campana que se escucha arriba, en el vestíbulo del primer salón. Algunas veces venía la policía y los talleres de documentación falsa se transformaban en pupitres sin tinta ni cuadernos. La señorita Esther tampoco quiso enseñarle a leer. ¿Para qué? ¿Por qué? Obedece, hija, y serás feliz.

¿Qué pensaría si la viera ahora? La señorita Esther odiaba a los invertidos y a los travestidos. Eran depositarios de lo peor de los hombres y de lo peor de las mujeres. La lascivia de ellos y la frivolidad y el maquillaje de ellas. La señorita Esther las llamaba Maripilis. A pesar de enseñar a los niños a robar, la señorita Esther tenía una moral conservadora. Aunque detestara a las Maripilis, no se enemistaba con ellas, por ser una fuente considerable de información. Y además sabía por experiencia que una Maripili ofendida era terrible. Incluso las Maripilis le tenían aprecio por compartir trucos de maquillaje que la señorita Esther consideraba infalibles: llevar la cara con polvo de arroz, los labios rojos a morir y una sombra de ojos como dos chorretones de azulete.

Está a punto de tirar de la cadena cuando recuerda que no le debe nada a la señorita Esther. Porque ahora es Martí. Y él a quien quiere es a Roma. Que está enamorado de él. Y decide volver atrás. No tiene sentido que esté allí. Por primera vez Martí decide tomar el mando. Está aprendiendo. Podría ir hasta las Ramblas y volvería a casa enseguida, pero decide callejear un poco más. Y al dar la vuelta allí está La Gloria. Las luces rojas del gran anuncio se reflejan en los cristales del edificio de enfrente y en el pavimento. En la puerta, un grupo de travestidos bromean entre ellos y con los clientes que entran y salen. Llevan el cabello corto peinado hacia atrás y profusión de maquillaje. Hay algunos que llevan vestidos, faldas cortas, y otros llevan trajes de hombre holgados, solapas amplias, pantalones, como si quisieran imitar cómo va vestido un hombre, riéndose, exacerbando sus formas hasta el ridículo. Hoy el club está lleno. Hay un bullicio extraño en la calle. Hay varios carruajes esperando a un lado y algún que otro coche, lo que provoca que la calle tenga un aspecto nuevo, más alegre y menos peligroso que a la luz del día. Lirio recuerda que es sábado.

No tiene que hacer cola para entrar ni nadie le pide nada en concreto. Se adentra en La Gloria. Le gustaría pedir una bebida, pero tonto de él no lleva dinero encima. Se pregunta si habría alguien que pudiera invitarla, pero ignora los códigos masculinos para conseguirlo. Sin duda, podría robar a alguien, pero ahora es Martí, un buen chico, y no Lirio.

Entre la multitud, un rostro llama su atención. Rafel. Es la tercera vez que se encuentra con él. Nova Betlem. El gimnasio Bricall. La Gloria. Parece tener una querencia por los bajos fondos. Él y sus amigos están sentados alrededor de una mesa, en una de las gradas, un tanto elevadas en torno a la pista. No puede evitar quedársele mirando. El rostro tiene una cualidad deslumbrante, nunca ríe de una forma abierta, pero siempre tiene la marca de dos hoyuelos a los lados. Los otros compañeros son todo lo que unos buenos genes y el dinero pueden conseguir. Son los mismos a los que vio vestidos con trajes de esgrima en el gimnasio. Vienen acompañados de algunas chicas. Martí reconoce a Isabel Fabra i Puig. Su aspecto es fabuloso. Las chicas que están a su lado son en comparación de una belleza mundana; se tapan la cara, a veces avergonzadas, otras avergonzadas de estarlo, mientras que Isabel observa con detenimiento, como si quisiera comprender todo lo que sucede a su alrededor. Los otros han ido a ver el club como quien va al zoo o a un tenderete circense de monstruos, pero ella muestra un interés genuino por la naturaleza humana.

Por primera vez, Martí no siente rabia hacia gente como ellos, sino un sentimiento que Lirio no se permitiría tener, una especie de nostalgia, de pérdida de algo que ni siquiera ha conocido, una vida agradable y normal, festejar, casarse, no saber lo que es el sexo hasta la noche de bodas, la vida de una acomodada señorita de provincias, y la nostalgia es un sentimiento más peligroso que la rabia y le hace sentirse vulnerable, y aquel no es el mejor sitio para ese estado.

Alguien, Oriol o Guillem, uno de aquellos chicos de cabello lustroso y que parecen ser una misma persona con ligeras variaciones, da un codazo a Rafel y él se gira y le mira y le reconoce, los labios se entreabren como si murmuraran su nombre y sonríe de aquella manera extraña y persuasiva. Es el primo de Roma. Y va maquillado como una puta.

Mientras se halla perdido en sus pensamientos, un hombre sujeta a Martí con maneras bruscas y le saca a bailar. La música es movida, portuaria, es una mezcla bastarda de tango y pasodoble. Apenas pasan unos minutos cuando su pareja de baile acerca las caderas y se empieza a frotar contra él. Martí nota el sexo duro, los movimientos de cadera, buscando un reflejo o un rival en su cuerpo. El hombre se aparta de pronto extrañado, asqueado, y le dice:

—Eres una guarra.

Y le deja en medio de la pista. Otro hombre, más bebido, más tierno también, le sujeta y baila de nuevo, sin mostrar interés en refrotarse contra él; simplemente quiere bailar, dar vueltas al ritmo de la orquesta.

Martí está mareado. Las miradas de los extraños reposan en él, le aquilatan, para instantes después pasar a otro rostro, más interesante quizá. Ya no quiere estar allí. Ahora podría estar arrebujado en una habitación con vistas al puerto. ¿Por qué ha tenido que huir? Busca con la mirada a Rafel y sus amigos, pero descubre que la mesa está ocupada por otro grupo.

Sale a la calle. Respira hondo. El aire es caliente, cargado con el vaho del puerto, de las risas de los travestidos y el vómito de los borrachos, y es casi peor que el del interior del club. La casa de los Romagosa no está más que a veinte minutos caminando. Podría tomar una callejuela. Se las conoce todas de memoria, pero decide seguir recto y bajar hasta el puerto, tal vez el aire frío del mar a esa hora le haga sentirse mejor.

Ha caminado escasos metros cuando un carruaje le adelanta y se detiene frente a él impidiéndole el paso. Bajan tres chicos, riendo, jugando con sus sombreros como si fueran a hacer un truco de magia y quisieran entretener a los transeúntes. Uno de ellos es Rafel. No es él quien habla, sino otro chico, parecido a él, pero de aires más pesados, como una copia romana de un original griego.

—Oh, oh, pero a quién tenemos aquí.

Martí no quiere hablar con ellos. Mira alrededor, pero no tiene el ojo avizor de Lirio y no encuentra una escapatoria. No quiere que le vean girarse de espaldas y volver por donde ha venido y que se rían de él por cobarde.

Los tres chicos se acercan. Dos más bajan del carruaje. Rodean a Martí. Las sonrisas son duras, Martí piensa en la excusa que habrán dado a las señoritas para deshacerse de ellas.

—¿Quieres un cigarrillo?

—No.

—Claro que sí.

—¿Ya sabe tu primo que eres un invertido?

—Yo creo que más que un invertido es un cerdito, oink, oink.

El acento de *gent de casa bona* es tan ridículo… ¿Por qué se empeña en utilizar un catalán tan impostado? ¿No sería mejor que hablara en el catalán que utiliza todo el mundo? Martí no puede evitar reírse. Es demasiado inocente y no sabe calcular las ofensas.

—¿Te ríes?

Uno de los chicos sonríe y le da una bofetada.

—¡Qué asco me dan!

—Perdona a mi amigo —dice Rafel, y le vuelve a preguntar—: ¿Quieres un cigarrillo?

Se ríen de nuevo. Parece una broma entre ellos, una frase que bien puede ser un código.

Martí queda anulado ante la seguridad y el saberse impunes de ellos. Lirio no puede ayudarle. La chica que ha escapado de un y mil sitios, quien sabe introducirse por los espacios más pequeños, birlar los relojes mejor encadenados, no puede ayudarle. No has dejado que tire de la cadena del gabinete de curiosidades de la señorita Esther, así que lidia tú solo con esto.

Rafel le deja un cigarrillo sin encender en los labios.

—¿No dices nada?

La humillación y la vergüenza pueden con Martí.

—¿Los labios pintados como una puta no te dejan hablar?

Saca un billete de veinte duros, una fortuna. Juega con él entre los dedos. Saca también un mechero que relumbra con un brillo dorado. Enciende el billete. Arde con el chisporroteo de la tinta, que se mezcla con el azul de su mirada.

Rafel acerca mucho la cara a la de Martí. La escudriña. Le sujeta la mandíbula de pronto.

—Hay algo en ti…, ¿quién eres?

Y Martí en voz baja dice:

—Tu hermano. Mi madre trabajaba en tu casa. Era una criada joven. Tu padre la violaba de vez en cuando y en una de estas la dejó embarazada. La internó en el sanatorio de Belén. Y me tuvo a mí. Ella murió cuando yo tenía tres años. Nuestro padre dio órdenes de que me enviaran a un orfanato. Me parecía demasiado a ti y no podía soportarlo.

Rafel se le queda mirando. Los ojos oscilan de un lado para el otro, rebuscando en Martí.

—Eso es mentira. —Lo escupe en voz baja, reconcentrada. No quiere que los otros se den cuenta de lo que está pasando.

—Carlos Monfort lo descubrió en los archivos del sanatorio. Es un verdadero genealogista, ¿no crees? He aprendido a leer solo para poder averiguarlo.

Rafel clava con rabia el billete ardiendo en la mejilla de Martí. Martí descubre que no sabe imponerse ni hacerse respetar, pero que es capaz de soportar el más terrible de los dolores.

—Y debo decirte otra cosa. Carlos se reía de ti. Lo he leído en sus diarios. Te llenaba la cabeza de historias y leyendas, pero para él tan solo eras un experimento. A ver lo crédulo que es un niño rico que lo ha tenido todo en la vida desde la infancia. Él no se creía nada de lo que te decía, nada, y a esos que tienes detrás incluso los aburren tus ideales, y si mañana viniera alguien a explicarles lo maravillosa que es la raza hispánica, le seguirían a pies juntillas si consiguieran algún beneficio de ello, porque ellos no tienen ideales, solo tienen intereses...

Rafel, rabioso, retuerce el billete contra la mejilla de Martí.

—Eh, ¿qué pasa?

Martí ve a un chico como él. Lleva los labios pintados, pestañas postizas. Va muy maquillado. Va vestido de chico, pero lleva una muñeca de porcelana colgada de un brazo. Los amigos de Rafel se giran de pronto.

—Oh, si es otro muñequito. ¿Es tu amigo? Seguro que hacéis cosas juntos.

—¡Qué asquerosos!

—Dejadle en paz —dice el chico. La voz es curiosamente grave, masculina.

—Ah, ¿sí?, y cómo vas a lograrlo. ¿Nos vas a pegar con tu muñeca de porcelana? ¿Tan malote eres?

Flor de Loto hace un movimiento extraño con la muñeca de porcelana y está a punto de hacer algo cuando uno de los carruajes que suben y bajan la calle se detiene a su lado, se abre la portezuela y asoma un rostro.

—Hola.

La voz es suave. Es Isabel Fabra i Puig.

—Os hemos perdido —dice ella. Pone cara de extrañeza y pregunta—: ¿Estáis bien?

La chica desciende del carruaje. No las tiene todas consigo. Se queda mirando a Martí. Se acerca a Rafel, le acaricia la espalda. Es la primera vez que lo ve nervioso. Pol acude en su ayuda y dice:

—Había un chico en la calle. Estaba mareado, pero ahora está bien, ¿verdad?

—Tienes la mejilla muy roja. ¿Estás bien?

El tono es de verdadera preocupación.

—No te preocupes, es mi amigo —dice Flor de Loto—. Ahora nos vamos los dos juntos.

Sujeta a Martí del brazo.

—Nos vamos. Ustedes seguramente tienen cosas mejores que hacer.

Cuando ya se van alejando del grupo escuchan que ella dice:

—Esperad.

Isabel va detrás de ellos. Rafel la mira. La forma en que cierra los puños revela cierta impotencia.

—Alguien te ha quemado con un cigarrillo —dice ella.

Isabel saca un pañuelo de su bolsito. Lo moja con saliva. Y se lo pasa por la herida.

—Soy enfermera. Estuve ayudando a cuidar heridos en el Hospital Clínico. Había una monja allí. Sor Francisca. Estuvo en la guerra de Cuba. Ella me explicó que la saliva tiene un antiséptico que puede ayudar a curar heridas. Por eso los animales se las lamen.

—Es usted una chica lista —dice Flor de Loto.

Isabel le da unos toques con el pañuelo. Cuando acaba, los tres se quedan mirando. Ella le da su pañuelo a Martí. Está bordado. Y le dice:

—Eres el chico más guapo del mundo.

Se gira y despacio vuelve con el grupo. Todos se montan en los carruajes.

Es primera hora de la mañana. Lirio duerme en la cama en el pequeño piso de la calle Junta de Comercio que Flor de Loto tiene alquilado. La habitación está adornada con abanicos y postales y cuadros que cualquier persona podría considerar de buen gusto. Las contraventanas están abiertas, pero las cortinas están echadas y la luz que entra es tenue y agradable.

Hay dos hombres en la habitación, de pie, observando cómo Lirio duerme. Uno de ellos es Flor de Loto. Flor de Loto en realidad se llama Luis Melero y es de Valencia. Llegó hace cinco años a Barcelona para estudiar idiomas. Quería ser secretario, pero conoció las noches del Raval y enseguida se enredó en ellas.

—¿Cómo la has reconocido? —le pregunta Martín Prieto a Flor de Loto.

Flor de Loto lleva una bata corta que deja ver los muslos. Y no va maquillado. Al natural, su rostro resulta extraño, como si llevara una máscara de arcilla y su verdadero yo se hubiera esfumado al lavarse la cara.

—Quien acostumbra a disfrazarse reconoce los disfraces de los otros.

Manuel le había ido a visitar de nuevo y pagado una pequeña fortuna en cocaína para que averiguara el paradero de Lirio, facilitándole la fotografía que aparecía en la cartilla higiénica sanitaria.

—¿Qué le ha pasado?

—Está catatónica. Tuvo un encontronazo con unos hijos de papá a la salida de La Gloria. Iba vestida de hombre, pero con los labios pintados. Así que se pensaban que era un sarasa. Y no hay nada que le guste más a un crío consentido de *casa bona* que pegar a un marica. En eso sí que se parecen a los anarquistas. Estos eran un poquito más hijos de puta de lo habitual. Le quisieron quemar el rostro con un billete encendido. La estaba siguiendo para ver a dónde se dirigía. Llegué a tiempo de que la cosa no fuera a más. Tuve que intervenir. No fue nada del otro mundo. Aunque seguramente le quedará una señal en la cara.

—Déjanos solos, por favor.

Lirio murmura entre sueños. Manuel se sienta en un lado de la cama. Ve el cabello corto, el rostro dormido, casi infantil, la marca en la mejilla. Lirio abre de pronto los ojos. Hay un momento extraño. Sentir el peso del comisario en el borde de la cama la ha despertado. Tiene un sueño recurrente: que algún día el padre al que nunca ha conocido se sentará en el borde de la cama y le dirá «estoy aquí». Pero ahora que sabe quién es, sabe también que está muerto, y Lirio tarda unos segundos en darse cuenta de que es Manuel Martín Prieto quien la está observando.

—Sé que mataste a Carlos Monfort —le dice—. No me importa que lo hicieras, pero te llevaste algo que me interesa. Y me lo has de devolver.

Lirio lleva un camisón de dormir, tiene un bonito bordado en el cuello que le ha dejado una marca rosácea en la piel.

—No tengo aquí nada conmigo.

—Lo sé.

Lirio retira con cuidado las sábanas al lado contrario al que está sentado el comisario. Sabe que el camisón se le ha subido por las vueltas que ha dado en la cama durante el sueño. Las piernas muestran la tersa carne de los muslos, blanca y luminosa. El comisario no tarda en acariciar el muslo.

—¿Qué te llevaste de la casa de los Monfort? No me interesan ni las joyas ni el dinero, quédatelo si quieres. Me refiero a los papeles.

—Supongo que se refiere a las libretas. Hay varios sobres también.

—¿Las has leído?

Lirio niega con la cabeza y dice una media verdad:

—No sé leer.

—¿No?

—No.

276

—No me estás diciendo toda la verdad.

—Verá…, había también un sobre con fotografías de un hombre muerto con un tiro en el pecho. Parecía que tuviera una herida enorme, pero tan solo se trataba de un tatuaje, una rosa enorme.

Mientras va hablando, Lirio, de forma natural, abre las piernas, el camisón se acaba de deslizar hasta la cadera. El sexo queda al descubierto.

—Todo eso me lo tienes que entregar.

—Lo haré. Se lo daré mañana. Se lo prometo.

El comisario desliza los dedos hacia el pubis y lo acaricia perezosamente. Se miran el uno al otro. Lirio se fija en los destellos de mica de sus ojos, el bigote, espeso pero recortado, la mezcla de padre de familia y brutal agente de la autoridad. El comisario sigue acariciándola, Lirio entrecierra los ojos, empieza a mover las caderas. El comisario introduce un dedo, luego otro sin apenas dificultad. Los dedos son gruesos y la llenan agradablemente. Mueve las caderas y lo empieza a hacer con tal ímpetu que parece que fuera ella quien se está follando la mano de él. Martín Prieto retira los dedos, los huele, el olor que mueve el mundo. Ella siente de pronto el vacío en su interior y eso la estremece. Porque es ese vacío el que la hace enloquecer. Esa sensación de no ser nada, de no ser nadie y que la empuja a marcharse una y otra vez de cualquier lugar. El comisario parece entenderlo y se echa a un lado. La lengua se introduce en la boca de Lirio. Juegan los dos a atrapar el uno la lengua del otro. El olor del comisario le gusta, jabón de afeitar, el almidón del cuello de la camisa y un ligero olor a saludable sudor de hombre y cigarrillos. El comisario se abre la bragueta. La polla es gruesa, rudamente circuncidada, la ensaliva con decisión.

—Déjate caer encima de mí —susurra ella.

Y Lirio siente el peso de él, y de nuevo se siente llena, reconfortada, y sus caderas abrazan las de él, mientras Flor de Loto se masturba viéndolos desde la ranura que deja la puerta entreabierta.

48

El inspector Guillo se acerca hasta el apeadero del tren de paseo de Gracia. Los trenes que llegan allí provienen en su mayoría de Madrid y del extranjero y el ir y venir de pasajeros es constante. A un lado, junto a la Gran Vía, una multitud de coches de punto esperan en fila para poder recoger a alguien. Es un buen lugar si se quiere pasar desapercibido. Alguien esperando y buscando con la mirada a otra persona no llama la atención. El inspector Guillo está avezado a realizar seguimientos. Cientos de horas buscando y observando le han dado un gran bagaje y al poco tiempo se da cuenta de que hay alguien que le observa. Es un hombre con aspecto serio, traje oscuro, ropa de confección barata y zapatones de grueso cuero. El inspector se fija en la gorra. Tiene en su aspecto algo polvoriento, de campo. No es un policía. El comisario Martín Prieto tiene muchos enemigos en el cuerpo, empezando por el propio Millán Astray. No sería la primera vez que es espiado por otros comisarios rivales. El inspector Guillo, como segundo de la comisaría del distrito V, sabe que también está bajo la lupa de esos mismos comisarios. Los crímenes del puerto empiezan a llamar la atención.

Descubre que el hombre de la gorra polvorienta hace una señal a un carruaje algo apartado y que al poco se acerca hasta llegar al inspector. El cochero va embozado y su rostro apenas logra apreciarse. La portezuela se abre desde dentro como una invitación. Tan solo se distingue una oscuridad sedosa en el interior. El inspector sube. Dos de los jóvenes que aparecían en la fotografía están sentados ahora frente a él. No conoce el nombre del joven rubio. Pero sí el del otro. Bernat Portabella. Es el pequeño de los hermanos de la familia Portabella. Ha conseguido llamar su atención gracias a uno de los chicos de los periódicos que es su confidente y quien le ha dado una nota a Bernat a la salida del Círculo Ecuestre. No las tenía todas consigo de que fuesen a venir, tan solo les ha enviado una nota con cierta información que puede ser de su interés, hace referencia a los siete y el boxeador. El inspector hace un saludo con la cabeza a uno y a otro.

—Usted dirá —dice el chico rubio.

No lleva bigote, un flequillo colegial le da aire de buen chico. A su lado se encuentra Bernat, la fuente de su tormento. No le mira directamente, pero el inspector conoce cada una de sus expresiones: desdén, impaciencia, molestia, un trámite incómodo del que desea librarse cuanto antes. Nunca tuvo paciencia con aquellos a los que consideraba sus servidores.

Y el inspector Guillo por primera vez tiene el control. Toda la familia Portabella sufriría las consecuencias. Su ruina sería su placer. La sensación es maravillosa. Pero el inspector es consciente de que un golpe, una marejada del destino y todo puede cambiar, así que se da un instante para saborear el placer y lo deja a un lado y no se anda con rodeos:

—El comisario Martín Prieto ha recibido unas fotografías de ustedes en actitud comprometedora. Estaban ustedes golpeando a un hombre maniatado. En otras estaban ustedes en apariencia borrachos y de nuevo junto al hombre, que estaba arrodillado y desnudo. El hombre es Carmelo González, un boxeador andaluz.

Ve empalidecer a los dos chicos. «¿Qué edad tienen? —se pregunta—. ¿Veintidós o veintitrés años?».

—¿Cómo las ha conseguido?

—Directamente de la señorita Prats.

No tiene ningún sentido intentar protegerla. Tarde o temprano lo sabrán. Y lo más lógico es que intenten deshacerse de ella. Le gustaría ayudarla, pero no puede presentarse en Nova Betlem sin una orden de registro y sin alertar a los jueces.

—¡Mierda!

—¿Para qué coño nos tuvimos que hacer esas fotografías? Eran un peligro, te lo dije.

Bernat pierde el control y los nervios. El inspector saborea el momento en silencio.

—Está bien… —dice Rafel cerrando los ojos.

Bernat dice:

—¿Quién ha visto las fotografías?

—Solo el comisario y yo.

De vuelta al tono de siempre.

—¿Puedes conseguirlas?

—Están guardadas en la caja fuerte del fondo de reptiles. Es el dinero con el que se soborna a los confidentes. Solo el comisario tiene acceso a ellas.

—¿Y tú cómo es que las has visto?

El inspector tiene un discurso preparado. Son chicos jóvenes y ninguno de ellos tiene la más mínima idea de cómo funciona la policía en Barcelona, ni los bajos fondos.

—Me pidió opinión. Me preguntó si conocía a alguien de los ilustres. No había ninguna información adjunta. El comisario sabía quién era el boxeador por haberlo visto pelear.

El inspector y Bernat se miran abiertamente por primera vez, y el inspector aguanta la mirada. Obtiene otro triunfo cuando ve que Bernat la aparta y la dirige a la ventana.

—¿Y tú dijiste quiénes éramos nosotros? —pregunta el chico rubio.

—Solo le identifiqué a usted, señor Portabella.

—¿Le dijiste quién era?

—No todavía.

—Comprendo.

—Pero es cuestión de tiempo que el comisario lo averigüe. Todos ustedes forman parte de prominentes familias.

—¿No puede forzar la caja fuerte? —pregunta Rafel. Al inspector le sorprende cierta ingenuidad en él, así que decide mentir todo lo que quiera.

—No. ¿Cómo iba a hacerlo? El comisario lo sabría. Solo se abre cuando el comisario ha muerto en acto de servicio.

Rafel se queda pensativo y al cabo de un momento pregunta:

—Si al comisario le pasara alguna cosa, ¿usted podría ser nombrado comisario?

—No tengo los años suficientes en el cuerpo.

—Pero entonces no habría problema en forzar la caja.

El inspector no ha previsto ese camino de la conversación.

—No, no habría inconveniente. Incluso no sería necesario esperar al nombramiento de un nuevo comisario. Es incluso lo que se hace.

—Y el comisario… ¿tiene enemigos?

—Bastantes, sí.

—Martín Prieto, se llama, ¿no?

—Sí.

—¿No es de aquí?

—No, es de León, del Bierzo.

—Tenemos gente que trabaja para nosotros, gente del somatén. Ellos pueden encargarse de él.

El somatén. Eran los hombres de las tierras de los Portabella, la milicia armada formada por campesinos arrendatarios, más fanáticos que los propios dueños, como si ellos fueran a heredar las tierras. Ha ido a cazar con ellos, a proteger fincas, han dormido en su casa, la casa de los masoveros. Son amigos de sus padres y se han hecho favores mutuamente.

—El comisario es precavido. Va siempre armado. Es veterano de la guerra de Cuba. Salió airoso de emboscadas de los mambises. El somatén es gente de campo, pueden deshacerse de un cadáver, pero no planear un atentado en una trama urbana cambiante.

Rafel no se anda con rodeos y pregunta:

—¿Usted podría hacerlo?

El vuelco al otro lado de la existencia. Se lo ha negado a sí mismo varias veces. ¿Podría hacerlo? Dispone de hombres. Varios de ellos se la tienen jurada al comisario, pero es mejor que no haya nada personal, sicarios de la patronal, quienes por un buen pico harían lo que fuera. El propio inspector los ha contratado cuando quería zarandear el avispero de los sindicatos.

Y de pronto se oye decir:

—Sí.

—Bien, hagámoslo, cárgatelo y entréganos las fotografías y serás adecuadamente recompensado.

El inspector no entiende cómo habla tan alegremente. Como si se tratara de un juego. Como si todo fuera fácil. Incluso ha empezado a tutearle.

—No quiero dinero.

—Oh, por el amor de Dios, ya sé lo que quieres— dice Bernat—. Siempre nos miraba con esa cara bobalicona, todo el día observándonos, mirándonos como si te debiéramos algo, incluso cuando te tomábamos el pelo, ¿qué quieres a cambio?, ¿que sea tu amigo? Pues ya está, hombre.

El hecho de que Bernat conozca sus deseos, saber lo que pensaban de él, en otra ocasión habría logrado que se sintiera avergonzado, pero ahora es él quien tiene la sartén por el mango.

—Tiene usted una hermana, señor Portabella.

Bernat le mira extrañado. No acaba de entender las implicaciones.

—Quiero casarme con ella.

Bernat se echa a reír. El inspector ve que lo sigue haciendo de la misma manera que lo recordaba. Echando la cabeza atrás. Una carcajada primero, luego otras más, y entonces aspira el aire y respira. Una vez, la madre del inspector dijo: los Portabella, a pesar de su dinero, no saben reír y respirar al mismo tiempo.

—¿Cómo te atreves? —pregunta Rafel.

Bernat pone una mano tranquilizadora sobre la rodilla de Rafel.

—Siempre nos has odiado, ¿no es así? A mí y a mi familia.

—Ustedes han asesinado a tres hombres, probablemente están dispuestos a asesinar a otro. No creo que estén ustedes en condiciones morales de sermonearme sobre el odio.

—Nosotros no odiamos. Simplemente hacemos limpieza. Esa gente no merece estar entre nosotros.

—Ay, Jaumet —dice Bernat con tono paternalista—. Míralo, todo un inspector, pero a pesar de ello qué poco conoces a la gente.

Cuando el inspector se apuntó al ejército castellanizó su nombre, pero en la pequeña casita que les dejaban para vivir los Portabella le llamaban Jaume, el Jaumet de can Portabella. Todo el mundo acababa por disminuir su nombre, como si fuera un reflejo de su persona. Cuando el comisario empezó a llamarle Guillo ya no hubo vuelta atrás.

—Creo que sí los conozco. Son ustedes muy de nadar y guardar la ropa. Secuestran a un boxeador, a un estibador, pero no desean enfrentarse a ellos, no vaya a ser que nos hagan pupa. Que alguien a quien no consideran un igual pueda luchar, que pueda defenderse los molesta. Los han drogado, los han dejado convenientemente preparados para que no surjan problemas, como a los cazadores ricos a los que se les preparan las presas, que las medio atontan, y cuando van de cacería asustan al ciervo y pasa justo delante de la posición de guardia del rico señor burgués.

—Y a pesar de todo quieres formar parte de mi familia. Incluso estás dispuesto a matar para conseguirlo.

—Sí. Es verdad. El mundo es así, yo soy así. Cuando esté el problema solucionado lo sabrá porque aparecerá en toda la prensa, y entonces sabrá que tengo las pruebas en mi poder. Pero ya hablaremos de ello cuando estemos sentados a la mesa comiendo, queridísimo cuñado.

—Creo que hay un pequeño problema del que no te das cuenta. No creo que Bárbara, mi hermana, acceda a ello.

—Seguro que usted la convencerá. Además, piense en las ventajas, un policía en la familia. Que además sabe perfectamente de los juegos que se trae usted con su hermana. A mí eso me da igual, no me importa. Podrán hacerlo incluso bajo el mismo techo. Tiene usted un hermano mayor. Es una pena que se interponga entre usted y la herencia familiar. Creo que pronto se va a casar. Si tiene un hijo y el hijo es varón, usted perderá cualquier oportunidad de hacer lo que más le gusta, no hacer nada y vivir la vida. Tal vez le guste disponer de un policía en la familia. Y ahora, si me disculpan, los dejo a ustedes.

49

Manuel Prieto se dirige a visitar a madame Blanxart. Ella detecta la inquietud del comisario en cuanto le ve entrar.

—Hola, Manuel.

La tarde es movida. La primavera ha entrado definitivamente en la ciudad. Hoy hay un ir y venir de clientes. Le hace pasar a su salón privado. Le sirve la mezcla de ron y brandi. Manuel se ha aflojado la corbata. Y eso es extraño en él. Siempre lleva el nudo hecho, tan sólido e irrefutable que incluso tiene dificultades para quitárselo cuando se desnuda. Madame tiene de repente que resolver un pequeño contratiempo. Alguien no está de acuerdo con la tarifa convenida. Así que decide que sea Rosita quien atienda a Manuel. El placer ha sido intenso. Cuando madame vuelve a entrar, Manuel ya ha acabado. Aún tiene el sexo, flácido, fuera de la bragueta. Un fallo que Rosita no debería volver a tener.

—Gracias por avisar de que vendría la policía el otro día —dice madame Blanxart—. Gracias por avisarme también de que era el inspector Requesens. Me mostré aburrida y plana, como me sugeriste. Me resultó un poco difícil. Él también es veterano de la guerra de Cuba. Hacía preguntas inteligentes. ¿Quieres un cigarrillo?

Madame le ofrece una caja de cigarrillos, es una caja de latón con unas garzas rojas lacadas de estilo japonés, un estilo de arte decorativo que está sustituyendo al modernismo, unas líneas más claras y rectas, alejadas de cualquier artificiosidad.

La caja tiene un mecanismo por el que los cigarrillos se elevan. Manuel se hace con uno de ellos.

—Si me disculpas.

Madame Blanxart sujeta el miembro de Manuel, lo mete de nuevo en el calzoncillo y le sube la bragueta. Acto seguido le ofrece fuego.

—¿Qué te preguntó?

—Preguntó por Lirio. El motivo por el que se hacía pasar por la señorita Adelaida. Intenté que todo fuera una cuestión de sexo y fetichismo. Tu amigo la hacía vestirse con las ropas de su madre. Así que dije que Lirio aquí también lo hacía.

—¿Te preguntó por la señorita Prats?

—No, no sé quién es.

El comisario le da un trago a la bebida. Su topo en Jefatura le está fallando. No sabe a ciencia cierta si el inspector Requesens sabe quién es ella o no.

—¿No sabes nada de Lirio? —pregunta él.

—No sé nada de ella.

—No me estás diciendo la verdad.

—En este momento te estoy diciendo la verdad.

El comisario se queda callado. Le da una calada al cigarrillo.

—En Cuba… había esclavos…, los negros. Había gente tan respetable que iba a misa y que luego los azotaba sin piedad, los hacía dormir amontonados. Y muchos de ellos, con todo el dinero que ganaron, viven aquí ahora y son honorables ciudadanos. He pegado y he torturado cuando ha sido necesario. He matado, pero siempre con un fin. Llámale dinero, información, venganza. Pero hay gente que obtiene placer de ello. Respeto el placer de los demás, tolero el vicio de los demás. Pero eso…, disfrutar del sufrimiento…

Se quedan mirando el uno al otro hasta que Madame Blanxart dice:

—¿Por qué me estás contando todo esto?

—Creo que me estoy haciendo mayor.

—Todos nos hacemos mayores.

—¿No echas de menos Cuba? Todo lo que vivimos. Todo lo que pasamos juntos.

—No. Yo soy quien soy ahora. Y soy quien quiero ser. Manuel…, ¿hay algo que me quieras decir?

—Cuida a Lirio.

Manuel Martín Prieto decide estirar las piernas y volver a comisaría caminando. Es una zona aburrida y respetable del Ensanche. Los edificios han sido construidos hace poco. La burguesía de la ciudad se ha deslizado hacia allí. Todo tiene un aire más moderno, más limpio, se ven más automóviles; aun así, sigue habiendo carruajes y no se extraña al ver que uno de ellos, un carruaje oscuro, se planta frente a él cuando está a punto de cruzar la calle. Se abre la puerta del carruaje. El comisario, de forma instintiva, se lleva la mano al revólver, pero aparece un niño con aire distraído y el comisario baja la guardia. No se da cuenta de que hay dos figuras embozadas dentro del carruaje. Los fogonazos le pillan desprevenido. Solo acierta a ver la expresión del niño, que es una expresión vieja, arrugada, mientras se encarama con aire de triunfo de nuevo al carruaje.

Madame Blanxart se dirige a su dormitorio y se sienta en el tocador frente al espejo. Hablar con Manuel la ha dejado melancólica. Uno de los cajones del tocador está cerrado con una llave que siempre lleva consigo, colgando del cuello junto a un par de valiosas joyas que son su salvoconducto por si es necesario huir con lo puesto. Abre el cajón. Hay una cantidad considerable de dinero. Si alguien quisiera robar, se llevaría el dinero y dejaría lo que hay debajo, un sobre con varios documentos y fotografías. Hace tiempo que no mira el contenido. Al abrir el sobre ve de inmediato un par de fotografías. Son varios hombres uniformados. Uno de ellos es Manuel y, a su lado, madame Blanxart cuando todavía no era su verdadero yo. La fotografía resulta extraña y lejana y a la vez tan real. Del sobre cae algo metálico y pesado. Es la Cruz Laureada de San Fernando de primera clase, la más alta distinción militar. Se la dieron a todo el regimiento que defendió la Ramblería. Durante la insurgencia cubana se levantaron líneas de defensa de norte a sur de la isla, las trochas, para impedir la movilidad de los insurgentes. Allí se sucedían fortines, torres de vigilancia, trincheras y alambradas. Su guarnición era de dos cabos y quince soldados, comandada por el sargento Manuel Martín Prieto, y se vio sorprendida una mañana de agosto por una columna de cientos de mambises. No les quedó más remedio que refugiarse en un fortín a medio construir donde comenzó el fuego cruzado. Estaban rodeados. Manuel comprendió que la única posibilidad que tenían de salir con vida de aquella emboscada era recibir refuerzos a la máxima brevedad posible, llegar a una pequeña posición del ejército español, ubicada a unos tres kilómetros de distancia, donde pudieran pedir auxilio. Manuel pidió un voluntario para salir del fortín y traspasar las líneas y pedir socorro. Un soldado que se había apuntado desorientado para escapar de las palizas de su padre se ofreció voluntario. Había que cruzar las líneas enemigas y entretanto la docena de soldados se defenderían como pudieran. Ninguno de ellos creyó que podría conseguirlo, pero ningún otro se había presentado para llevar a cabo la misión. En la primera ofensiva, los mambises consiguieron llegar a escasos metros del fortín, causando varias bajas y también heridos, que, sin embargo, siguieron haciendo fuego y proporcionando cartuchos a sus compañeros. Siete soldados fueron heridos de gravedad. Solo seguían en pie Manuel y otro soldado que se llamaba Jose, quien ordenó reagrupar a los que quedaban de su unidad en la entrada del fortín. Así, los soldados heridos y Manuel y Jose, aún ilesos, rechazaban el acceso al fortín esperando a que llegase su hora. Los mambises resolvieron lanzar el tercer y definitivo ataque sobre el fuerte, sabiéndolos débiles y desesperados. De repente, sonó la bocina de un convoy que se aproximaba al fortín. ¡Refuerzos!, comenzaron a aclamar los desfallecidos soldados. Los mambises se pusieron nerviosos y finalmente decidieron abandonar la plaza.

Y aquel chico vulnerable, perdido, que se había apuntado a la milicia por doce años para poder escapar del infortunio, consiguió aquella gesta. Y lo consiguió porque estaba enamorado, el primer amor, devastador y cruel y hermoso y culpable, del sargento Manuel Martín Prieto. Y se había arrojado contra las líneas enemigas porque quería demostrarle lo que valía, que era una persona digna, que le tuviera en cuenta y que, en definitiva, aunque fuera de una manera que pudiera enmascararse en camaradería, le respetara y quisiera.

Madame Blanxart siente algo parecido a una congoja premonitoria. Escucha dos disparos. Y de alguna manera sabe que Manuel ha sido alcanzado por ellos. Baja corriendo las escaleras. Manuel Martín Prieto está tirado en la acera. Un grupo de personas se ha congregado a su alrededor.

—¡Manuel!

Madame Blanxart corre hasta él. Se arrodilla a su lado. Se arranca parte de la falda y aprieta las heridas del pecho, pero no es posible detener la hemorragia.

—Manuel…

—Mi hijo… Asegúrate de que esté siempre bien. Mi mujer le quiere, pero… tú… asegúrate.

Madame Blanxart asiente. Manuel le hace una seña para que se acerque.

—Han sido ellos…

—¿Quiénes?

Un estertor. Manuel Martín Prieto muere. Madame Blanxart le da un beso en los labios. La única vez que le ha besado. Arrodillada, acuna el cadáver y le acaricia el cabello.

Manuel Martín Prieto asesinado a tiros, acunado por una puta. Es lo que verán los demás.

Ellos nunca sabrán quién es en realidad. Qué pasó en realidad.

50

Elías Sunyer observa con detenimiento el cadáver del comisario. No es la primera vez que realiza la autopsia de alguien conocido. Hoy no hay estudiantes de Medicina que puedan molestarle. Tan solo está el cuerpo, cubierto por una sábana hasta el medio vientre. Aún desprende un vigor físico sólido y terroso.

Trasladaron el cadáver al Hospital Clínico, pero finalmente fue enviado al viejo depósito de cadáveres del distrito V, que era el lugar al cual pertenecía, no al nuevo y moderno hospital del Ensanche.

Cuando le comunicaron el asesinato sintió tristeza y sorpresa. A pesar de todo, Martín Prieto era lo más parecido a alguien a quien podía pedirle consejo. Ni el doctor Guaita ni sor Lucía podían ayudarle en ese aspecto. La autopsia es tan solo un trámite. Se ha de hacer con cualquier muerte violenta. Le han disparado a bocajarro. La herida del pecho fue mortal. A simple vista se puede comprobar. Elías tiene extremo cuidado al extraer la bala. No sabe identificarla a primera vista. El pecho fuerte y velludo, los restos ensangrentados se han vuelto pegajosos. Observa que tiene cicatrices en varias partes del cuerpo. Incluso una herida de bala en la pierna.

Alguien, entre risas, le ha comentado que ha sido asesinado frente a un *meublé*. Al menos ha muerto contento, el muy cabrón, y le han dado un codazo a Elías, buscando su complicidad. Elías nunca ha mantenido relaciones sexuales. Intentó una vez requerir los servicios de una prostituta, pero acabó vomitando. Algo tan natural en la mayoría de los hombres le supuso un enorme esfuerzo. A pesar de la urgencia del deseo, la timidez es tan poderosa que le estrangula.

El asesinato ha aparecido esa misma mañana en todos los periódicos. Mucha gente se ha alegrado de su muerte. Por primera vez en mucho tiempo son de la misma opinión tanto los periódicos anarquistas como los catalanistas. Ver el rostro del comisario en las portadas, ver el cuerpo en el suelo, cubierto por una sábana ensangrentada, ha resultado desconcertante, como si estuvieran hablando de otra persona, no del comisario con quien ha departido en aquel mismo lugar. Nadie le ha dicho nada a Elías, pero él sabe que los enemigos del comisario eran innumerables. Sindicalistas, anarquistas, lerrouxistas, puede que incluso la misma patronal. La carrera profesional del comisario ha sido larga y sus métodos no han sido siempre ortodoxos. Últimamente aparecía en público sin escolta como si deseara tentar al destino.

Elías dispone del historial clínico de Manuel Martín Prieto. Tenía cincuenta y dos años. Casado. Un hijo. Sor Lucía le ha ayudado a desnudar el cadáver y ha guardado sus ropas con cuidado. Estaban manchadas de sangre. Poca gente sabe que las ropas de los cadáveres sirven para vestir a los pobres de la Casa de la Misericordia, por lo que no es extraño ver a alguno de ellos con una chaqueta con agujeros de bala remendados.

Hay algo que le hace sentirse melancólico y no es tan solo pensar en la vida del comisario. Esa sensación va y viene y se mezcla con otra que ha sentido en los últimos días. No entiende muy bien el motivo. Ha estado todos los días pensando en Clara. No sabe nada de ella. Ha tenido dos días libres. Ha estado con sus padres en el piso familiar en Sarriá. Su vida social es nula. No tiene don de gentes. Piensa de nuevo en Clara. Sus dudas de presentarse o no frente al estudio Prats. Entrar y preguntar por ella le resultaría imposible. Pero ahora vuelve a pensar en ella. Como si hubiera algo que le obligara a hacerlo. Una nota persistente. Mira en derredor. Elías es un científico, pero en aquel momento estaría dispuesto a creer que el propio comisario le incita a que prosiga.

Elías se fija de nuevo en las ropas ensangrentadas. Se acerca y las palpa. La nota de un olor se hace más persistente. En el abrigo hay un forro. La apertura está convenientemente disimulada y parece que haya una continuidad en el forro. Hay un sobre dentro. Dentro hay una carta. Es la letra de Clara. Nunca ha visto nada escrito por ella. Tiene el mismo olor a éter, y el olor de ella. Trae el olor de los cadáveres del puerto.

Empieza a leer la carta cuando descubre que no está solo. Al levantar la vista ve a un chico joven muy guapo.

—Perdone si le he asustado…

—¿Cómo ha entrado aquí? —pregunta Elías más con curiosidad que con inquietud.

51

Clara se despide de su abuela. Tienen que hacer como que se han conocido en el sanatorio y que han congeniado allí. Ojalá pudiera hablar también con Luisa y abrazarla, pero allí han de trazar la misma separación social que existe fuera y han de tratarse como señora y servicio.

Está a punto de anochecer. Entra en su habitación. Nota algo nuevo en ella, un repliegue en la oscuridad que no debería estar allí. Al encender una lamparita se da cuenta de que no está sola. Rafel está sentado en un sillón. Clara da dos pasos atrás.

—Hola —dice él.

La voz es amable. Va vestido de una manera elegante. El chaleco es de una tela clara, delicadamente bordado. Enciende un cigarrillo. El mechero es dorado y se refleja en sus ojos.

—¿Qué hace aquí?

La voz le tiembla. No lo puede evitar. Quisiera poder mostrarse ya no segura de sí misma, sino natural, pero su presencia la llena de terror.

—No te voy a pedir que me hagas más fotografías. Mi madre siempre me dice que es mi punto débil, mi vanidad. Me encanta verme a mí mismo, qué se le va a hacer. O, mejor dicho, me encanta verme hacer cosas, sobre todo si otras personas encuentran reprobables esas cosas. Lo descubrí cuando apenas era un crío. Perdí la virginidad con catorce años. Una criada muy efusiva. Me vi reflejado en un espejo mientras ella me hacía todo lo que me tenía que hacer. Fue en la casa de verano. Las estancias amplias. Mi cuerpo bronceado. Ver mi pequeña muerte por primera vez mientras aquella chica de pueblo bajaba y subía su cabeza en mi entrepierna. Fue una delicia. Cuando mi padre descubrió que su criada favorita también hacía disfrutar a su hijo no le gustó nada. Otros padres se habrían mostrado orgullosos, encantados, incluso la hubieran cedido de buen gusto para que su hijo aprendiera a tratar en la cama a una mujer. Ella desapareció un día y no supe qué le había sucedido hasta años después. Hace un par de años mi padre murió. Entre sus papeles descubrí que estaba ingresada aquí. Mi padre se acercaba las tardes de los miércoles y disfrutaba de su compañía. Ella no se podía escapar. Mi padre murió asesinado. Unos cuantos obreros insatisfechos. Hicieron huelga y se les escapó de las manos. Seremos ellos o nosotros, dijo mi padre. Y aquella vez consiguieron ser ellos, pero pronto seremos nosotros. Heredé un grupo de hombres leales, el somatén del pueblo, y a una mujer a mi disposición. Habíamos donado una considerable fortuna. Mi padre en realidad había comprado este lugar. Y me dirás qué tiene que ver con todo esto. Tú eres como aquel espejo ondulado y que devolvía mi reflejo, pero los espejos no traicionan, no mienten, como has hecho conmigo, dicen la verdad.

Rafel se levanta. Se queda mirando a Clara. Ladea la cabeza. Acerca la mano al cabello de Clara. Ella apenas puede respirar.

—Pero soy magnánimo. Cuando era pequeño me regalaron un canario. Uno de los payeses me explicó que para que canten mejor los ciegan con un alfiler incandescente. Y lo hice. Y es verdad que estuvo triste los primeros días, pero luego cantó como los ángeles. Tal vez el doctor Benjamín tenga razón y por eso sea conveniente extirparte todo eso que llevas dentro y que es la fuente de tu histeria. Tu arte mejorará. O languidecerá. Pero ya dará igual. Estarás aquí, encerrada. No te tendrás que preocupar por los hijos. Nada más que somos fuentes de disgustos.

—¡No!

En la habitación no hay muchos objetos. Es en definitiva la habitación de una enferma mental y los objetos grandes y pesados no tienen cabida en ella. Vuelve a dar dos pasos atrás. Tiene la lamparita de la entrada a mano. Con fuerza se la arroja, la habitación queda a oscuras. Alcanza la puerta, pero al abrirla se encuentra a dos de las celadoras del doctor Benjamín. Hay otra más en el pasillo.

—Hola, bonita.

—¿A dónde te crees que vas?

Las celadoras del doctor Benjamín la fuerzan a retroceder y entrar en la habitación. Una de ellas enciende la luz que cuelga del techo. Son tres mujeres fornidas. Clara grita de terror. Una de ellas, la más vieja pero también la más robusta, la abofetea. La sujetan por las axilas. Clara se resiste y grita de nuevo. La celadora que tiene las manos libres la vuelve a abofetear soltándole varios mechones de cabello. Finalmente le propina un duro puñetazo en el estómago. Clara se queda sin respiración.

—¿Cómo te has atrevido a atacar a uno de nuestros más distinguidos patronos?

—Esta noche te van a hacer algo que te dejará muy calmadita, vaya que sí.

La sacan de la habitación. Algunas de las internas se asoman a las puertas.

—No se preocupen, no se preocupen, está teniendo una crisis.

—La ha visitado una familiar y se ha emocionado, pobrecita.

—Su prometido, ya saben.

Clara no desea que su abuela la vea así. No tiene sentido luchar, ni pedir auxilio, tampoco tiene fuerzas. Solo pensarán que son los gritos de una loca. La llevan en volandas por varios pasillos. Los pies apenas rozan el suelo. Está tan dolorida que no opone resistencia. Sin embargo, levanta la cabeza. Quiere saber a dónde la llevan. El olor corporal de las celadoras, fuerte, avinagrado, le llena la nariz.

«Quirófano», llega a leer en una de las puertas. La mente es curiosa. De repente se acuerda de que la palabra se la había inventado hacía poco un cirujano. *Quirós*, «mano», *fanos*, «mostrar».

—¡No!

Se sorprende a sí misma gritando.

—Si no te portas bien el doctor lo hará sin anestesia. Ya les ha pasado a algunas.

¿Qué odio? ¿Qué vida ha empujado a aquellas mujeres a tratar a otras así? Están en una habitación pequeña. Las paredes son blancas y sorprendentemente brillantes para aquel lugar. Empiezan a desnudarla. Le sueltan el cabello. Clara se da cuenta de una manera lejana de que la están preparando para la operación.

—Van a quitarte el útero y los ovarios.

—Bien vaciadita por dentro, ya verás qué bien vas a estar.

—Arrojaremos tu útero y tus ovarios a los perros. Pero ¿sabes qué? No los querrán.

—Hasta los perros tienen miedo de comer los ovarios de una zorra.

—Trae aquí las enaguas.

—Y esto no es una broma como cuando te regamos en el patio. Una de ellas le estruja uno de los pechos.

—¡Qué pena! Tetas tan bonitas que nunca darán de mamar.

—¿Y ahora te piensas que los puedes tratar de tú a tú?

—Fotógrafa… Ja, querrás decir puta.

—¿De qué te sirven ahora tus cachivaches?

La abofetean de nuevo, no para que se esté quieta, sino por puro placer.

—Que el cirujano vea que tienes buen color de cara, tontorrona.

La echan sobre una camilla. Una de las mujeres se le sube a horcajadas. Clara apenas puede respirar. El olor avinagrado del otro cuerpo es insoportable. Sabe que la quieren llevar a un punto de locura. Que se muestre como una loca.

—Y el doctor Benjamín ha pedido que te corten también la pipa. Ya verás cómo se te va a quitar la tontería que llevas encima.

—Ya no te podrás dar gustirrinín por las noches tú sola con la almohada, qué pena.

—¿Qué te piensas? ¿Que no sabíamos lo que haces por las noches? ¿Eh, guarrona?

—Pero no te preocupes. Puedo meterme yo en tu cama. Mis dedos son como una sarta de pollas. Satisfecha te vas a quedar.

Las otras dos celadoras le han sujetado con correas las muñecas y los tobillos a la camilla. La celadora se le quita de encima. Es toda una liberación. De pronto se calman. Se estiran los uniformes. Se recolocan el cabello.

—El señorito Daurell verá la operación. Le gusta oír gritar antes de que te quedes inconsciente. Así que esfuérzate, bonita, y da espectáculo, que seguro que así nos dará propina.

Mueven la camilla hacia algún lugar. Abren unas puertas y luego otras que son batientes. Clara solo ve el techo deslizándose por encima de sus ojos. Algunas manchas de humedad se asemejan a nubes de tormenta. El quirófano no es grande. Está preparado para las cirugías recurrentes, heridas, roturas, caídas. Una intensa luz blanca la deja ciega.

—Es violenta —dice alguien—. Tenga cuidado, doctor.

El cirujano lleva gorro, la boca cubierta con una mascarilla. Clara escucha el sonido de los instrumentos al chocar entre sí. Aunque no los ve, intuye sus formas extrañas, como artefactos de tortura medieval. El cirujano dispone de dos ayudantes. Los tres van con un gorro verde y mascarillas. Está preparando la anestesia. Le gustaría ser religiosa. Creer en algo. Poder rezar y obtener consuelo. Pero nunca ha creído en nada de verdad. La Santísima Trinidad le parece algo absurdo. La transubstanciación, otro tanto. Piensa que Dios puede estar en todas partes, en la belleza, en el ángulo de la mandíbula de un muchacho, en las manos de una lavandera, en todas partes menos en esa habitación. Nunca tendrá hijos. Se le secarán los pechos. Se le agriará el carácter. Su mente salta de un pensamiento a otro antes de que le administren la anestesia. ¿Por qué tardan tanto? Se acuerda entonces de lo que ha dicho una de las celadoras. Rafel estará presente. Tal vez no le suministren anestesia o muy poca.

El cirujano lleva un bisturí en la mano, afilado, brillante. Un movimiento rápido y certero. Siente de pronto las muñecas y los pies libres. El cirujano se quita la mascarilla.

—¡Clara!

Y el cirujano se permite sonreír por un momento.

—Elías…

—Rápido. Usted cuide de ella —dice uno de los ayudantes—. Yo me encargo del cabrón. Y tú entretén a las celadoras.

Rafel se levanta con rapidez. Uno de los ayudantes, el más corpulento, se ha quitado el gorro y la bata y se abalanza hacia él con furia. Rafel le reconoce de inmediato. Es Roma. Pero Rafel encuentra con rapidez la salida al pasillo y consigue esquivarlo.

Elías ayuda a Clara a incorporarse en la camilla.

El otro ayudante es delgado y al retirarse el gorro y la mascarilla muestra a un chico joven e inexperto, y las celadoras lo detectan, se crecen entonces y se abalanzan sobre él.

Roma exclama:

—¡Deshazte de ellas, joder!

—Ve tras Rafel…, yo podré… —dice el chico, pero es evidente que está sobrepasado y que Elías no puede ayudarle, porque no puede dejar a Clara mareada de aquella manera, y cuando Roma va en su auxilio, Clara se queda mirando al chico, reconoce quién es y exclama:

—¡Señorita Adelaida!

Y la señorita Adelaida, al escuchar su nombre, lista como el hambre, con uno de los bisturís que tiene a mano, le raja la cara a una de las celadoras, las mejillas de lado a lado desde la comisura de la boca hasta las orejas, dejándole una sonrisa perenne. La sangre y un aullido de dolor espanta a las otras dos, quienes se retiran asustadas.

Y la señorita Adelaida le dice a Roma, que ya se estaba interponiendo, defendiéndola de aquellas tres moles:

—¡Ve tras él!

Rafel no es alguien acostumbrado a las frustraciones. No acaba de entender el cambio repentino de la situación, pero ha intuido el peligro. No tiene sentido plantarle cara y pelear. Está seguro de que Roma podría destrozarle. Ha de salir de allí. La avenida del Tibidabo está cerca. Ha pedido al cochero que se marche, pues había pensado en volver caminando a casa y tal vez acercarse más tarde al Círculo, con lo que no puede ir en busca del carruaje. Pero aquella parte del sanatorio no la acaba de conocer del todo. Oye pasos furiosos detrás de él. Nunca ha sido víctima de nada, siempre ha sabido lo que se tenía que hacer, en su vida el dinero ha conseguido lo que tendría que haberse conseguido con talento, esfuerzo y disciplina. Abre una puerta tras otra, pero en vez de salir se ha introducido en la parte más antigua del sanatorio. Al menos ha dado esquinazo a su perseguidor. Y aparece en un nuevo pasillo, poco iluminado, algo dejado.

Hay una mujer mayor frente a él. La mujer tiene el cabello suelto, canoso. Le sonríe.

—¿Puedo ayudarle, joven? —pregunta ella.

Su tono es educado. Tiene un ligero acento extranjero. No parece enferma. Lleva un vestido de encaje blanco, pulcro y bien planchado, parecido al que lleva su madre. Simplemente su cabello no corresponde con una mujer de su posición social. Rafel se recompone. Sonríe. No lleva el sombrero puesto. Se lo ha dejado en la sala de operaciones.

—Sí, no conozco esta parte del sanatorio. He venido a ver a una anciana enferma y me he perdido al seguir un pasillo equivocado. ¿Sabe dónde está la salida?

—Naturalmente. Pero casi mejor que le acompaño. Es más fácil eso que explicárselo. Le acompaño un trecho.

Pronuncia la ch con un sonido rudo, cortante, extraño.

—Es aquí mismo —dice la mujer.

Abre una puerta, da a la galería superior de una estructura circular. En el centro, un piso más abajo, hay un grupo de mujeres de diversas edades, algunas de pie, otras sentadas, otras hechas un ovillo. Algunas de ellas reaccionan al sonido de la puerta al abrirse y miran de forma distraída hacia arriba, aunque casi todas se muestran aletargadas.

Rafel se vuelve. No acaba de entender. La mujer sonríe de una manera enigmática. Y de pronto le empuja con sorprendente fuerza. A Rafel no le da tiempo a reaccionar. Intenta sujetarse a la barandilla, pero unas manos y unos brazos fuertes a pesar de ser los de una mujer anciana le empujan con determinación. Y Rafel cae al centro de aquella estructura. No hay una gran altura desde la galería superior, apenas lo suficiente para no poder acceder a la galería aun saltando.

Rafel se levanta, mira hacia arriba, empieza a gritar:

—¡Aquí! ¡Socorro!

Pero entonces calla. Puede estar llamando la atención de sus perseguidores. Y está seguro de que las celadoras han huido. Son crueles ante las personas vulnerables, pero se esconden en cuanto huelen el peligro. Y Roma no tendría problema en saltar allí dentro y golpearle sin piedad. Mira a su alrededor. Las mujeres se lo quedan mirando. Hay alguna que es incluso joven. Van vestidas con ropas bastas, de un color indefinido, un blanco sucio, gris. Algunas tienen el cabello encrespado, otras, rapado. Y le llega de pronto el olor como una vaharada. Un olor a sudor y a menstruación, a cetosis.

—No os acerquéis. Estaos quietas. No pasa nada.

Rafel sonríe. Y es aquella sonrisa, no pasa nada, la que han visto otras veces antes de ser golpeadas, antes de ser humilladas y luego abusadas. Algunas de ellas se encogen y tienen miedo, pero otras le devuelven una sonrisa de dientes desgastados y podridos y se acercan a él.

—Estaos quietas.

Hace aspavientos con los brazos. Sabe que debería guardar la calma, pero su miedo a los microbios, a la suciedad, es más fuerte que él.

Una de las mujeres ha conseguido acercarse por detrás. Le toca. Rafel no se lo espera y da un respingo.

—Déjeme. Estese quieta, por Dios.

La mujer se ríe. Unas cuantas más se acercan, más y más, y le rodean. Y empiezan a acariciar su cuerpo. El rostro es hermoso, agradable. Y no pueden dejar de tocarle. Y el rostro empieza a retorcerse de dolor cuando decenas de manos dejan de acariciar para empezar a manosear, a pellizcar la carne, a hurgar.

—¡Dejadme! —les grita.

Esto hace que las mujeres se exciten y se vuelvan aún más frenéticas y que incluso alguna de ellas aúlle. Y entonces se desata el frenesí. Ahora son más de una docena de mujeres las que le rodean. Las ropas, bien planchadas y de tacto sedoso, se rompen y dejan paso a

300

la carne, fresca, firme, tersa. Las uñas se clavan, tironean. El grito de Rafel es terrible, ahogado entre risas viejas.

Elías y Clara, junto con Roma y Lirio, llegan hasta allí atraídos por los gritos. Clara ve a su abuela mirando hacia abajo.

—*Babci.*

Clara no soporta ver la imagen y esconde la cabeza en el pecho de Elías. Elías ha visto decenas de cadáveres en su vida, pero le sorprende ver la carne desgajada, el cuero cabelludo desnudo.

A Martí también le repugna la imagen, pero decide hacerse el fuerte y aguantar la visión. Roma se queda mirando y sin emoción alguna pregunta:

—Uno menos, ¿dónde están los demás?

—No lo sé —dice Clara—. Pero hay que salvar a alguien.

52

Roma fuerza la puerta de una de las casitas blancas. Martí se las ha apañado para abrir la verja con las habilidades de Lirio. Carmelo estaba encerrado en una de las casitas blancas. No estaba maniatado, pero tampoco podía salir a ningún lado. El interior es acolchado. Por un pequeño espacio le suministraban la comida. A pesar de las circunstancias, Carmelo ha seguido vistiéndose y lavándose. Ha dejado de comer. Quiere morir de una forma digna. Está echado sobre una cama. La habitación es amplia y luminosa, pero completamente aislada.

—¡Carmelo!

Que alguien te llame por tu nombre… Algo tan trivial le resulta de pronto hermoso y extraño. Alguien le sujeta de la cara. El tacto no es el de alguien que quiera abusar de él ni hacerle daño. Se encuentra débil. Intenta enfocar la mirada. Es la mujer, la chica que le fotografió, Clara. Piensa que es una visión. Detrás de ella hay unos hombres. Hay una fiereza en su mirada que le recuerda a sí mismo unas semanas atrás. Y junto a ellos una mujer mayor que parece la mezcla perfecta entre bruja y hada.

Clara se le abraza. Empieza a llorar. Le abraza con cariño, con amor. Le está pidiendo perdón. Está acongojada. Como si toda la tensión se hubiera liberado en ella. Le tiembla la espalda. Carmelo la abraza también, ligeramente aturdido. Por primera vez desde hace mucho tiempo, alguien lo hace con amor. Clara solo puede decir entre sollozos:

—Lo siento, lo siento.

Clara sabe que está llorando por él y por ella misma. Porque es el primer momento en que es consciente de que es libre y a la vez de lo cansada que está.

De pronto, Elías se pone en tensión. Ha olido algo extraño. Un olor dulce y peligroso. Una pequeña traza en el aire que se desvanece enseguida. Mira hacia arriba. Hay un respiradero y Elías comprende que es el lugar por el que se suministra éter en la habitación, con lo que los pacientes quedan completamente adormecidos sin darse cuenta.

—Es mejor que nos vayamos de aquí —dice Elías—. Va a pasar algo.

Salen todos al exterior. Y al otro lado de la verja que separa las casitas blancas del sanatorio ven crecer una enorme llamarada que se ha levantado hacia el cielo.

—Oh, Dios mío, parece que es el taller de fotografía —dice Clara—. Está lleno de líquidos inflamables. Hay que avisar a las internas.

Se escucha una explosión y una gran fogonazo azul se vierte sobre el resto de los edificios.

—Dios mío…

—Éter…

—Pero ¿cómo es que ha explotado así?

Elías dice:

—Lo distribuyen a todas las habitaciones a través de los respiraderos. Debe de haber todo un entramado de tuberías para distribuirlo. La deflagración se extenderá por todas partes.

—Abuela, quédate con Carmelo, no puede caminar deprisa. Este es un sitio seguro al aire libre.

—Luisa está allí, corre —dice ella.

Elías y Clara, Roma y Martí cruzan la verja y acuden lo más rápido posible. El edificio antiguo está en medio del moderno y hace como un hogar ayudando a expandir el incendio. Un fuego azul se propaga por los techos devorando las habitaciones.

Llegan hasta la puerta principal.

—A estas horas la puerta está cerrada —dice Clara.

Lirio se queda mirando el fuego. Es aquí donde estaba su madre, es aquí donde ella nació y pasó los primeros años de su vida.

Pero Martí tiene que mostrar arrojo. Tiene que demostrar que es fuerte, tiene que ganarse el amor y el respeto de Roma, que es lo que más quiere del mundo, y el uno acude a la ayuda de la otra, y Martí sin pensárselo se dirige a la entrada, sube las escaleras, pero no consigue abrir la puerta.

—Martí... —dice Elías—. Es muy peligroso. Los gases son tóxicos.

Roma se tapa la cara con la camisa.

—¡Joder! —exclama, y sale tras Martí y al llegar a su lado entre los dos rompen los cristales y logran abrir la puerta por dentro introduciendo Martí la mano entre los barrotes.

Elías sujeta a Clara. Ambos ven cómo entran en el edificio.

—¡Tenemos que ayudarlos! —exclama Clara.

—Es muy peligroso. No lo resistiremos. Ni tú ni yo sabemos manejarnos en esos sitios.

Tras lo que parece una eternidad, empiezan a aparecer varias mujeres en camisón, y ven salir a Luisa, por la puerta principal, acompañada de más mujeres, tapándose la cara, tosiendo.

—¡Luisa!

Luisa y Clara al fin se pueden abrazar sin cortapisas.

—¿Qué ha sucedido?

—Todo ha empezado a arder sin más.

Roma y Martí salen los últimos. Los ojos llorosos y las caras tiznadas. Se escucha una sacudida. Una llamarada azul rompe el aire en mil pedazos.

—Atrás, atrás...

Todo el mundo observa el sanatorio arder. Las internas están frente al edificio. Roma está medio agachado, intentando respirar. Martí, a su lado.

—No lo vuelvas a hacer —dice Roma, medio enfadado, medio admirado.

—No sin ti —dice Martí.

Roma se incorpora. Le da una palmada fraternal en la espalda. Martí se le abraza.

—Aquí no —dice Roma.

Amalia Prats llega caminando junto a Carmelo. Vienen detrás de ellos las mujeres que estaban encerradas en el pabellón de los furiosos. Es evidente que muchas de ellas están trastornadas y que necesitan ayuda. Pero todos están allí, observando cómo el incendio consume el viejo caserón y los edificios modernos en los que no han sabido tratarlas. El pabellón de los furiosos también se ha incendiado. Y todas las casitas blancas. Los conductos por los que circula el éter que droga a los inquilinos han propagado el fuego por todos los lugares.

Clara mira a su alrededor, buscando rostros conocidos. Ve a la señora Amparo y al doctor Llorach, ve a las enfermeras más jóvenes. No ve a las celadoras mayores ni al doctor Benjamín. Clara intuye que deben de haber huido. Y, de alguna manera, también sabe que el doctor Montoliu es el causante de aquel incendio. Y que él ya no está.

Cuando llegan los bomberos, el fuego ha consumido el sanatorio Nova Betlem.

53

El Banco de Barcelona se encuentra al inicio de la rambla de Santa Mónica, frente al monumento a Colón. El edificio es una mezcla de casoplón y fortaleza. El vestíbulo es enorme. Dentro reina el silencio y pálidos hombres vestidos de negro y con el cuello almidonado atienden los mostradores con una mezcla de celo y desdén. Un chico joven y rubio, con una marca rojiza en una mejilla, bien vestido, espera con tranquilidad su turno para ser atendido en la ventanilla. Es la oficina insignia del banco y hay una gran profusión de mármol, lámparas de bronce y superficies doradas.

—Quisiera cobrar este pagaré, por favor —dice Martí cuando llega su turno.

El cajero observa con cuidado el pagaré. Es un hombre joven. Lleva manguitos en la camisa. Levanta la mirada y observa a Martí. Vuelve a mirar el pagaré. Martí calcula que debe de tener una edad similar a la suya. Se ha dejado un bigotito fino que no puede disimular su juventud.

—Es una gran cantidad de dinero. He de hacer unas gestiones primero. Tengo que cotejar la firma en el libro de firmas que tenemos guardado. El pagaré es al portador. Pero ¿podría decirme su nombre?

—Martí, Martí Monfort.

El cajero sonríe, da unos cuantos pasos atrás y se acerca a un despacho desde el que se observa el vestíbulo. Un hombre mayor le mira de forma disimulada desde allí. El joven vuelve a la ventanilla junto con el hombre mayor. Le piden que los acompañe a un salón. Son amables y educados con Martí, aunque los dos le observan sin disimulo alguno.

El salón está forrado con paneles de madera. Las mesas son de caoba, y las pesadas patas imitan a animales marinos mitológicos. El despacho está lleno de cuadros de hombres serios y respetables. Martí está seguro de que Lirio o Flor de Loto sabrían predecir nada más verlos qué les gustaría hacer en la cama.

—Soy el señor Arnús, el subdirector de la casa.

Le estrecha la mano muy serio, con cierta majestuosidad comedida. Martí todavía está acostumbrándose a dar la mano con la virilidad necesaria. Ha estado ensayando varias veces con Montse esa misma mañana.

—¿Es usted familiar de Carlos Monfort?

—Sí.

—Mi más sentido pésame.

Martí asiente. La fecha de emisión del pagaré coincide con la muerte de Carlos Monfort.

—Siéntese usted, por favor. Tenemos que realizar las comprobaciones necesarias.

Martí asiente. Le han dicho que no debe decir gracias, pues quienes vienen a disponer de esa cantidad de dinero no deben darlas.

—Si me permite ofrecerle un café.

—No.

Debe mostrarse tajante, decidido, mostrar que ya no es un muchacho, sino un hombre. Le dejan a solas. La comprobación en el libro de firmas dura unos diez minutos. Martí se entretiene en cruzar una pierna sobre la otra. No acaba de entender por qué los hombres encuentran cómodo apoyar el tobillo de una pierna sobre la rodilla de la otra. Al final decide relajarse y sentarse de la manera más cómoda posible. Al cabo de ese tiempo vuelven a entrar.

—¿Qué desea hacer con ese dinero?

—Lo quiero retirar.

—Es una cantidad muy grande para ser retirada en metálico.

Martí intenta identificar un destello de desconfianza en el hombre, pero se trata de un banquero con experiencia y no consigue leer nada en su rostro.

—Es lo que quiero hacer —dice Martí.

—De acuerdo. Necesitamos un tiempo para preparar esa cantidad. En una hora puede pasar a retirarlo. Puede esperar aquí si lo desea.

—Prefiero salir y estirar las piernas.

—Como usted desee.

Martí hace tiempo caminando por las Ramblas. Esquiva a los limpiabotas. No porque no le apetezca que le limpien los zapatos, sino porque no sabría qué hacer exactamente, de qué hablar cuando un hombre está de rodillas frente a ti y no está manoseando una parte de tu cuerpo. Llega hasta la entrada del Liceo. La señorita Esther preparó a Lirio para robar allí. Hay dos entradas. Los oficinistas y menestrales que suben hasta el cuarto y quinto piso lo hacen por la calle del Carmen. Los ricos que van a los palcos y platea entran por la puerta principal. Lirio llevaba una canastilla de flores. Era tan solo una excusa para acercarse, sonreír, dejar uno de los ramilletes en un ojal como buena voluntad, volver a sonreír. Los hombres buscaban alguna moneda que dar. Más para quitarse a la briboncilla de en medio que por otra cosa. Y ella aprovechaba el momento. Sabía dónde guardaban el dinero. Un movimiento rápido. Sonreír siempre, como si fuera una promesa de algo mejor que los caballeros podrían obtener en un callejón.

Martí tiene miedo de volver y que esté la policía esperándole. Entra de nuevo en el edificio. El silencio catedralicio del lugar apenas es acariciado por los murmullos de abrir y cerrar carteras y las firmas suaves sobre el papel rugoso de los cheques. El mismo joven de antes, tal vez más atento ahora, le hace pasar al mismo salón de antes. El señor Arnús le está esperando.

—Dispone usted de bonos de diferentes países, acciones de navieras importantes…, letras del Estado.

—No.

No des las gracias. Es tu dinero. ¿Por qué ibas a dárselas si es su obligación? Pero Martí es de naturaleza amable y no puede evitar decirlo:

—Gracias.

—Le hemos preparado un maletín. Es discreto y no llamará la atención. Ha de tener cuidado con los ladronzuelos. Lamentablemente, las Ramblas están llenas de ellos. Le aconsejamos que pida un carruaje. Podemos solicitárselo nosotros mismos.

—Ha de firmar aquí como que lo ha retirado.

Nunca ha firmado como Martí. Realiza una m y la liga con otra.

Martí Monfort.

Le gusta ese nombre.

54

Madame Blanxart y Montse Romagosa están en la cocina de la casa de esta última. Juegan a las cartas. Las dos fuman. Leo está limpiando una cacerola que hace ya media hora que está reluciente. La ventana está abierta y entra la agradable rutina de un patio de vecinos.

—Nunca pensé que volvería a estar aquí —dice madame Blanxart. Va vestida con un elegante vestido de terciopelo oscuro.

Montse tiene una buena mano en las cartas y sorprende a madame cantando las cuarenta.

—¿Cómo está Lirio? —pregunta madame.

—Ahora se llama Martí. —Montse mira a madame Blanxart por encima de sus cartas y no puede evitar sonreír y decir—: La vida da muchas vueltas, ¿verdad?

—*Roda el món i torna al Born.*

—Es verdad.

—¿Ya no vive aquí?

—Sigue viviendo aquí, pero esta tarde ha ido a ver a alguien.

Las dos se quedan calladas un momento hasta que madame Blanxart dice:

—Esta mañana ha sido el entierro de Manuel.

—Lo sé.

—Me he encontrado a algunos de los que defendimos la Ramblería.

—¿Te han reconocido?

—No. Llevaba un sombrero con velo.

—¿Saben…?

—No, solo lo sabían tu marido y Manuel.

—Ahora estás más guapa que cuando viniste al entierro de Jose.

Madame Blanxart sonríe. Las dos se quedan de nuevo calladas hasta que madame dice:

—Esa chica… Clara Prats. Es horrible todo lo que pasó.

—Martí la adora.

55

—Hola, Clara...

—Hola. No sé cómo debo llamarte.

A Clara le sigue sorprendiendo el aspecto de la señorita Adelaida. No parece la misma persona. Un chico tímido con una gorra entre las manos y un maletín colgando a un lado.

—Para ti siempre seré la señorita Adelaida.

Se abrazan con cierta torpeza. Clara se hospeda en un piso de la familia Romagosa. Es un piso que da al mercado de la Boquería en un edificio porticado. Desde allí se ven las cubiertas a listas blancas y azules de los puestos de los vendedores. Las ventanas están abiertas. Sube el trasiego de la calle. Al fondo se ve la torre de la iglesia de Santa María del Pino. Hay un movimiento de carretas constante y nadie sospecharía de ningún trasiego de mercancías. El piso es un lugar donde guardar según qué clase de mercaderías. Clara lo sabe. Hay habitaciones llenas de latas, confituras y víveres.

—¿Cómo te encuentras? —pregunta Martí.

—Bien... El doctor Llorach ha testificado que no estoy loca. Así que es todo un alivio. Todo me resulta ahora lejano y distante.

Martí se la queda mirando y dice:

—Me obligaron a mentirte, Clara.

—Lo sé.

—Todo era una venganza entre Carlos Monfort y Rafel.

—Y ahora los dos están muertos, y nosotras, vivas.

—Sí.

—Lo único que me da pena es la muerte del doctor Montoliu.

—Claro.

—Ahora no hay fotografías que incriminen a nadie. Un juego lo tenía el comisario Martín Prieto. Y ahora también él está muerto.

—¿Y el médico y las celadoras que te hicieron daño?

—Han desaparecido. Me gustaría acusarlos de… todo lo que hicieron, pero no tengo pruebas. Una de las celadoras se llevó un buen tajo.

—¿También te da pena?

—Un poco sí.

—Se lo merecía. Siento todo lo que te pasó.

—Al menos han trasladado a las internas al nuevo psiquiátrico. Allí estarán bien.

—¿Has leído el periódico? Hablan de Rafel.

—Sí. Lo he leído —dice Martí con un orgullo que Clara no acaba de entender.

—La familia de Rafel afirma que murió en el incendio ayudando a las pacientes a salir mientras hacía sus buenas acciones como cristiano. Que fue él quien salvó a las internas. Rafel quedará como un mártir. Y el resto de ellos continuarán con sus vidas como si nada hubiera pasado. Solo eran unos chicos que se lo pasaban bien en su pequeño club, donde únicamente bebían y fumaban. Es mi palabra contra la suya.

—¿Te ha interrogado la policía?

—Lo ha hecho un inspector muy agradable. Creo que se llama Requesens. Me preguntó por la señorita Adelaida.

—¿Y tú qué dijiste?

—Que era una buena chica.

Ambas ríen de buena gana hasta que Martí se pone serio y dice:

—Quiero darte esto.

Saca un sobre abultado con el membrete del Banco de Barcelona de un bonito maletín de cuero.

—Podrás montar tu estudio. Ser independiente. Hacer crecer tu arte. Me quedaré con los Romagosa. Ahora son una familia para mí.

A veces te tienes que escapar de tu familia, como es tu caso. Y a veces tienes que acabar con desconocidos que serán una familia. Tienes que fotografiar a la gente como yo. Salir a la calle. Que sepan que existimos.

Martí baja la mirada y dice:

—Prometí darle al comisario los papeles que me había pedido. Todos menos uno, porque en realidad era mío. Y yo siempre cumplo mis promesas. Aunque las haga en el depósito de cadáveres.

—Elías me ha dicho que se lo contaste todo.

—Fue una suerte que Rafel ordenara que te esterilizaran. Cuando estábamos pensando qué hacer pidieron un cirujano para el sanatorio. Lo tuvimos que planear todo en una noche.

—Y al final le diste los documentos.

—Se los quise dar aunque estuviera muerto. Los que le implicaban a él. No quería faltar a mi palabra. Por eso me colé en la sala de autopsias. El doctor Sunyer dijo que era mejor que los quemáramos todos.

—Quienes mataron a Santiago, Juan y José Miguel están libres.

—Sabemos quiénes son. Iremos a por ellos. Va a haber una guerra cheroqui, como ellos lo llaman. Saben quiénes son los otros chicos. Sus familias los protegerán, pero no será suficiente. No cesarán hasta que los encuentren.

Alguien abre una puerta de una habitación interior.

—Abel —murmura Clara.

Abel ve a aquel chico plantado delante de su hermana, pero reconoce de inmediato a la señorita Adelaida. Verla vestida de chico hace que todo sea más fácil.

—Hola —dice Abel.

Clara se sorprende. No es habitual que su hermano salude a la gente. Martí sonríe y contesta al saludo también con timidez.

—Mi hermano Enrique sigue teniendo la potestad sobre nosotros. Tendría que casarme para poder ser libre. Sé que Elías quiere proponérmelo.

—¿Y tú qué piensas hacer?

—No lo sé.

Las dos se quedan calladas por un momento hasta que Clara dice:

—¿Cómo se encuentra Carmelo?

—Quiere ser también un cheroqui. Se ha hecho muy amigo de Roma y van a todas partes juntos.

—¿Y tú qué vas a hacer? —pregunta Clara.

Martí se encoge de hombros y dice:

—Ser un buen chico.

Agradecimientos

Quisiera ante todo dar las gracias a mi agente literaria, Justyna Rzewuska, ya que sin ella este libro no hubiera existido. También quiero dar las gracias a mis editoras Elena García-Aranda y María Eugenia Rivera por sus consejos. Y muchas gracias también a Estrella García por las correcciones del manuscrito.